火腿

HAM

林东林 著

图书在版编目（CIP）数据

火腿 / 林东林著. -- 武汉 ：长江文艺出版社,
2024. 7. -- ISBN 978-7-5702-3660-2

Ⅰ．I247.7

中国国家版本馆 CIP 数据核字第 2024JQ9413 号

火腿
HUOTUI

责任编辑：胡金媛　　　　　　责任校对：毛季慧
封面设计：李　扬　　　　　　责任印制：邱　莉　　王光兴

出版：长江出版传媒　　长江文艺出版社
地址：武汉市雄楚大街 268 号　　邮编：430070
发行：长江文艺出版社
http://www.cjlap.com
印刷：湖北恒泰印务有限公司

开本：880 毫米×1230 毫米　　1/32　　印张：8.5
版次：2024 年 7 月第 1 版　　　　2024 年 7 月第 1 次印刷
字数：161 千字

定价：52.00 元

版权所有，盗版必究（举报电话：027—87679308　　87679310）
（图书出现印装问题，本社负责调换）

目　录

去邯郸 / 001

火腿 / 026

宇宙飞船 / 053

亚洲象 / 085

伴鹿 / 105

烟火 / 131

锡婚 / 161

亮亮柴 / 187

放舟 / 213

应如是住 / 236

后记 / 262

去邯郸

没能在九点半钟的第一次闹铃声中及时爬起来，对我来说是个不大不小的错误。其实我早就应该想到这一点的，如果没有被第一次的铃声闹起来，接下来很有可能也不会被第二次、第三次、第四次的铃声闹起来。而事实也正是这样，一直挨到十点十五分，栗莉打来电话说她马上就要到楼下了，我才手忙脚乱地爬起来，胡乱洗漱了一通。

我走到小区门口的时候，栗莉已经到了。她那辆斯柯达明锐停在路边，她坐在车里。她和车都显得很新。车是因为刚刚洗过，她是因为穿了一件我从来没见过的白色羽绒服。我走过去拉开车门，指了指她，又指了指副驾驶座。她挪出来，我坐进去。然后我注视着她绕过车头，走到副驾驶座外面，拉开车门坐了进来。你开？她一边系安全带一边把这句废话吐了出来。我开！我拧钥匙发动车子，同时意识到自己说的也是一句废话。

说废话是正常的，事实上又有谁不说废话呢？如果足够留心，你会发现几乎所有人都会说废话，你自己也不例外，甚至一点儿也不比别人更少。至于说的多还是少，取决于说者和听者之间的关系，一般来说是这样的，关系越近则废话越多，反之亦然。对于这一点现在我越来越有体会，因为我和栗莉之间的废话就很多，且越来越多。当然，这也说明了我们的关系很近，不出什么意外的情况下还会更近。她是我谈了两年半的女朋友。

三年半前，我从一家半年都没发过薪水的报社辞了职，先是在朋友的朋友的影视公司里干过几个月宣发，后来又跳槽到了一家新媒体公司。有一天中午，饭后，我到消防梯的拐角处抽烟——如果你也是在北京某座写字楼里上班的抽烟族一员，相信你对这个地方也会非常熟悉，并不亚于对自己工位的熟悉程度。抽到一半的时候，上面一层的消防梯拐角处走进来一个女的，也掏出烟，叼上，又摸出来打火机啪啪打了一阵，不过却一直没能打着火。我冲着上面的她"哎"了一声，扬了扬手里的打火机，然后就走了上去……一个多月之后我们俩就好上了，或者像我同事所说的那样——搞上了。她就是栗莉。

栗莉小我两岁，北京人，在我们公司上面一层的一家图书公司做少儿图书编辑，当时刚从一段失败的恋爱中走出来不久。她相貌中等，身材中等，个头也中等，而且早已经过了挑挑挑拣拣的年纪，而我本人差不多也是这样，于是我们就这么在一起了。

我可以负责任地告诉你，在今天，也就是二十一世纪的第二个十年，要想在北京这样的超一线城市待下来，要么你得有一份能挣钱的职业，要么你得有一个愿意为之献身的梦想，而如果两者皆无——就像我一样，那么你最好想办法把一个既不嫌弃你不能挣钱也不嫌弃你没有梦想的女孩子——最好是当地人——变成你的女朋友。在当地找个女朋友的好处是显而易见的，那就意味着你和所在的城市有了关系，同时也意味着你有了把根扎下来的可能。是的，这么说吧，女朋友有时候并不止女朋友那么简单。

我们所在的那栋写字楼位于798艺术区附近，我租住在芍药居，栗莉家在西苑。熟悉北京的话你应该知道，这三点差不多在一条直线上。这也就意味着，每天早上栗莉可以顺路接我去上班，每天晚上也可以再顺路送我下班，这么一来，我终于逃离了在北京持续多年的"步行+地铁+公交车+步行"的上下班方式。而这也让我意识到，这份恋爱对我来说实在算得上一件买一送一的好事，不但找了个女朋友，而且还送了个司机。当然，对栗莉来说也同样如此，因为三不五时地我也会给她当一回司机。

不过自从半年前开始，栗莉就明确表示不想继续跟我在我那间不足十五平方米的次卧里或者车后座上干那件事了，而是想在一套属于我们俩的房子里,以夫妻的名义。

对于这一点,我表示完全理解。一个跟我谈了两年半之久的已经迈进三十六岁大门的老姑娘对我提出这样的要求并不过分,于情于理,她也都有充分的理由要求我给她一个明确的交代。更何况,在此之前我们已经见过彼此的父母,她父母虽然对我并不是特别满意——主要是因为我不是一个北京人同时也不具备成为北京人的可能,不过既然栗莉选择了我,他们倒也没有再继续表示反对;而相比之下,我父母对栗莉倒是非常满意,他们的非常满意跟栗莉是不是北京人其实关系并不大,主要是因为她是一个女的,更是一个愿意跟他们家的小儿子在一起同时看上去也挺适合跟他们家小儿子在一起的女的。

后来的那几个月,一到周末栗莉就开始了她马不停蹄的看房之旅。在她以为我或者我们加在一起所能够承受的房价范围内,她带着闺蜜或者我先后去看了门头沟、房山、大兴、通州、顺义、昌平等北京郊区的十几个新楼盘。比较来比较去,比较去比较来,最后她选中了通州果园地铁站附近的一套房子。那是顶楼一个南北通透的小两居,外面带着一个说是免费赠送但事实上谁都知道价钱早就包含在房价里了的大露台,室内总面积八十五平方米(含二十多平方米的公摊),每平方米六万五,最低首付款是一百六十五万。

这笔钱在北京或许并不算高,不过对我来说却无异于天文数字了。事实上,即使把我们俩的存款都加起来也还是存在着一笔不小的缺口，而且在肉眼可见的未来一段时间里，无论我们俩怎么努力也不太可能把那笔缺口挣出来——除非下班路上去买一张必然会中大奖的彩票。最后，我和栗莉都不约而同地把目光瞄向了对方的家庭。我说，让你爸妈支援点儿！她想了想，说回去跟他们商量商量，然后对我也提出了同样的建议。

虽然我知道父母手里已经没什么钱了，早就被我们三兄弟年复一年地榨干了，不过我还是很爽快地答应了，我知道这是应该有的态度。我拍了拍胸脯说，放心，我一定要他们把买棺材的钱都给他们的小儿子贡献出来！我盘算的是，我手头一共有六十五万存款，到时候就跟栗莉说里面有十五万是我父母出的——就这些还是他们挖地三尺、砸锅卖铁搜罗出来的，虽然不多，不过已经竭尽全力了，我想到时候她肯定也就没什么话说了。

栗莉从她父母那里弄过来三十万，再加上她自己的，以及我手里的——名义上有十五万是我父母出的——一共凑到一百二十万，还差了四十五万。我说，还不够啊，怎么搞？她两手一摊说，我们家反正是拿不出来了，你们家再想想办法吧。我说，我们家的情况你又不是不知道，还能想什么办法？我爸，我妈，两个老农民，能拿出来十五万已经是钻山打洞了。这时她不失时机地提醒我说，不会吧，还有你二哥呢，还有你大哥呢？

减速！减速啊！一拐上北三环东路，栗莉就开始指挥起我来。她总是这样，自己开车时不喜欢别人指挥，别人开车时却老是指挥个不停。我不太明白她为什么会这样，同时也不太明白她究竟是以女朋友的身份在指挥我，还是以车子真正的主人身份在指挥我。

我知道！我一边减速一边说，我又不瞎，不是已经在减速了嘛！你就是瞎，要是我不说你会减吗？她指了指慢下来的车流说，前面都堵成这样了你还开那么快，是不想活了？还是没睡醒啊？她一连串地逼逼起来，一副不依不饶的样子。我没好气地说，你开还是我开？要不然你开好了！我实在不想跟她在这个已经纠缠了无数次的问题上再继续纠缠下去了。她这才不吭声了，在车窗上摇开一条小缝，又摸出来一根烟点上了。

半个小时后，我们终于开出东三环北路，拐上了通往通州和燕郊方向的建国路。建国路上的车子就更多了，车速也更慢了，五分钟过去了也没有挪动五十米。今天降温，最低零下八摄氏度，晚上还有中到大雪，昨天的天气预报里是这么说的，但是这么恶劣的天气不知道怎么还有这么多人出门。望着一眼望不到边的滚滚车流，我不由想，难道这些人跟我一样，也都有个二哥住在燕郊？他们的老娘也都跟着他们二哥一家住在燕郊？他们也都开着他们女朋友的车载着他们的女朋友打着冬至去看望老娘的名义去跟他们二哥借钱付首付？

就这样，开开停停，又停停开开，一直到过了午饭点儿我们才到达燕京航城。

停好车，我从包里摸出来昨天就准备好的那个信封递给栗莉说，等会儿你给我妈吧！她捏了捏，又看了我一眼说，什么？我说，还能有什么?！她愣了一下说，你给啊，怎么要我给？我说，这不显得你孝顺嘛！我又叮嘱她千万不要当着我二嫂的面给，最好去我妈的房间里私下给。之所以提醒栗莉这一点，是因为我知道我二嫂天生就有一种把我妈的钱和我们给我妈的钱都拐弯抹角地花销到他们自己一家人身上的本领。

是我妈开的门。门一开，我就注意到了她那双沾满了一层面粉的手。二哥一家都在。二哥正在捏着一根鸡毛掸子给他们家老大张成辅导英语，他面前的小黑板上写着"How old are you? What is your name、Happy new year!"等几句英文，二哥念一句——他操着一口我们老家那儿的口音，张成就跟着念一句——他则是一口标准的普通话。

一旁的沙发上，二嫂抱着他们家老二张功正在看电视。我和栗莉的到来，并没能把张功的注意力吸引过来，他还在目不转睛地盯着屏幕。屏幕上，是成千上万的角马在过河，其中一只刚到河对岸的小角马被埋伏在那儿的狮群成功偷袭了，眼下它正被几只狮子撕咬得血淋淋的。我走过去，歪着脑袋看了看张功，他只瞅了我一眼，接着马上又把目光移到屏幕上去了。我一边笑一边想，长大之后他肯定会比他哥哥张成更成功，因为才一岁多点儿他就开始接受了这样的震撼教育，明白了这是一个弱肉强食的世界。

我妈正在包饺子，韭菜鸡蛋馅的——这是我最爱吃的馅，她面前的那张小方桌上已经快摆不下了。她是两年前从老家来到二哥家的，当时是来照顾我准备生二胎的二嫂。后来二嫂就不让她回去了，虽然对这个农村婆婆有这样那样的不满意，不过她并没有感情用事，在每个月花几千块钱请个保姆和让我妈继续待下来之间，她还是非常理智地选择了后者。这一点很符合她精打细算的性格，同时也很符合她作为一个信贷员的职业精神。

在我看来，这倒也不失为一个不错的安排，毕竟我妈年纪也大了，地里的活儿也干不动了，正好到二哥家里含饴弄孙一番什么的。但是，这么一来我大嫂心里却不平衡了，说我妈太偏心老二家。接下来，她要我大哥去做我二哥的工作，说让我妈到他们家里也去住上一阵子——当然也是伺候他们一家之类的，而这个要求遭到了我二嫂的严词拒绝，为此这两个一共也没见过几次面的妯娌几乎快要闹翻了，她不去她家，她也不去她家。

再后来，我大嫂就打上了我爸的主意，把他从老家接到了他们所在的香河县城。一开始我还挺纳闷，以为她和我二嫂在比谁更孝顺，后来我才知道，原来她是让我爸——这个当年的生产队二队队长、后来闻名乡里的种菜能手——到她弟弟开的那个物流公司去看大门，管吃管住，但是基本上不发什么工资，等于白出力。不过我爸对这份新工作倒是还挺满意的，毕竟他现在一天到晚只需要拎个保温杯坐在门卫室里盯着进进出出的人就行了，相比于面朝黄土背朝天地修理地球，这样的工作简直太轻松了！

就这一点而言，有时候我对二嫂和大嫂还挺感激的。因为不管怎么说，她俩毕竟把我父母从农村老家接了出来，让他们过上了想象中的那种城市生活，不，北京生活。不过话又说回来，我想父母最应该骄傲和自豪的还是他们自己——如果不是生了两个这样的儿子，进而又有了两个这样的儿媳，他们又怎么可能过上今天这样的生活呢？

是这样的，跟那些一心想要个儿子却连生了三个女儿的人家正好相反，我爸妈当年是一心想要个女儿，没想到却一连生了三个儿子。三个儿子就是三座大山，一个儿子一所宅子是跑不掉的，这也是在农村能娶上媳妇的基本前提。可能是被自己亲手制造出来的三座大山吓到了，在漫长的年月里，我爸妈一直并肩奋战在我们家那七亩半薄田中，种麦子、种玉米、种高粱、种大豆、种花生、种红薯、种蔬菜，想以此完成给三个儿子的原始资本积累。不过他们没想到的是我们三兄弟那么争气，竟然都考上了大学，又都到了北京工作。

这一点，在我们村里产生的效应是轰动的。记得刚来北京工作那一年的春节，我代表大哥二哥以及我自己回老家过年（大哥去了大嫂娘家过年，二哥也去了二嫂娘家过年）时，就在我到家的那个下午，有好几个邻居都跑过来看热闹，主要是看我，就好像他们从来没见过我似的。一个跟我妈年纪差不多的我一直喊作婶子的妇女，凑到我妈跟前说，嫂子，你们老张家好福气啊，三个儿子都留在北京了，都成北京人啦！

我爸妈很享受这句话，或者说他们很享受邻居说这句话时所流露出来的羡慕之情。虽然这也并非事实，事实是，我们兄弟三个虽然都在北京工作了，但没有一个成为北京人的。准确说，我大哥是在靠近北京的香河买了房，我二哥是在靠近北京的燕郊买了房，而我还是个北漂。空顶着一顶"北京人"的头衔，我心里很发虚，不停地用鞋底磨蹭着地面，同时很想替自己也替两位哥哥解释几句，但我终究没有，父母非常享受的表情让我没有。

饺子很好吃，皮薄馅多，起码比我们写字楼旁边那家东北饺子店的好吃多了。在我妈一而再再而三的热情催劝中，栗莉吃了整整两大盘，而我和二哥则每个人吃了三大盘。

吃完，一抹嘴儿，二哥就摸了两根烟出来，递给我一根，自己一根。二哥刚点上，非常享受地吸了一口，二嫂就阴着一张脸过来了，举着鸡毛掸子像挥赶鸡鸭一样把他往外面轰。二嫂拍拍打打地说，跟你说过多少回了，出去抽！出去抽！一点儿记性都不长？她这么一说，我也就不好把手里那根捋了又捋的烟再点着了，便跟着二哥来到门口的消防梯。

今天还回去不？一根烟快抽完的时候，二哥先开了口。不回了，等会儿去大哥那边看看爸，我说。哦，是该去看看他了，我也很久没去啦，二哥说。说完他又续上一根烟，一边抽一边划开手机屏幕，看起了上面那幅花花绿绿的 K 线图。看来时间还没有把他教育好，让这个当年在西瓜车后面跟了二里路一心想白捡一个掉落下来的西瓜的少年，到了四十岁还妄想着天上掉馅饼的那种好事，并妄想着掉下来的馅饼会准确无误地砸到他身上。

涨了？我瞟了一眼他的手机问。他笑了笑，又很机警地看了我一眼说，涨了就好了！

我说，上次跟你说那个事考虑得怎么样了，能不能凑点儿出来？他先是一愣，然后才做出一副终于想起来了的样子说，哦哦哦，你是说要买房是吧！我点了点头说，你看看能凑出来多少。他面露难色地看看我，又指了指房门说，等会儿跟你二嫂说吧，她当家！

再进去，我直截了当地把借钱的事跟二嫂说了。二嫂说，小弟，你既然张口了，我们也不能一点儿不表示，这样吧，借给你五万，明天我给你转账过去，再多了我们也拿不出来啦，你看，大的要用钱，小的更要用钱。她指了指张成和张功。我说，二嫂，五万哪里够啊，首付还缺着四十五万呢！二嫂看看我，又看看栗莉，最后提出了一个让我们措手不及的建议，你们俩干吗非要在通州买房呢，通州那么贵，不如就在燕郊买，这边房价降一半了快，均价也就两万多点儿，你们完全可以在这边买个大房子，还贷压力也会小很多！

栗莉笑了笑，但是没有说什么。我连忙打圆场说，通州的房子我们已经看好啦，定金都交了呢！二嫂想了想说，小弟，真的就五万了，再多我们也借不出来了，要不你去大哥家里看看，你知道，他们比我们有钱！她转身去了里间。再出来时，她手里多了一张纸和一支笔，笑嘻嘻地冲我说，亲兄弟明算账哈，小弟，你还是写个借条吧！我在心里骂了一句，笑笑说，应该的！应该的！等我写完，签完名，她又把准备好的印泥及时递了过来。

四点半，准备下楼的时候，我妈悄悄地扯了扯我的衣角，又指了指她的房间。我顿时就明白了她的意思，便跟已经走到门外边的栗莉说，你先下去吧，我跟我妈再说几句。

知母莫若子，不用猜我都知道我妈要说什么。果然，我一进去她就把门掩上了，压低了声音说，你和小莉怎么样了？我说，还能怎么样，老样子！她说，那你们打算什么时候结婚啊？我说，急什么，房还都没买呢，等买了房再说吧！我妈急了，说，先结婚再买房是一样的嘛，小莉都多大了？你都多大了？张强，张强比你还小两岁吧，儿子都快小学毕业了，军生跟你是同一年的吧，人家孩子都两个了，你还在等什么？啊？她这么一说，我眼前顿时就浮现了一个泥瓦匠和一个卡车司机的样子，张强，赵军生，我这两个发小初中没读完就辍学了，辍学没几年就结婚了。我连忙摆了摆手说，他们是他们，我是我！

我妈又说,是不是小莉不愿意结婚啊?我听说现在城里有很多女孩子都不愿意结婚,也不想要孩子。我说,栗莉怎么会呢,你别想东想西的!她笑笑说,那就好,到时候我去给你们带孩子哈。哦哦哦,到时候让你爸也去!她又说。这让我非常诧异,因为自打我记事起她和我爸就经常吵架,直到前几年还在吵,每次吵架我妈总会挂在嘴边的一句话就是"这辈子我跟你过得够够的",但是现在看起来事实很可能并非如此。

我说,栗莉把钱给你了没有?她拍了拍裤袋说,给了!给了!我又凑到她耳边压低声音说,别舍不得花,也别都给他们花——我朝门外指了指。她说,我知道!我知道!

接下来,我妈又把话题拉回我和栗莉身上。她说,你抓紧啊,不行了就生米煮成熟饭,女人啊,有了孩子才能拴紧!她的这个想法把我吓一跳,因为读书的时候她一直很担心我搞大哪个女生的肚子,时不时就会拐弯抹角地提醒我这一点,而现在她却唯恐我搞不大栗莉的肚子。我妈还想再说什么,我及时打断她说,我得走了,还要去大哥那边呢!我知道,如果不及时打断她,她会喋喋不休地一直说下去。这一点没什么好说的,所有到了结婚年龄却还迟迟没有结婚的年轻人的老娘都一样,都长着一张同样的嘴。

从单元门一出来,我就看见了栗莉,她正在抽烟,一只脚蹬在广场中间那个小花坛的边沿上。但是一看见我走下来,她马上就摁灭了烟,朝小区大门口的方向走去。

我冲下来，想和她并肩而行。她察觉到了这一点，也加快了脚步。这么一来，我们又拉开了距离。我喊她等等我，这一喊不但没起到应有的效果，反而还起到了反效果，接下来栗莉用更快的速度对我表示了回应。她一不高兴就这样，但是眼下我并不知道哪里惹到她了，惹毛她了。我在脑海里把之前的这几个小时快速过了一遍，最后才放下心来。

一上车，栗莉劈头就问我，你妈找你干吗？没干吗啊，我说。没干吗怎么待那么久，她斜了我一眼问，还背着我！我说，我妈说你比上次瘦多了，叫我多关心关心你。她翻了个白眼说，狗屁！我说，不信你可以问她。她说，你妈说这些还用背着我？我说，估计她是说给我听的吧，觉得我不够关心你。栗莉还是不信，不过已经不像刚才那么不信了。

从燕祁路拐上厂通路的时候，栗莉突然又冒出来一句，你妈该不会是催你结婚了吧，是不是要我们先把婚结了再买房子？我心里一惊，对女人和女人之间惊人的洞察力感到一阵恐怖，然后便悄悄地把眯着的眼睛闭上了，同时迅速盘算着接下来的对策。

是不是啊？她又提高了音量问。我还是没吭声。这时她大喊了一声——张熙阳！我装作一副突然被惊醒的样子说，什么？她生气地说，跟谁装呢你，你丫根本没睡着！我说，真睡着了，你看，口水都快流出来了。我指了指自己的嘴角。她哼了一声问，你妈找你干吗啊？是不是催你结婚？我说，没有的事,房子都还没买呢,拿什么结!接下来,怕栗莉再盘问,我就跟她说起公司里的那些八卦,谁跟谁好了,谁跟谁掰了,谁跟领导有一腿了。她不时被逗得哈哈一笑,好像已经忘了刚才的事情。快到香河时我给我爸打了个电话,本来我想问他在公司还是在大哥家,不过他一直没接,于是我们就直接去了大哥家。

大哥在,大嫂在,他们的女儿贝贝也在,只有我爸不在。爸呢?我问大哥。他说,刚才下去了啊,是不是迎你们去了?我又问贝贝,贝贝,爷爷去哪了?她举着小手朝窗外指了指说,跳舞!我摸了摸她的头说,爷爷跳舞去了?她点点头。我说,那你带三叔去找爷爷。于是她一只手牵起我,一只手牵起栗莉,就像我们的女儿似的拖着我们俩下了楼。

我爸果然在楼下的小广场上跳舞。此时此刻,他和几个年龄跟他差不多的老头儿正混迹在一群花枝招展的大妈中间,随着那曲《十八姑娘一朵花》起舞着,脸色明亮,身形矫健,拼命摇动着两只膀子,像是把春种秋收的那股子劲头都用在了这上头。

我让贝贝去把爷爷喊过来。贝贝走到他旁边,叫了一声,我爸往身后只一瞥,就连忙收住了动作,然后他又手搭凉棚四下里望了望。望见我和栗莉之后,他不好意思地咧开嘴笑了笑,然后就逃跑似的从那群妇女中间出了列,搓着手朝我们走过来。一直也等不到你们,就出来锻炼锻炼哈,锻炼锻炼!走

去邯郸 015

到我们跟前的时候，他把笑容硬在脸上解释道，好像他跟那群妇女一起跳舞是因为我和栗莉没有及时到来才导致的。

他摸出来烟，给我递过来一根，又问我什么时候到的，晚上还走不走，有没有去过二哥家，以及他的两个小孙子张成和张功怎么样。我没有接他的烟，也没有接他的话。

回去的路上，栗莉牵着贝贝走在前面，我和我爸跟在后面。我没好气地对他说，闲不住了？老毛病又犯了？我知道，虽然一直没有被抓住什么实质性的把柄，但是我爸和村里某个女人的风言风语却一直流传了很多年。他捅了我一下，又指了指前面的栗莉和贝贝。

回到大哥家，晚饭已经摆了上来。我不喝酒，栗莉和大嫂也不喝酒，只有大哥和我爸喝。我一边吃一边琢磨着接下来该怎么开口。但是，就好像知道我来这儿的目的一样，大嫂先开了口。她先是装作漫不经心地说了一通贝贝的教育问题，上了什么什么辅导班，花了多少多少钱，接着又对自己的单位效益下滑、奖金只有一半这事发了一通牢骚，再接着她又话锋一转，说起来她弟弟的物流公司，说物流行业现在怎么怎么挣钱，家里的钱都挤出来入她弟弟公司的股了。我不知道她为什么要扯那么多，扯那么多到底是想表达什么。

最后，大嫂富有深意地看了我和栗莉一眼说，小弟，你们手头要是有闲钱，也可以在我弟弟的公司里入股，保证能挣钱，真的！不得不说，姜还是老的辣，比二嫂早三年嫁到我们家确实让她多了三年当儿媳妇的经验，也多了三年对付我们一家子的经验。好吧，既然她都说到这个地步了，我就更不知道该怎么开口了，我摆了摆手说，我们哪有钱。

我不知道大嫂是怎么知道我是来借钱的，我想十有八九是大哥透露给她的，我之前也只跟他和二哥说过这个事。接下来，我越吃越觉得自己的每个动作都是生硬的、机械的、勉强的，吃到一半就吃不下去了。我爸和大哥还在喝酒，一盅接一盅地喝。一喝酒我爸就上脸，我大哥也是这样——这间接证明了他确实是我爸亲生的。现在，他俩的脸都红透了，一直红到发际线，大哥的发际线已经越来越接近我爸了——这也再次间接证明了他确实是我爸亲生的。不过，眼下他们看上去却并不太像一对父子，反倒是像一对兄弟。

一瓶酒喝完，大哥还要再开一瓶。这时候大嫂气势汹汹地走过来，直接把大哥的酒杯收走了，说不能让他再喝了，他也不能再喝了。不过我明显能看得出来，她并不是要针对我大哥，而是要以针对我大哥的名义针对我爸。毫无疑问，每一个当久了儿媳妇的女人都精通此道。说到底，她把我爸弄到这里来是给自己弟弟看大门的，而不是请他来喝酒的。

吃完晚饭已经九点多了，大嫂说去把客房给我们收拾出来。不过我已经没有心思再住下去了，看得出来栗莉也是，于是我便找了个借口说明天还有事，得马上回去了。

栗莉的脸色很不好看。下楼时，她把之前我让她给我妈的那个信封又掏出来递给我。我说，怎么还在你手上？栗莉说，我给她她不要！我说，怎么会不要呢？栗莉说，我怎么知道！信封还是那个信封，但明显变厚了，我捏了捏，又掏出来数了数，一共一万一。我说，不对啊，怎么多出来一万？栗莉说，你妈给的，说是给我们买房子。我把钱装进去又递给她说，那你拿着吧！她不要，说什么都不要。我说，嫌少？她瞪了我一眼说，嫌多！

下楼之后，还没走出去几步，我就听到后面有人在喊我——是我大哥。他一路小跑着跟过来，又把我拉到一边，接着从怀里掏出一个小塑料袋说，这是三万，你先拿着用，不够了回头我再想想办法。说完，他十分小心地看了看单元门洞，又凑到我耳边说，千万别让你大嫂知道了，这钱是我自己攒的。接过钱，我心头一热说，哦哦哦，不知道什么时候才能还上你呢。大哥说，算了算了，还什么还，你们赶紧回去吧，十点了都快。

大哥把我们送到小区门口，看着我们上了车。开了一段，我还能从后视镜里看到他在路灯下一边抽烟一边望着我们。看着那个越来越小的他，我鼻腔里突然感到一阵发酸。

不知道为什么，这时候我突然想起来多年之前的一件事，那时候我们还很小。有一阵子，二哥脖子里生了个疖疮，肿得老高，后来化了脓，父母要带他去石家庄开刀，就把大哥和我留在了家里。那时候我们家养了两头牛，怕牛被牵走，平时晚上我爸就睡在那间东厢房改成的牛棚里，他一走，这个任务就落在了大哥头上。而我那时候的胆子比年龄还要小，晚上不敢一个人睡，于是每天都要跑过去跟大哥一起挤在牛棚里的那张小床上。那头老牛和小牛卧在石槽里侧，我和大哥就躺在石槽外侧。靠在他的胳肢窝里，听着里面两头牛的反刍声和喷鼻声，那几天我睡得格外踏实，甚至比平日里睡在我妈身边还要踏实。

夜深了，看着窗外的旷野，旷野里偶尔闪过的几盏灯火，现在我心里又踏实下来。

栗莉一上车就睡着了，或者是装睡着了。喊了她好几声，她才不耐烦地回了一句，怎么了？我说，我算了算，首付的钱现在还差着三十六万呢，怎么搞？她歪了歪身子，躺得更舒服了些说，什么怎么搞？你自己搞！我说，我能怎么搞？她悻悻地说，那我不管！我想了想说，其实二嫂说的也不是没有道理，住在燕郊跟住在果园能差多远呢，也就半个小时的车程，一脚油门的事儿，实在不行干脆就在燕郊买房算了，反正我们有车，也方便。

栗莉一脸不屑地说，你的意思是要我跟你到河北去住？我说，那不也是没办法的办法嘛，首付都凑不够，你说还能怎么搞？她冷笑了一声，又提高音量说，河北我是不可能去住的，想都不要想！我说，你也看到了，我们家实在拿不出来什么钱了，如果非要买通州的房子，那就让你爸妈再凑点儿。她说，我们家已经出了三十万，你们家才出了多少？你爸妈之前拿了十五万，今天你妈又给了一万，你二嫂五万，你大哥三万，一共二十四万，对吧，我们家还多出了六万呢，凭什么还要再出？凭什么？到底是你娶我还是我娶你？

我算看出来了，你就是想占我们家便宜，你们全家都想占我们家便宜！她又说。

我说，你们家就是把不够的首付款都出了也就三十六万，我又占了你多少便宜？她说，占多少？占多少你自己心里不清楚吗？我说，你说清楚。她又冷笑了一声说，真想听？我说，你说！她清清嗓子说，跟我结婚你就有北京户口了吧，将来小孩也有了吧，两个呢？没想到她在这儿猫着我呢！尽管很生气，但我还是最大程度地保持了克制，我并不想和她大吵一架，撞上别的车子或被别的车子撞上。

是不是？这个便宜你敢说没想过？你敢说一点儿都没想过？我把车子刚停好，栗莉又开始逼逼起来。望着她那张挑衅似的小脸儿，我心头上憋了又憋一憋再憋的那股情绪几乎快要憋不住了。我很想用力扇过去一巴掌，在她小脸上留下五道鲜红的指印——就像电视剧里演的那样。我扬起手来晃了晃，又晃了晃，但是终究也没有朝她落下去，而是摸了摸自己的脸。是的，我知道打女人不好，而最重要的是我没那个勇气，因为我爸从来就没有给我们三兄弟注入过那种东西，就像他爸也从来没有给他注入过那种东西。

我说，你什么时候变得那么庸俗了，一开始我怎么没发现呢？我真是瞎了眼！你瞎了眼？我才瞎了眼呢！她解开安全带，一摔车门走了出去。透过后视镜，我看见她一直走到车后面二三十米的位置，最后在护栏边停了下来。她站在那里，手里夹着一根烟。

几分钟后，等稍微平静下来一些，我也下了车。我沿着栗莉刚才走的路线朝她走过去，并在她身后停了下来。但是我并没有喊她，也没有走上前去，而是跟她一样一动不动地站在那里，定定地望着她。栗莉当然不可能不知道我走了过来，不过，对于我的到来她并没有表现出任何反应——如果不是她呼出来的那两股热乎乎的白气被一阵阵冷风吹歪吹散掉，她那头波浪卷被吹得上下翻飞之外，她和一具雕塑没什么两样儿。

她所站的地方离我非常近，仅仅一步之遥，或者说也就三十六万人民币的距离。

望着栗莉瘦削的背影，以及她面前那片空旷而黝黑的田野，我感到非常遗憾，遗憾自己怎么找了这么个女朋友，同时更遗憾我爸妈怎么只为我生下了两个哥哥而不是更多。当年，如果他们能为那个迟迟没有到来的女儿再努力上几番，那么我上面肯定还会再多出来几个哥哥——或者姐姐，现在他们每个人都会支援上我一笔，也就能把我顺利地支援到北京城里面去了。如果是那样的话，那么现在我也就有足够的勇气往前迈上一步，和栗莉站在一起了，不不不，我们也就不会在深夜时分一前一后地站在这么个鬼地方了。

我呆呆地站着,目光越过栗莉瘦削的肩头停落在她也正望着的那片田野。我们所站立的路基下面是一垄垄低矮的麦苗,近处的几垄在路灯照耀下泛着一层青绿色的微光,越往里变得越黝黑,更远的地方什么也看不见,只挂着几盏零零星星的灯火。可以肯定的是,之前我从没来过这个地方,不过不知道怎么的,我对这里萌生出了一种似曾相识的感觉。

很多年前,那时候还没有收割机,所以每年到了麦收时节,我的父母就不得不扛着两把银光闪闪的镰刀下地去割麦子,这时候我们三兄弟也总是会被驱赶到地里捡麦穗。当时我们都还小,总是捡着捡着就偷起了懒,互相追逐着打闹起来。此时此刻,望着那一垄垄已经从青绿变成了黝黑的麦苗,我仿佛望见了正在金黄色麦茬地里追逐打闹着的我们三兄弟,以及我们弓着身子隐没在金色麦浪中的父母。我望见大哥正在前面拼命地跑,二哥正在后面拼命地追,年龄最小的我落在了最后面,落在最后面的我停下来,手搭凉棚望了一眼旁边的那条公路——是的,我远远地望见了我正在眺望着公路护栏边的我和栗莉。

现在,栗莉一动不动地站着、望着,而在她身后一步之遥的我也保持着这样的姿势。

以往,在类似的情况下,我会主动先跟她认个错,或者她会主动先冲我撒个娇,而我们彼此也都会顺利地屈服于对方的认错和撒娇，顺着对方搭好的那个台阶走下来。不过这一次我并没有那么做——正如她也没撒娇，也许这一次她很清楚地知道，我也很清楚地知道，我们都很清楚地知道对方知道，我们面对的并不是认个错和撒个娇就能解决的事情。

过了一会儿，栗莉突然转过身来，气呼呼地从我身边掠过，朝她那辆斯柯达明锐跑过去，拉开车门上了车。于是我也一路小跑着紧跟过去。上了车，我一边系安全带一边说，你开？要不然还是我来开吧？她没有理我，并在接下来的这一路上都没有再理我。

回到我租住的电力公司小区时已经晚上十一点多了。栗莉把车子在小区门口停下来，不过她自己却没有要下车的意思，同时也没有给车子熄火。我说，怎么，你不上去吗？她没有回答我，而是指了指我，又指了指小区大门。我说，那你呢？她一动不动地望着前方说，我回家！我说，都什么时候了你还回家？她又不吭声了，还是定定地望着前方，我注意到前方拐角处有一个穿橙色制服的清洁工，他正在把垃圾从垃圾桶里翻倒进三轮车里。

直到那个清洁工把三轮车开走了，栗莉才长长地出了一口气。她像是做出了一个很大的决定似的说，你快下车吧，我还得回家！我划亮手机屏幕看了一眼说，马上都十二点了，你回到家都什么时候了？她没回答我，而是解开安全带，拉开车门走下来，绕过车头一直走到我这边，又一把拉开我这边的车门,最后她微笑着做出一个"请"的手势。

目送着栗莉的车子消失在前方路口之后,我还是继续站在那里。是的,暂时我还不想上去,此时此刻我非常需要在寒冷的街头站上一会儿,同时非常需要抽上一支烟,只有一支烟才能让我平静下来,也只有一支烟才能让我感受到一丝温暖。我摸了摸裤兜,没摸到烟,两个裤兜都翻了一遍也没摸到,只摸到了那只打火机。奇怪,我明明记得还有大半盒烟呢,怎么没有了?落在车上了?还是掉到哪里了?我努力想了想,最后想起来了。

果然,在背包里摸了几下,我就摸到了"中南海"烟盒上那层光滑的塑料膜。一起摸到的,还有我那串钥匙,还有那个鼓鼓囊囊的塑料袋,以及那只同样鼓鼓囊囊的并有些涩手的牛皮纸信封。点上烟,抽了一口,我把那股烟气朝着头顶上的那盏路灯喷出去,又看着它像炊烟一样袅袅地飞升上去,飞升上去,最后一点点儿地被路灯的光芒吸收掉了。

旁边的那几片落叶,被风裹卷着吹了起来,打着旋儿飞舞到半空中,然后又飘飘忽忽地落了下来。我突然注意到,与那几片叶子一起落下来的还有一片片细碎晶莹的雪花。是的,正像天气预报里所说的那样,下雪了。我裹了裹大衣,又摸出来一支烟续上。

这时候,一辆亮着绿灯的出租车开了过来,在我身边缓缓停下。那个司机降下来玻璃,操着一口标准的京片子说,走吗哥们儿？我摆了摆手。可以肯定的是，他显然非常清楚地看明白了我的手势，不过他并没有把车开走，而是继续望着我，一脸不死心地说，走吧您，反正我这也是最后一单了，给您便宜点儿。他看了看我，又看了看天说，下雪了呢，再不走，等会儿可就没有车了啊。我看了看天，又看了看他，然后拉开车门坐了进去。

哥们儿，去哪？他一边问一边把车子往路中间开过去。随便！我说。他扭过头来看了我一眼说，您要去哪？随便！我又重复了一遍。他把车子在路边缓缓停下来说，您到底去哪？我弹掉烟头，摇上玻璃说，去邯郸。他笑笑说，哥们儿，喝多了？我从背包摸出那沓钱冲他晃了晃说，没喝多，放心，钱一分也不少你的。他又笑笑，这才把车子又往路中间开过去。我把钱都掏出来，数了数，一共四万一。这些钱，去到邯郸，去到我们张村集乡东屯村，足够了——就是再折返回来也足够了。我靠着窗歪下来，望着玻璃上被哈出的那口热气晕染成一片金红色的小区里的灯火，望着它们快速闪过来，又快速被甩到身后去。

火　腿

　　我把枪从拉开的窗户里伸出去,瞄准对面小高层里比我低两个楼层的那个男的。现在他正躺在一把折叠椅上,两只脚交叠着蹬在阳台护栏边沿,一只手举着手机,另一只手在屏幕上划来划去的,手机里的内容和洒在身上的阳光让他对即将到来的危险浑然不觉。我把枪口从他身上慢慢移开,又瞄准与他家一墙之隔的阳台上那个穿睡裙的女的,她正从洗衣机里把刚洗好的衣服一件一件地挂到晾衣绳上去,嵌在她家阳台外侧的那排栏框里现在盛开着几盆不知道名字的绿植。瞄准她睡裙上的那只小熊之后,我屏住呼吸,用右手的食指扣住扳机往回用力,再用力,接下来我就听见了那清脆的"啪"的一声。

　　不过她并没有应声而倒,还在继续晾衣服。她拎起来一件T恤衫,展平了挂上去,又拎起来一件短裤,也展平了挂上去。她睡裙上的那只小熊也在来回跳动着。

爸爸，给我枪！给我枪！给我枪！这时候我听见晨晨从背后的客厅里咚咚咚咚地跑过来，跑到我面前，一只手扒拉着我，一只手挥舞着嚷嚷道。这是我的枪！我的枪！他又说。我装作不高兴的样子把枪递给他说，那么小气，爸爸玩一下怎么啦，还是爸爸给你买的呢！现在他不说话了，拿着那把枪上上下下地摆弄起来。那是一把史密斯左轮，《肮脏哈利》中克林·伊斯威特的配枪，号称世界上火力最强的手枪，三天之前我从网上买的，看上去跟真的一模一样。现在，一缕阳光停在它灰黑色的塑料枪筒上，把上面那排亮银色的斜体字母——REVOLVERS TOYS 203——照得闪闪发光。

我把晨晨抱起来，走回客厅。苏丽已经把早点端上了餐桌，三碗小米粥，三片海绵蛋糕，三颗白水鸡蛋，一盘蔬菜沙拉。现在她还在厨房里忙活着，我能听见从那儿传来的一阵阵清脆的杯碟相撞的声音，水流顺着下水槽慢慢泄下去的咕嘟声，以及豆子在豆浆机里被挤压搅碎的声音……那些声音听起来非常新鲜、生动，就像是第一次听到那样——事实上几乎每天早上我都可以听到这些声音，只是今天才突然注意到。

晨晨从我怀里挣脱下来，跳上沙发，站定，又眯起来一只眼睛用枪瞄准我。不许动！他绷着脸，口气就跟电视里的那些人一样，接着又喊道——bang！bang！bang！但他的手指并没扣在扳机上，对一个刚过完四岁生日的孩子来说，要理解那一点还有些困难。不过我还是很配合地歪了下去，瘫倒在旁边

火腿　　027

的那只懒人沙发窝里,同时闭上眼睛,把脑袋耷拉下来,两只手向两边摊开去。我把爸爸打死了!我把爸爸打死了!我把爸爸打死了!我听见他朝着厨房的方向大声嚷嚷道,接着又咯咯咯咯地笑起来。我把眼睛眯开一道缝,看见他从沙发上跳下来,噔噔噔噔地从我身边跑过去,闪到厨房里去了。很快,厨房里也传来 bang、bang、bang 的声音,再接着是苏丽几声尖厉的呵斥。

过了一会儿,我看见晨晨耷拉着脑袋走了出来——手里还握着那把枪,苏丽一手端着豆浆壶一手拎着三只杯子跟在他身后。从我旁边路过的时候,苏丽狠狠瞪了还瘫坐在懒人沙发里的我一眼,又踢了我一脚。我把眼睛完全睁开,冲她笑了笑,接着站起来跟过去,把她手里的豆浆壶和杯子接过来,然后又往每只杯子里都倒上大半杯。

早餐简单,但是富有营养,这是我们的幸运。对一个营养师来说,这也是苏丽在她中医院那个岗位上可以光明正大地假公济私的地方。从那个专业学来的知识、多年来的工作经验和两年一次的进修告诉她,只有这样的饮食搭配才是最合理的,才是最健康的,所以她不但会把这样的搭配用在她的那些患者身上,同时也会用在我们一家三口身上——尤其是在晨晨出生之后的这几年里,她更是特别讲究这一点,早餐吃什么,午餐吃什么,晚餐吃什么,她都有自己的一套安排。她甚至还会把一周的早餐食谱都提前写在教晨晨认字的那张小黑板上,到了周日晚上再擦掉，换上下一周的。

吃到一半的时候，晨晨就不吃了。他走过来，十分熟练地从我的外衣口袋里摸出来手机，又十分熟练地对着我的脸刷了一下，然后就捏着它跑回他的小房间去了。肯定又是玩《奥特曼天天酷跑》去了，那是他最近特别热衷的一款游戏，每一次他都要选"银河"那个角色，因为它是拥有奥特六兄弟能量的强大奥特战士，擅长银河雷电击，从右手手臂发射出来的必杀光线具有巨大的杀伤力，可以给予迎面而来的敌人以致命伤害。

晨晨一走，苏丽也停了下来。她把他丢在餐桌上的那把枪够过去，翻来覆去地看了看，又四处望了望。接下来，她起身走到电视机旁的那张书柜前，把枪放进了最上面一层的那个空格里，然后又从其他格子里挪过来一排书挡在外面。有这个必要吗？我看了她一眼说，一把玩具枪而已，又不是真的！我不知道她到底在担心什么。

苏丽没有理我，她三下两下把粥喝完，然后把碗碗碟碟都摞在一起，端到厨房里去了。我仍然一动不动地坐在那儿，一边听着她在厨房里洗洗涮涮，一边盯着沙发靠着的那堵墙——除了我们结婚前布置新房时挂上去的那幅油画之外，那上面什么都没有。秋天，山坡上，漫山遍野的红枫叶，画面上的它们就像一团团火焰那样燃烧着——我们结婚之后的这些年里它们一直都在那儿燃烧着，并非只在今天这个早晨。

洗涮完苏丽又开始收拾行李。她的衣服，我的衣服，晨晨的衣服，她的化妆品，晨晨的零食，给她妈带的降压药，黑松露、蛋白粉等各种补品，给她爸带的护肝灵，还有其他的零零碎碎，塞了满满当当一大箱子。我走过去踢了踢那只行李箱说，不就回去两天吗？怎么带那么多东西？她白了我一眼，又冷笑一声说，是啊，我也不知道呢，什么都不用带，空着手，带一张嘴回去就行啦！我尴尬地笑了笑说，那怎么能行呢，好歹也是回娘家嘛！这时候晨晨从小房间里跑了出来，在餐桌上、沙发上和茶几上到处翻找起来。我说，你在找什么呢？枪！他说，我的枪呢？我的枪怎么不见啦？

　　苏丽装作一副不知情的样子说，刚才你不是还在玩吗，怎么就找不到啦？晨晨指了指桌子说，我明明记得放桌子上了嘛！他又求助似的朝我望过来。我连忙避开他的眼睛说，哦哦哦，我也没看见，会不会是你拿到小房间里去了？我记得你刚才好像拿进去了。他歪起脑袋，很认真地想了一会儿说，没有吧，我记得没有拿呀！在他走回小房间去找的时候，我望了一眼苏丽，又望了一眼书柜最上面一层那个格子，以及挡在最外面的那排书——晨晨当然不会想到那里，他的个头也不允许他够到那里。

　　要出门了，晨晨还在到处找他的枪。趁着苏丽去卫生间的时候，我把他拉到一边说，算了，爸爸再给你买别的玩具好不好？他没有吭声，还沉浸在找不到那把枪的失落中。好不好吗？我摇了摇他的肩膀。他头也不抬地嘟囔了一句，给我买什么？我蹲下来说，你想要什么？他翻了翻眼皮说，枪！机关枪！我冲他比画了一下说，手枪不好吗？不！机关枪！他很坚决。突突突，突突突，他边配音边做出一个扫射的姿势。

十点一刻，苏丽终于收拾好了她要带回去的那些鸡零狗碎，我们掐着点儿下楼去坐地铁。去高铁站的这一路上，晨晨一句话都没有说，一直蹲缩在车厢的角落里，耷拉着脑袋，失魂落魄地来回摸弄着拉杆箱的把手，往上拉一下，又往下压一下。我知道他还在惦念着他的那把枪，不过他无从知道的是，其实我比他也好不到哪儿去。

本来在周一我就已经计划好了，这个周末是和朋友去钓鱼的，我已经三个多月没去了。跟这个年龄段的很多男人一样，这两年我也迷上了钓鱼，那是在力港网络公司那份需要经常加班的差事和丈夫、父亲这两个更需要加班的差事之外我所找到的唯一能让自己放空一会儿的活动。开阔的水面、清脆的鸟鸣、安静的浮漂，以及下一竿能不能钓上鱼和能钓上来什么鱼的可能性，它们会让你忘掉眼前之外的一切，只需不停地抛竿、提竿、换饵、凝视、等待就行了——就那样安安静静地坐上一天，即使钓不到鱼也将会是非常满足的一天，非常幸福的一天。换句话说，鱼竿也可以是一把枪。

周二晚上，在给苏丽交上很久都没交的公粮之后，我趁机和她报备了这个计划。她没同意，没同意的理由很简单，就像她一直认为的那样，她觉得钓鱼是那些有钱又有闲的人应该干的事情，而我离那两个目标中的任何一个都还遥遥无期。后来在我的软磨硬泡之下，她终于勉强同意了。只能钓半天！她翻过去身子，背对着我说。但是到了周四早上，她却改了口，说周末要回老家一趟，因为我们快一年没回去了，她父母已经催过好几次了。是的，她说的没错，这是作为她丈夫的我找不出来任何理由拒绝的理由——虽然我还是隐隐地觉得她是为了不让我去钓鱼才临时安排的这一出。

十一点半的动车。上车还不到半个小时，苏丽就睡着了，晨晨也是。她趴在面前的那张小折叠桌上，脸朝着我；他趴在她边上，脸也朝着我，嘴角还在十分明显地下撇着——看来在梦里他还是没有找到那把枪。坐在最外侧的我没有睡，也睡不着。

出城之后，窗外的高楼大厦不见了，那些楼群先是换成了低矮的平房，接着又换成了大片大片金黄色的稻田和灰色斑块一样的村庄。在稻田和村庄之间，是波光闪闪的河、湖、塘、沟、汊、湾，以及水边那些三三两两的垂钓者和他们五颜六色的遮阳伞。这是风和日丽的一天，这是悠闲惬意的一天，我为他们能在这样的一天出来钓鱼感到幸福，更为他们能在这样的一天不用被妻子拖回去看望丈母娘和老丈人感到幸福。同时我也为自己感到遗憾，事实上，如果不是跟苏丽回老家，此时此刻我应该跟他们一样坐在水边，做着他们正在做着的事情，被坐在我这个座位上的另一个爱钓鱼的乘客看到，被他羡慕。

另外一列动车从对面风驰电掣地开过来，又一路呼啸着开到我们背后去的时候，我想象着自己轻巧地一跃就跳了上去，在某个座位上坐下来，那样我就可以返回武汉——进而和朋友一起去钓鱼了。是的，下了车，我们背着渔具，一前一后地来到长河边，坐下来，一边开着玩笑一边开始做各种钓前准备，阳光明媚，河面开阔而平静，我们要在那里钓上一整天……真的，要想实现这一点其实非常容易，只需要闭上眼睛就可以了——在那个世界里，你不但可以钓鱼，还可以钓到各种各样的鱼，最重要的是没有人可以限制你钓鱼，你妻子也不行，她既不能催命一样地催着你回去，你回去了也不会被她骂到抬不起头来。

一个女列车员推着一小车水果和各种饮料一路吆喝着走过来，走到我旁边让我把脚挪一挪的时候，我不得不睁开眼睛，强行把自己从遥远的长河边拉回来，摁在现在所坐的座位上。在那个女列车员走过去很远之后，我还在恶狠狠地盯着她胖胖的背影。

我醒了醒神，又摸出来手机，找了一场钓鱼直播看起来。是的，很多时候我只能通过这样的方式过一过干瘾。如果你很不幸地跟我一样——喜欢上了钓鱼同时又拥有一个我老婆这样的老婆，那么我可以毫无保留地把这个办法免费介绍给你，同时确保它非常管用。是的，感谢那些正在手机那头直播的天南地北的钓友们，在我不能去钓鱼的时候他们替我去了——他们提着笨重的渔具，翻山越岭地来到水边，架好相机、支好炮台、开好饵料、调好浮漂，然后把他们手中的鱼竿和他们自己一起交给屏幕这边的我——枯坐在家里的我，下班路上的我，或者此时此刻正坐在动车上的我。

跟钓鱼一样，看钓鱼有时候也会让人沉浸其中，产生一种和钓鱼非常接近的快感——这一点或许跟打麻将和看打麻将一样。就譬如现在，明明是坐在动车上，但是在很长一段时间内我却忘记了这一点，忘记了自己和它正以同样的速度飞驰着，直到报站广播响起来的时候我才重新意识到这一点，才重新意识到身边的苏丽、晨晨和窗外快速掠过的风景，进而意识到我们是在回苏丽老家的动车上。我看了看旁边的他们。

现在苏丽还没醒，她换了个姿势，脸朝向了里侧，这让我看不见她的脸。望着她的后脑勺，后脑勺上的那个红色发卡，我想起为数不多的几次回她老家，刚开始是我们俩，后来就变成了我们仨。我又想起十四年前——那一年我和苏丽都考到了武汉，她是从恩施，而我是从皖北的一座小县城。我们就读于同一所大学，还一起上过公共课，但在那四年里我们并没有机会认识对方——最多只是对方眼里一个模糊不清的身影，甚至不知道有对方这个人存在。直到毕业三年后的一场饭局上我们才有缘坐在彼此旁边，才有缘碰一杯迟到的酒，而接下来，同一届的校友身份和当时都急于脱单的渴望才让我们走近彼此，并在一年之后成了彼此的另一半。

结了婚之后，我们就把之前恋爱时游附在我们身上的那层蝉翼一样的浪漫的壳蜕掉了——不想蜕掉也不行，同时换上了另一层壳，接着就开始了为人夫和为人妻的那种漫长征程，以及接下来为人父和为人母的那种更漫长征程的准备。这样的生活，其实说起来也很简单，简单到只用一个字就可以概括，那就是——忙。苏丽忙，我也忙，而有了晨晨之后我们就更忙了，她既要上班还要带他，我则忙着上班和加班，连亲热一次的时间几乎都找不到，这一点很多跟我们一样的年轻夫妻都可以为我们做证。

忙，说到底还是因为穷。我很清楚，对苏丽这种工人家庭出身和我这种农民家庭出身的夫妻来说，忙不但是我们过去几年来的主要内容，而且也将会成为接下来很长一段时间内的主要内容，所以我已经不再对肉眼可见的未来抱有什么不切实际的幻想了。想去哪去哪，想干什么干什么，那是那些还没进入婚姻的单身汉们的生活，是那些不用为生计而发愁的已婚男人们的生活。如果说踮起脚跟能够到点儿什么的话，我希望接下来苏丽能多理解我一些，不要把我被那份差事榨掉之后的时间再榨上一道，起码不要把我两周钓一次鱼（这是她能接受的极限频率了）的那点儿时间也榨掉。

苏丽，对于我这个不算太高的要求，你可以理解吗，可以满足吗？想到这里的时候，我望了她一眼。不知道是不是接收到了我的信号,这时候苏丽醒了。

她睡眼惺忪地看了我一眼,捋了捋头发,望着窗外的田野发了会儿怔,接着又喝了口水,最后也摸出手机找到昨天晚上没看完的那部电影看起来:现在,两位美国宇航员——马特·库沃斯基和女博士莱恩·斯通——已经靠近了国际空间站,他们打算驾驶俄罗斯的"联盟号"飞船返回地球,不过却撞上了太阳能电池板,两个人仅靠一根缠绕在斯通脚上的绳索与空间站相连,这时候库沃斯基决定解开自己绳索的扣环以保证斯通能够得救——而斯通则一再请求他不要那样做……是的,她正在看我早就看过的那部《地心引力》。

一过宜昌,速度就降了下来。现在进入了鄂西山区,大大小小的山峰一座接着一座,从几分钟到十几分钟长的隧道也一条接着一条。我的手机信号越来越差,最后屏幕卡在了一个钓友遛鱼的画面上。苏丽的手机也是,她的斯通博士卡在了驾驶着"神舟"飞船穿越大气层回来的路上,与她一起穿越大气层的,还有无数颗正在被火焰吞噬的空间站碎片……哦,没事的,等一会儿她就会掉到海里啦,就会得救啦!我对苏丽说,好莱坞嘛,就是这么个套路,虽然总要历经千辛万险,但最后又总能化险为夷!

苏丽没有吭声,她把目光从手机屏幕上慢慢移开,望向隧道里那些明明灭灭的灯火。接着,她又往我这边靠过来,她的右肩头越过晨晨,轻轻地落在了我的左肩头。现在的这条隧道很长，我们在那种明明灭灭里又穿行了七八分钟，才再一次迎来外面那个重新降临的世界。这时候，我感觉到苏丽又把她自己从我的肩头轻轻地挪开了。

现在，窗外又恢复了之前的那个样子，连绵起伏的硕大山体，翠绿明亮的葱茏草木，浮动在山顶上的一朵朵白云，还有高高的山坡以及山坡上那些一闪而过的孤零零的房子。它们暗红色的屋瓦让我想象起来住在底下的那些人，以及他们每天、每月、每年都要在那儿展开的近似于某种永恒的生活。日出而作，日落而息，在巴掌那么大的地方度过一生，那当然也是一种活法，一种现代人虽然已经不再能理解的活法，不过说到底那也是一种活法——对于置身其中的人来说，那或许还是一种不错的活法。

苏丽去卫生间的时候，晨晨也醒了。他指着车顶方向说，爸爸你看！我顺着他指的方向看过去，但并不清楚他要我看什么——事实上那儿什么都没有。什么？我问。

枪！他看了我一眼说，里面那个人在打枪！我笑了，那是梁朝伟，他在用枪指着刘德华的头，那台吊顶电视里此时此刻正在播放着《无间道》。晨晨又想起来自己的那一把，他眨了眨眼睛说，爸爸，你们把我的枪藏到哪里去啦？我说，怎么会呢，肯定是你丢到哪里去了，我们没有藏！我想起来书柜最上面的那层格子，静静躺在里面的那把黑色史密斯左轮，以及挡在最外面的那排书。我问他，很快就能见到外婆了，你想外婆了没？想了！他说。那外公呢？我又问。他歪着脑袋想了一下说，也想了！

到站已经是傍晚时分了，我们走出来的时候，七八个皮肤黝黑的中年男女一起拥过来，争抢着要帮我拎那只硕大的行李箱，好让我们坐其中一个的车。我拒绝了他们热情而野蛮的拉扯，走到广场外面叫了一辆出租车去水厂家属院。苏丽的父母住在那儿的一栋筒子楼里，四楼，小三室一厅。那套房子有些年头了，是二十个世纪八十年代水厂分给我老丈人的，同时也是他和我丈母娘的婚房，他们在那里住了近四十年；换句话说，他们已经在那里度过了把他们从一对新婚夫妇变成一对老头老太的漫长时光。

下了车，一进水厂家属院，晨晨一眼就认出了外婆，他一边大喊着一边从苏丽手里挣脱出来朝她跑去。而跟着晨晨的背影，我看见丈母娘就像一条蛇那样从一片绿油油中昂起头来——她正在楼下那片小菜园里，那是她从棉纺厂退休之后在并不属于她的那块空地上辛勤开垦出来的一片小菜园，并在四周垒了一圈由碎砖头和矮篱笆组成的矮墙以表示那就是她的小菜园，里面非常整齐地种着一畦畦的辣椒、小葱、香菜、生菜和空心菜什么的，四季常绿。我知道，我丈母娘一向就是个会精打细算地过日子的人，我还知道像她那么会精打细算地过日子的人其实并不在少数，楼下那些像补丁一样的小菜园每一片也都对应着一户人家，也都对应着一个像她这样的退休老太太。

眼前的这一幕让我不禁想象多年之后，我不知道多年之后苏丽会不会也置身于眼前的画面中——我们的晨晨带着妻子、儿子回来看我们，我们的小孙子就像现在的晨晨那样大喊着奔向苏丽，而苏丽则像现在的她妈那样从一片绿油油之中昂起头来。

上楼后，苏丽和她妈择菜，我和晨晨看电视——准确地说，我并不是在看电视，只是在看着电视，耳朵里却一直在注意着苏丽和她妈那边的动静——我知道，她有时候会在电话里跟她妈告状，说我加班越来越多，在家的时间越来越少，老是想着出门钓鱼。不过这一次她并没有，她在听她妈说。我听见丈母娘在那边说起谁家的儿子结婚了，谁家的女儿要了二胎，她问我们俩有没有这个打算，接着她又话锋一转，说起苏丽的弟弟苏伟，说起他的工作，说起他谈了一年的女朋友，说起他们的婚事……

丈母娘的话题貌似散漫，不过最后却不偏不倚地落在了苏伟买房子的事情上。我听见她提高了音量对苏丽——更可能是对这边的我——说，到时候你们也想想办法，看能不能给小伟凑点儿，他才上班没几年呢……我心里不由咯噔了一下，看来我和苏丽每个月还过房贷、开销完之后所攒起来的那点儿压箱底的钱很可能也焐不热了。接下来，在感觉到丈母娘随时都会向我这边扭过头来的时候，我起身去了阳台。

太阳已经落山了，对面被楼体切出来的那片三角形的天空中飘浮着一大片橘红色的晚霞，一架飞机正穿过那片晚霞从西南方向往东北方向徐徐飞去。盯着那架飞机，我仿佛能看见上面的那些乘客，那些从 A 地前往 B 地或者到了 B 地还要再赶赴 C 地但是现在却被牢牢固定在座位上的乘客，他们有的正在看电影，有的正在呼呼大睡，有的正在色眯眯地盯着空姐，而有的正在望着窗外耀眼的云朵……我希望他们现在都能停下来，趴到舷窗边望一望，我希望他们能望见此时此刻下面有个人正在他老丈人家的阳台上望着他们，我还希望他们能知道这个人在这个点儿本来应该坐在长河边望着那片洒满了金色晚霞的宁静河面，而不是在为他丈母娘要他凑钱而提心吊胆。

我再进来的时候，苏丽和她妈已经离开了客厅，到厨房里忙活去了。我坐下来，一边看电视一边留意着厨房那边的声音，我一边听着高压锅气阀的喷气声、油锅里的煎炒声、碗碗碟碟的撞击声，一边努力分辨着隐在那些声音之间的声音——我不知道她俩是不是还在商量着给苏伟买房子的事情，是不是商量好了要我们凑的那个数。

半个小时之后，贤惠的苏丽和贤惠的丈母娘充分发挥了她们作为妻子和母亲的贤惠，搞了满满一桌子菜。菜上了桌，这时候我才意识到回来之后还一直没有见到老丈人，我说，爸呢？他不吃饭吗？丈母娘把筷子用力一拍说，他死了！她是这么说的，不过脸上却并没有一丝悲伤之色，于是我也就明白了大概怎么回事——这样的话我并不是只从她嘴里听到过，这样的情形也并不是只发生在她和我老丈人之间，我妈和我爸，我们这一代人的妈和爸，差不多也都是这样的。我举起筷子，埋着头吃喝起来。

见我没有继续问下去，这时候丈母娘却来劲了。她冲我敲了敲桌子说，龙，你说，你说你爸是不是脑子里进水了？我不知道她到底什么意思，摸不着头脑地望着她，希望她能把话说得更明白一些。哦哦哦，是这样，水厂的人手不够，说是要返聘他回去继续搞技术员，工资不变，退休金也照发，他倒好，不去！说什么都不去！怎么说都不去！丈母娘恨恨地说，她咬牙切齿的表情里隐隐约约地浮现出苏丽不让我去钓鱼时的样子。我笑笑说，不去也好，忙活一辈子了，也该享享福了。她瞪了我一眼说，不去？为什么不去？白拿钱为什么不去？听她这么一说，我也就没再接下去了。

九点半，我们快吃完了老丈人才回来，他背着双肩包，一副风尘仆仆的样子。他走过来跟我们打招呼的时候，丈母娘站起来，走到他跟前围着他转了一圈，就像打量一个陌生人那样上上下下打量了一番他说，你是哪个啊？是不是走错门了？老丈人没有理她，跟我们说他已经吃过了，要我们慢慢吃，接着就向里面的那个小房间走去。

老丈人一走，丈母娘又开始唠叨起他来，说他退休是退休了，倒是比退休前还要更忙了，一天到晚也不着家；又说他把钱都花到那些破铜烂铁上去了,要不是自己管着,这个家早就被他败光了……过了一会儿,好像觉得这种缺席审判差点意思,她又"老苏""老苏"地喊了几嗓子。老丈人从小房间里应了几声,不过一直没出来。他这副态度让我丈母娘十分恼火——尤其是当着我们的面,她气冲冲地跑过去,拉开门冲着里面说,苏忠德!你这个人怎么回事,聋了还是哑巴了?女儿女婿都回来了,你却憋着不出来了,有你这样的吗?我看你这个人是越活越小啦,活半辈子又缩回去啦?!

也许是仗着有我们一家三口做后盾,丈母娘又气势汹汹地质问他,你想好没有,返聘到底去不去?不去!我听见老丈人说。怎么不去?你又不是七老八十干不动了,又不是病秧子,坐在办公室里风刮不着雨淋不着的,为什么不去?不想去!不想去?不想去你让小伟怎么搞?让他买房子怎么搞?让他自己搞!他有手有脚的,自己不能搞吗?哪有什么都让父母操心的,当年谁又操过我的心啦?!你到底去不去?去不去?啊?说了不去啊!不去就是不去!我让你不去!我让你不去!我让你不去!……

苏丽没有过去劝,我自然就更不会过去劝了。几分钟之后,丈母娘气鼓鼓地从小房间里走了出来,一坐下,她又在我们面前唠叨起来,说他不去上班不行,不去也得去,那么好的机会,别人想去还去不上呢……接着,她甚至还把这个任务派到了我头上,要我这两天去做做老丈人的工作,让他把水厂返聘的差事接下来。直到过了晚上十一点,两个接连而至的呵欠才终于让她意识到该去睡觉了,也该放我们一家三口去睡觉了。

跟在家里的时候一样,晨晨先洗澡,接着是苏丽,最后才是我。等我洗完澡出来的时候,晨晨已经睡着了,苏丽还没有睡,她正歪在床头举着手机看电影——正如我所说的那样,她的斯通博士现在已经得救了,她驾驶的那艘飞船溅落到了大海中,被捞了起来。我在苏丽旁边躺下来,并在躺下来的同时往她睡衣里面摸过去。但是,连看都没有看我一眼,她就准确无误地捉住了我的手,并非常坚决地把它推了回来。

几分钟之后,当再一次把手摸过去的时候,我压低了声音问苏丽,小伟买房,你妈说要我们出多少钱?她再一次准确地捉住我的手,并再一次坚决地把它推了回来。你说呢?她问。我哪知道,我说,你和你妈怎么说的?她的目光还是没有离开手机屏幕,只是朝我举起来一只手掌,又翻了一翻。我说,十万?你疯了吧,我们不用钱了?你不是说还要买车?还要换冰箱?苏丽说,车和冰箱又不急。我问,那我们万一其他地方要用钱呢?而且,这十万跟小伟该怎么算呢,算是给他的还是算借给他的?

你可别忘了!她瞪着我说,我们买房的首付里还有十万是我家出的,算给你的还是算借给你的?她提到这一茬的时候,我马上就蔫了下来。是的,这是她从一开始就能捏住我并能捏

火腿　043

死我的地方，同时也是我们结婚之后她能一直牢牢地占据某个制高点的根本原因。

现在我不吭声了，那十万块堵住了我的嘴。但是话又说回来，这怎么能怪到我头上来呢？要怪也只能怪我父母，怪他们是种地的而不是开矿的，谁叫他们拿出来一辈子的积蓄给我哥盖了一栋小洋楼之后就再也拿不出来余钱给我了呢？而现在，要怪也只能怪我妈一个人了，我爸已经在山坡上——哦不，在天上——保佑我们了。

我摆了摆手说，不说了，睡觉！睡觉！不过苏丽现在还没有要睡觉的意思，她又找了一部电影看起来。现在，对于这个接连两次把我推回来的女人，我已经完全没有了再一次摸过去的那种兴致，我背对着她侧着身子躺下来，又逼着自己闭上眼睛。

阳光明媚，我爸走到院子里，把小铁铲递给我，又蹲下来，让我骑到他的脖子上去。接着，他站起来——我也是，驮着我走出院子，沿着院子后面的那条小路往一座矮山上走去。我知道，他这是又要带我去挖兰草了。等挖回来之后，他就会养在窗台外面的那溜陶土盆里，等着它们开花，长时间地坐在那儿看那些花，虽然这是一件与他的农民身份很不相称的事情——我妈就不止一次地抱怨过他这一点，说他侍弄它们比侍弄庄稼还精心。有时候他还会让我往他的兰草盆里撒尿，说这样可以长得更旺。

现在，在梦里，我爸又活了过来，又一次要我这样做。尿啊！他笑着一遍遍地催促我。褪下裤子，对准那盆兰草，准备再一次往里面撒尿的时候，我醒了，被一泡真实的尿憋醒了。恍惚了一会儿，我才意识到自己此时此刻正躺在哪里，才意识到身边还在看电影的苏丽和已经睡熟了的晨晨。

上完厕所出来，我并没有马上回房间，我知道苏丽还没有睡。我蹑手蹑脚地来到客厅，在沙发上坐下来。坐在那片半明半黑的光线中，望着那些梦境一样的光线，我又想起来我爸，想起来他的那些兰草，想起来很多年之前他长时间望着那些兰草时的表情，那是一种完全沉浸在其中的表情，一种离开了他所置身的那个世界的表情，一种当时的我们完全不能理解的表情——而现在，到了他当时的那个年龄，我大概可以理解了，那或许也就是我每次坐在长河边望着平静的水面时的表情。

过了一会儿，就在我想着回去把刚才那个梦继续做下去的时候，我注意到里面那个小房间的灯还亮着——更准确地说，是一道光从门底下的那条缝里透了出来。我突然想起来老丈人还在里面。

我走过去，把耳朵贴到门上听了听，有一些细小的嘀嘀嗒嗒的声音，还有一些更细小的剌剌啦啦的声音。这些声音不禁让我联想到抗日谍战片里的那些发报员，那些在新中国成立后潜伏下来伺机搞破坏的敌特分子……我敲了敲门，没有反应，又敲了敲，还是没有反应。我旋了一下门把手，这时候门开了，我看见老丈人戴着耳机像个特务似的坐在那儿，他面前摆着一台电脑，一只手里正在按压着什么。见是我，他愣了一下说，怎么还没睡啊？我说，上厕所呢，看见您这儿还亮着灯！

走过去之后，我才发现摆在他面前的并不是一台电脑，而是一台很像电脑的什么机器——它的屏幕上正在闪烁着一红一绿两条心电图一样的曲线。我指了指那台机器问，这是什么？示波器！他压低声音说，接着又举起三根手指晃了晃说，三百块，是不是很便宜？上个礼拜我才从旧货市场上淘回来的，换了几个零件，凑合着还能用！

这么晚了，您还在忙活什么呢？我又指了指他刚才按压的那个发报机一样的东西问——我想起来那些嘀嘀嗒嗒的声音，更准确地说，我想起来电视里的那些特务。哦哦哦，我在测试信号呢，今天新买了一台测向机，过一段我们要搞一场无线电测向锦标赛，他说。我说，以前没见您对这些有兴趣啊，怎么搞起来这个了？他起身过去把房门反锁了一下，又坐下来，用一根手指在嘴上嘘了嘘说，想听？我说，愿闻其详！

说起来那就话长啦，一九六四年，也就是我们国家开始搞"三线建设"那一年，我才九岁，读小学四年级，当时我们这儿迁来一个军工厂，老铁是随厂迁来的工人，他就住我们家隔壁。有一天我听到他那边响起来一阵曲子，不是中国的曲子，是苏联那边的，我爸跟我说苏联那边的，于是我就跑过去看。你猜怎么着？原来是老铁自己组装了一台矿石收音机，接收到了苏联那边的信号,这个不得了在当时。你想啊,它在我们这儿能接收到苏联那边的信号,几千公里呢。老铁这个人话不多,闷头闷脑的,不过懂得不少半导体知识,平时喜欢捣腾捣腾无线电,后来我就经常跑去他那边玩。

慢慢我也迷上了这个,一九七七年恢复高考的时候,我一心想考无线电专业,不过没考上,也不是没考上,是政审过不了关,我家里成分高,父亲当过地主,这个你应该知道的,苏丽估计跟你说过吧?学不了无线电那怎么办呢,只好换了个专业,学了机械维修,后来就去了船厂,再后来就调到了水厂,搞设备,搞水质化验,后来又搞上了水净化,无线电一放手就是几十年,现在终于退休了,正好可以重新拾起来……

说起来这些,老丈人眉飞色舞的,完全不像是我认识的那个闷葫芦——跟苏丽结婚到现在他一共也没跟我说过几句话,每次见面来来回回、反反复复只有那么几句,来了啊,还好吧,工作怎么样啊,没了;而现在,听他说起来这些,我突然意识到他也曾经年少过,也曾经年轻过,并不是一直就是这么一副干干瘦瘦的老丈人的样子。

他又给我演示自己组装的那个短波电台,说用它可以呼叫到很多电台,国内和国外的都可以呼叫到,美国、澳大利亚、加拿大、南非还有俄罗斯的电台也都可以呼叫到,用他们的行话说这就是"五瓦通全球",甚至还能通过卫星把信号发射到外太空里去。我说,现在手机和互联网已经那么发达了,这些还有什么用？他笑笑说，这你就不懂了，手机没信号的时候呢？电脑上不了网的时候呢？无线电就不存在这些问题，只要有电就有信号，就可以跟任何一个地方联系，还是免费的。

跟你说吧，我就经常联系一个私人电台，老丈人又说，那个人是跑船的，年纪跟我差不多，我有时候会呼他一下，他有时候也会呼我一下。哦？那你们都联系些什么呢？我问。也不联系什么，也不需要联系什么，他摆了摆手说，就是打个招呼，问问在什么地方，或者聊聊天气什么的，其实也就是玩嘛，大家找个东西一起玩玩，我们这代人迷恋无线电，这一点是你们不能理解的……他的话，不禁让我想起来丈母娘骂他的话——"我看你这个人是越活越小啦，活半辈子又缩回去啦"。

我不无担心地说，搞这个还是要当心一些，弄不好会违法的！他笑了笑说，不会的，我这个可是合法的，放心！说着他又拉开抽屉，翻出来一本红皮证书和一张卡片递给我说，你看看，我的执照和操作证，手续齐全得很，都有备案的！他一脸得意地把卡片上面的那串编号指给我看，看见没有，这就是我的呼号，全世界只有这一个！

我看了一眼说，没看出来，您还是个资深无线电迷呢！不不不！他摆摆手说，火腿！火腿！虽然听清了那两个字的发音，不过我想他说的肯定不是那两个字，火腿跟无线电能有什么关系呢？是的！就是那个火腿，火腿肠的火腿！他好像看出了我的疑惑，又说，我们都把自己叫作火腿！就是 HAM，H—A—M，在英语里就是火腿的意思，H 是一个人，A 是一个人，M 也是一个人，这三个美国人在一百多年前成立了世界上第一个业余无线电协会，为了纪念他们，后来玩无线电的人就开始叫作火腿了。

那水厂的返聘呢，您不去了？我想起来丈母娘唠叨了他一晚上的那些话，又想起来丈母娘派给我的任务。他摇摇头，又压低了声音说，不去了！我为什么要去？我有病啊我还去？！说着又往门口望了一眼，好像我丈母娘随时都会从那儿冒出来一样。

接着，他又给我介绍起来桌子上的那堆机器——什么八木天线，什么测向机，什么发报机，什么带 GPS 的对讲机，什么联动台，什么家里的冰箱、空调、洗衣机对无线电信号的干扰太大了，什么苹果公司的乔布斯也是火腿，还有奥运跳水冠军李娜、网易的老板丁磊、鲁迅的儿子周海婴也是火腿……我不知道他跟我说这些到底有什么用，同时也很后悔闯到他这儿来——本来现在我应该躺在隔壁房间那张大床上的，说不定早就接上了之前所做的那个梦。我打断他说，我要去睡了，您也早点儿休息吧！

我回到房间里的时候，苏丽已经睡着了——她手机里的那部电影还在播放着，她已经睡得很死了。现在她张着嘴，正发出来一阵阵低沉有力的来自灵魂深处的鼾声；晨晨睡得四仰八叉的，毯子掉在了一边。我试了试，想在他们中间或者边上找出来一块能躺下去的地方，不过实在找不出来，于是我不得不把苏丽推醒，让她挪过去一些。

是的，虽然我已经非常困了，但是在苏丽腾出来的那个空当里躺下来，躺在她用身体制造出来的那片温热之中，我却又睡不着了，无论怎么努力都睡不着了。我闭着眼睛，听着苏丽一阵接一阵的鼾声，在她上一阵和下一阵鼾声的间歇里，我仿佛还能听见隔壁小房间里的嘀嗒声和刺啦声……我知道老丈人——那个"火腿"——现在还没有睡，已经那么晚了，不知道他还在搞什么，在给他的那些"火腿"们发信号吗？还是跟随他发出去的那些信号去了哪里，欧洲，月球上，又或者宇宙深处的某个角落？

过了一会儿，我听见老丈人小房间的门响了一声，接着是关门声和一阵细微的脚步声。再接下来，我听见另一间卧室的门也响了一声，我能想象出来是老丈人在拧把手，不过他并没拧开，因为很快我就听见他压低音量"玉芬""玉芬"地叫了几声。他最终也没能把他的玉芬喊醒，又或许他的玉芬已经醒了却故意不给他开门，而是正躺在床上十分解气地听着这一切。几分钟之后，我又听见一阵脚步声和开门声——我猜老丈人肯定是又回到他那间堆满器材的小房间里去了，看来他要在那儿对付一晚上了。

等外面安静下来之后，苏丽那种来自灵魂深处的鼾声又响了起来。我看了黑暗中的她一眼,现在她已经睡熟了。老实说,在将来的某段日子里,在我们那套房子里,我不知道我和苏丽会不会也将变成我丈母娘和老丈人这样……我再一次闭上眼睛,再一次努力入睡,不过还是无论怎么努力都睡不着。我摁亮手机看了一眼,已经三点十分了,再过一会儿天就要亮了。我蹑手蹑脚地下了床,蹑手蹑脚地穿过客厅,蹑手蹑脚地来到阳台上。

外面,一轮硕大的月亮正挂在对面的楼顶上空,皎洁,明亮,把整个水厂家属院都照得亮堂堂的。站在这儿,透过三楼阳台上的这扇窗户,我几乎能看清下面的一切——拐角处那个铁皮车棚,车棚外那些随处停放的电动车和自行车,那排泛着光泽的健身器材——双杠、健身车、扭腰器、腹肌板、太空漫步机,花坛里那些低矮的冬青树,沿墙外面一圈那些被精心呵护出来的菜园和里面一畦畦的蔬菜,我还能看见单元门洞口右侧那条扯在两根木棍之间的晾衣绳,甚至是晾衣绳上的那几个夹子……我想我还看到了一些别的什么东西,一些藏在我正在看着的这些东西之间的什么东西。

我摸出一根烟点上,用力抽了一口,然后望着那股淡蓝色的烟雾透过窗户散到外面,被一阵持续吹来的风裹卷着上升,上升,再上升,直至消失在青白色的半空中。

不知道为什么,这时候我突然想起来家里的那台电视机,电视机旁边的那张书柜,书柜最上面一层的那个格子,格子最外面的那排书,以及书背后此时此刻正安安静静地躺在那儿的那把黑色史密斯左轮,它在黑暗中闪耀着某种光泽。我把抽到一半的烟换到左手里,把右手伸出窗外,屈回来三根手指,握成一把枪的形状……接下来,我瞄准远处那片空旷而清冷的夜色,屏住呼吸,扣住扳机往回用力,再用力,接着我好像就听见了清脆的"啪"的一声,好像就有什么射出去了似的。那会打中点儿什么吗?我不知道。如果刚才有什么射出去了的话,那总会打中点儿什么吧,我这样想。

宇宙飞船

下午三点,那个戴着一顶白色高帽子的男的又从那扇后门里走了出来。他一边走一边把手里的纸巾揉成一团,然后将之准确地投进立在几米外的那个蓝色垃圾桶内。因为胖,他走起路来显得有些外八字。走到那个不知道做什么用途的水泥柱子边,他斜靠上去,从上衣口袋里摸出来一盒烟,接着又把右手的食指和中指并在一起,在烟盒口的一侧不停地来回敲击,最后把敲出来的那根烟叼上。点着,抽了几口,他又歪头往后门里边望了一眼,接着又低头捏了几下手机。很快,那个瘦瘦的女的也从那扇后门里走了出来。她径直走到他身边,笑着说了一句什么,他也笑着回了一句什么。

从小邓所在的角度——具体说,是他住的这家酒店三楼这扇落地窗的后面——望过去,正好可以清清楚楚地望见他们的一举一动:现在那个男的又摸出来那盒烟,接着又像刚才那样敲出来一根（小邓想到自己有时候也是这样把烟敲出来的）递给那个女的，不过后者并没有接，而是把前者抽到一半的那根烟从他嘴边抽出来，叼在了自己嘴上。那个男的笑了笑，只好把递向她的那根烟又收回来，塞进自己嘴里，点上。

　　小邓也笑了笑。昨天，也是在这个地方，也是在这个时候，小邓已经看见过他们一次了。昨天的顺序与今天正好相反，昨天是那个女的先出来的，那个男的稍晚几分钟。当时小邓刚刚睡醒，正坐在窗前一边抽烟一边发呆，正好看见从那扇后门里先后走出来的他们。小邓注意到了他们，但是并没有去特别注意他们。中间，他看见那个男的笑着往那个女的腰间摸了一把，她跳起来，举拳朝他身上捶去，不过他并没及时躲开——又或许是故意不想躲开的。再后来他们就说笑起来。他们说了什么小邓没听见，他没敢开窗，他不想让他们注意到自己，进而流露出被人发现了的那种难为情。

　　现在他们又说笑起来，一些淡蓝色的烟雾浮游在他们周围，又不断地盘旋上升，被覆盖在他们头顶的那个树冠吸收掉了。小邓看见阳光透过树叶洒下来，洒在他们身上，这让他们看上去就像两只花豹子。小邓想起来了，那家餐馆是一家江西土菜馆，灯箱招牌就挂在临街的那一侧，前天下午入住这家酒店的时候他看见过那副招牌——当时还想着哪天去吃一顿的。他，那个戴着一顶白色高帽子的男的，应该就是那家餐馆的厨师；她，那个瘦瘦的女的，应该就是那家餐馆的服务员，或者收银员之类的。看来他俩抽空在这个他们都觉得很隐蔽的地方约会已经不止一次两次了，小邓想。

难道他们没注意到旁边的这家酒店，这家酒店的一排排落地窗，以及落地窗背后的那一双双眼睛吗？小邓替他们想道，同时又为发现了他们的秘密而兴奋起来。

那个男的姓张，来自江西，已婚，有个读小学一年级的女儿，女儿和老婆都在老家，只有他自己在北京，他是那家餐馆资格最老的厨师之一；那个女的姓杨，来自安徽，未婚，她曾经在南方打工，半年前才来到那家餐馆，餐馆老板或者某个股东是她的表亲。在想象中，小邓为他们安排出了这样的身份和背景。应该是张厨对杨服务员先释放出的那层意思，一开始她非常反感，觉得他很不正经，猥琐，不过后来就没那么反感了，反而还有点儿沾沾自喜，而现在她几乎就要接受他了，他俩正处在即将迈出关键一步的那个临界点上，小邓继续想象。在一遍遍天马行空的想象中，小邓编织着他们之间的故事，又为这个故事的细节和走向不断地进行修正。虽然这是一件既没有办法证实、证实了也没有任何意义的事情，不过小邓却乐在其中。

从卫生间出来后，小邓发现张厨和杨服务员在他撒那泡尿的工夫已经离开了，那扇后门也关上了。他们刚才所在的位置，现在只剩下那根空荡荡的水泥柱子，以及地面上那些密密匝匝的光斑。应该是忙活去了吧，过会儿就该到饭点儿了，小邓想。他摁灭烟，去烧了一壶水，又泡了一杯茶，小口小口地吹着、嘬着，吐着嘴里的茶叶末子。等会儿可以到那家土菜馆吃饭，看看能不能再发现一点儿什么秘密，小邓又想。

想到这里，小邓给阮婕发了一条微信，问她晚上有什么安排，有没有时间过来一起吃饭。他还特意告诉了她自己酒店旁边有一家江西土菜馆，"是你家乡的味道"。发完之后，望着土菜馆所在的那栋三层小楼，小楼上空来回盘旋的那几只鸽子，以及远处那栋银光闪闪的北京第一高楼"中国尊"，小邓有一种久违的感觉浮上来。这两天他一直待在酒店，吃喝拉撒睡，抽烟，喝茶，发呆，看电影，透过窗户一次次打量这座他已经离开十年的城市，一遍遍想象张厨和杨服务员之间的故事，同时也一遍遍想象自己和阮婕之间的故事。他没去找那些多年没见的朋友和同事，也没去曾经住过三年的分钟寺一带逛逛——不是不想，而是担心阮婕找他的时候他不在。

算了，我凑合着吃点儿就行了，阮婕半小时之后才回复小邓。那我去找你，把你酒店的地址发给我一下？小邓在收到信息的第一时间问她，然后又补发了一张笑脸过去。算了吧，还不知道今天忙到什么时候呢，明天忙完了我再约你，阮婕又是在半小时之后才回复他。好吧，小邓飞快地摁出来"好吧"，又飞快地删掉那个"吧"字，最后飞快地摁下了发送键。对于字词呈现出来的微妙含义和情绪，小邓一向都有着毫厘不差的精准要求，是的，"好吧"是一个意思，而"好"是另一个意思——这还是十几年前在北京工作过的那两家以严谨高效著称的广告公司给小邓养成的职业习惯。

阮婕肯定会见自己的,小邓想。对于这一点他有着足够的信心,是的,两周之前在上海跟她第一次见面的那天晚上她就主动上了自己的床——小邓在心里又默默确认一遍。这种事,有了第一次就会有第二次,第三次,第 N 次。不过上床倒是其次的,事实上,小邓已经不再像很多年前那么迷恋床笫之欢了,同时他也并不是起码不全是因为这个才喜欢上阮婕的。小邓十分清楚,他喜欢的是阮婕这个人,是她给自己带来的那种久违的感觉,或者更准确一点儿说,是自己因为她而产生的那种久违的感觉。

靠在沙发上,两脚交叠着斜搭在桌沿上,小邓感觉到那种久违的感觉正在从他骨子深处一点点地透出来,逐渐成为他可以明确感知到的身体的一个部分。怎么说呢,那是一种重新遇到自己喜欢的人的感觉,同时也是一种重新回到自己向往的城市的感觉,又或者说,那是这两种感觉的相加——哦不,相乘。接下来,在那两种感觉齐心协力的混合作用下,小邓又想到了明天和阮婕见面时的情景,想到了自己和阮婕面对面共进晚餐的样子,手牵手走在北京街头的样子,以及躺在一张床上的样子。

六点的时候,小邓决定晚上不去那家土菜馆了,就在酒店吃自助餐算了——他想,自己请了一周假跑到北京来又不是为了要弄清楚张厨和杨服务员的那点儿事。

小邓是从上海来的北京。一个半月前,他从武汉去上海参加了一个为期两个月的培训班。在他们银行系统,每两年就有一届这样的班,学员是由各家银行推荐的,不交学费,管吃管住,脱产带薪,也算是一种福利了。小邓去他所在的那家支行工作已经九年了,按说早就有资格参加这个培训班了——比他晚一年进来的那两个同事甚至都已经参加过了。不过,有资格参加并不代表就一定能参加。很简单,有资格参加是一回事,领导挑谁参加又是一回事——也很简单,谁给领导送了礼领导才会挑谁。

小邓从来没有给领导送过礼。一来他觉得没有这个必要,他对靠背后的巴结才能讨来的表面上的高看一眼从来都看不上;二来他对参加这样的培训班也没什么兴趣,他,一个二十二级办事员,干好领导交办的或者根本不需要领导交办自己就可以干好的事情就可以了,还需要培什么训呢?但是这一次天上却掉下来了馅饼,不但掉下来了馅饼,而且不偏不倚地砸到了小邓头上。三月的一天,支行新调来的女副行长把他喊到办公室,捏着那张推荐表,以十分重视的口气对他说,小邓,这一届的培训班你去参加吧。我看了看,咱们支行的人好像都去过了,就剩你了,她又补充说。小邓本来还挺意外的,以为自己终于进入了领导的视野,但是女副行长后面那句"就剩你了"又把她前面那句"这一届的培训班你去吧"所造成的效果及时抵消了。原来是这样。

不过，女副行长的这番"好意"小邓最终还是接受了。他非常清楚，领导的"好意"不管是不是好意他都得当成好意去接受，接受了不一定就会怎样，但是不接受一定就会怎样，已经参加工作这么多年了，这点儿起码的觉悟他还是有的。同时话又说回来，小邓觉得去上海培训几个月倒也不是坏事，从老婆、孩子、领导、客户身边名正言顺地把自己支出去，从一天到晚吭哧吭哧的日子里逃出去喘口气儿，在十里洋场那样的地方泡一泡，换换环境，见见世面，总是不错的，何况自己一分钱也不用出。

这一届的培训班比往届的规模要大一些，一共八十二个学员，四十一个男的，四十一个女的，男女比例正好是1∶1。小邓不知道往届是不是这么安排的，以及为什么会这么安排，是要给人到中年的这些男女创造一种暧昧的可能性，还是要给他们中间早早就结了婚的那些男女提供一次重新组合的机会？事实上，在初来报到的那天晚上，小邓就已经从消息灵通的同学那里听说了，说之前的班上就有哪几个男学员跟哪几个女学员"好"上了，在培训结束之后，有几个甚至还迅速而坚决地跟原配离了婚，然后又迅速而坚决地跟新欢结了婚，女方去了男方的城市，或者男方去了女方的城市。

他们这一届也一样。开班还不到半个月，小邓就发现他们班上也有好几对男女逐渐露出了这种苗头。还不到半个月的工

宇宙飞船　　059

夫，他们就混熟了，开始公然出双入对了，经常一起去外面待到很晚才回来，或者在对方房间待到很晚——甚至第二天早上——才出来。不过，小邓对此并没什么兴趣，虽然有那么一两个女的好像已经对他表示出了那种若有若无的意思（小邓能感觉到），但他都没接招。他不想给自己找麻烦，这种事，没有不透风的墙，一传十，十传百，百传千，用不了多久整个银行系统就都知道了，小邓不想去冒这个险，况且她们也并没有让他动心到甘愿为之冒险的那种地步。

小邓无论如何也没有想到，他虽然避开了从班上伸出来的那几枝红杏，却没能避开外面的那一枝。就在半个月前，在老同学组织的一次饭局上，他见到了比他小两岁的阮婕。那天小邓到得最晚，他刚一落座，老同学就笑眯眯地指着坐在他旁边的那个女孩子给他介绍说，这位是阮婕，设计师，知道你在上海孤家寡人，特别给你介绍的女朋友。接下来，老同学又笑眯眯地把小邓介绍给阮婕，这位是老邓，邓行长（小邓连忙摆手，更正说是办事员、办事员），从武汉来的银行家，给你介绍的男朋友。这种玩笑小邓听过不少，当不得真，他冲阮婕笑了笑，并注意到她也冲自己笑了笑。

一晚上，小邓都在礼貌而有分寸地应对着身边的阮婕，而阮婕对他也是这样。小邓压根儿没有去想关于"女朋友"的任何问题，那是老同学的玩笑话，同时阮婕的容貌、气质和谈吐也让他不敢去想。只是中间互相敬酒的环节，他和阮婕简单交流过几句,问了她一个设计方面的问题,反过来,阮婕也问了他两个金融方面的问题。他们表现得都很正常,也都很正经,在其他人看起来就像是两个虚心求教的小学生一样。

散场的时候小邓还很清醒,不过阮婕已经有些醉意了。老同学把小邓叫过去,又一次笑眯眯地指着阮婕对他说,老邓,交给你个任务,你把阮婕送回去吧,回浦东你们也正好顺路。小邓不明白老同学到底什么意思,不过他也不好直接问,就答应了。

路上是阮婕先开的口,她先是问小邓酒量怎么样,喝多了没有。还好,不算多,小邓说。那再去喝一杯怎么样?前面不远就有一家我经常去的酒吧,Time Passage,阮婕笑着向他提议。小邓还在迟疑,阮婕已经指挥着司机往曹家堰路上拐过去了。

再出来的时候,小邓也有了几分醉意。在酒吧门口,他扶着已经有些踉跄的阮婕,问她住哪儿,打个车把她送回去。阮婕并没回答他这个问题,而是摸出两根烟,递给小邓一根,自己叼上一根。点着之后,阮婕先是吐了两个漂亮的烟圈儿,然后用另一个问题代替了回答——她撩了撩额前的那缕碎发问小邓,你住哪儿?酒店?宿舍,小邓说,我们班上每个人都有一间宿舍。你住哪我就去哪!阮婕笑嘻嘻地说。

小邓当然没有把阮婕带回宿舍,而是在宿舍附近的那家假日酒店开了一间房。完事之后,阮婕清醒了一些,清醒过来的她和小邓又并排躺了一小会儿，然后才下楼回家。在并排躺着的那一小会儿里，他俩什么话都没有说，小邓没有问阮婕什么，阮婕也没有问他什么。也不需要问，小邓并不需要知道阮婕背后的那些事情，正如阮婕也并不需要知道他背后的那些事情——都是成年人了，这份应该有的默契他们都有。

接下来的事情就比较俗套了。课堂上，那些专家们讲的什么理财实操，什么创投增值，什么同业竞争，什么关联交易，什么勾稽关系，小邓一个字也没听进去。越过前面那一排排或茂密或微秃或烫染或柔顺的头顶望过去，望着唾沫横飞的专家和专家身后那块巨大的电子投屏，他仿佛望见了阮婕，酒桌上的阮婕，酒吧里的阮婕，酒店里的阮婕。小邓甜蜜了，继而又迷茫了，他不明白，仅仅一夜之欢，自己怎么就被这个女的迷住了？对她的那份坚定而焦灼的期待又是从哪里冒出来的？他一遍遍地问自己，你是喜欢上了她？爱上了她？还是迷上了她那充满无穷无尽浮力的腰肢？

当然，小邓也不止一遍地用他那份金融从业者的理智及时提醒自己——你这是在玩火。他先是想到了两个成语，一个是"惹火烧身"，一个是"玩火自焚"；接着他又想到另外两个成语，一个是"干柴烈火"，一个是"火中取栗"。上课的时候，专家在台上讲得头头是道，小邓埋着头，把那四个成语一笔一画地写在笔记本上，写完之后又一遍遍地打量它们，品味着间架结构以及间架结构里的那些实际意义和引申意义。最后，小邓发现后面那两个成语对自己的吸引力要远远大于前面那两个成语。当然，这一点是肯定的，要不然也不会阮婕前脚刚一到北京，后脚他就请假跟过来了。

吃过晚饭，天色还早。已经在房间里待一天了，小邓实在不想再待下去了，他决定到外面去溜达一圈，看一看他已经离开了十年的这座城市。刚毕业那会儿，跟所有爱做梦的年轻人一样，小邓也到北京闯荡过三年；而三年之后，又跟所有梦醒了的年轻人一样，小邓也不得不离开了北京。不过，他并没有像那些人一样选择回老家，而是再次回到了曾经待过四年的武汉，先是在那里找了一份在银行上班的工作，没过多久又找了一个在银行上班的女朋友，后来就在对方一而再再而三的要求下结了婚。

走出酒店大堂的时候，手机在右边裤兜里响了起来。小邓赶紧摸出来——和阮婕好上之后的这半个月里，他对手机铃声格外敏感，生怕漏掉了她给他打的任何电话，给他发的任何信息。不过，眼前的这通电话却并不是阮婕打来的，而是"宝贝"——他的老婆王艳。

"宝贝"这个昵称说来就话长了，那还是小邓和王艳刚开始恋爱的时候王艳在他手机上备注的，一直到今天他也没有改，更准确地说，是王艳不允许他改——王艳不但不允许小邓改那个昵称，同时也不允许他做她不允许他做的任何事情。现在，看着屏幕上的"宝贝"那两个字，小邓的兴奋劲儿顿时减下去一大半,不过他还是毫不犹豫地及时摁下了接听键——小邓非常清楚,要是不接或者接晚了的话那就有大麻烦了,这一点他比谁都清楚,他的"宝贝"会一遍又一遍地盘问,怎么不接电话啊,跟谁在一起呢,在干什么呢,男的啊女的啊……他非常了解电话那头的那个女人,他对她的了解甚至远远胜过对自己的了解。

怎么啦?小邓故作镇定地说。怎么啦?你问我,我还想问你呢?!王艳在那头劈头盖脸地抱怨起来。小邓本能地哆嗦了一下,他不知道王艳是什么意思,是不是她的狗鼻子已经嗅到了点儿什么。问我?问我什么?小邓怯怯地说。你说呢?你一整天没给家里打电话了吧,有那么忙?王艳在那头问。哦哦哦,在上课呢,一直在上课呢,刚刚才吃完饭,小邓稍稍安下心来。接下来,他就听见听筒里传来儿子的声音,儿子走动时鞋子发出来的噗叽噗叽的鸭叫声,以及王艳用勺子敲着碗沿哄儿子吃饭的声音——小邓能想象出来她把手机夹在脸颊和肩膀之间、一只手端着碗一只手捏着勺子和自己讲电话时的那副样子。

爸爸,爸爸,你什么时候回来呀?这时候,电话那头换上了儿子奶声奶气的声音。

小邓一怔,仿佛在眼前的街头看见了儿子那副虎头虎脑的样子,他心里一下子软下来。小豹子,想爸爸没有啊?小邓也换上儿子的那副口吻。想爸爸了,儿子说,不过他马上又改口说，不想，不想爸爸了，妈妈不让想爸爸了。小邓顿时就明白过来，他仿佛能看见儿子一脸委屈的表情，以及王艳在儿子面前举起一根手指摇了摇。哈，爸爸可是想小豹子呢，爸爸回去给你带玩具好不好，你想要变形金刚还是飞机模型？小邓说。

上个培训班还那么忙，总有不忙的时候吧，怎么那么多课啊你们？电话那头现在又换上了王艳。我想要变形金刚！小邓听见儿子在那头又嘟哝了一句，不过他的声音与王艳的大嗓门相比只能算是一种背景音。就是这么安排的，小邓说。他不知道王艳这么问到底什么意思，也不知道该说忙还是不忙。他想了一下说，还好，也不算忙。

你看你哪天没课了，买点儿东西去二姨家里瞧瞧啊，你们培训的地方离她家应该不远吧！王艳的语气现在缓和了下来。哦哦哦，好，小邓说，过几天不忙了就过去！他把提到嗓子眼的心又放了下来，一边应付着她一边朝街角走去。二姨，小邓现在想起来了，事实上，如果不是王艳说起来，他几乎已经忘了她还有个以前当中学数学老师的二姨，更忘了自己现在正在上海——王艳二姨同时也在上海——参加培训班。

参考着丈母娘的容貌，小邓在脑海里一点点地拼凑起来，想把王艳二姨他一共只见过两面的那张脸拼凑出来。不过那两段记忆已经模糊了，小邓发现自己无论如何都拼凑不出来了，反倒是她丈夫——也就是王艳二姨夫——的那张脸却清晰起来，虽然小邓只见过他一面。跟王艳结婚一年后，小邓和她去

宇宙飞船　065

上海旅行时到过他们家一次,在那吃过一顿饭。他们住在杨浦公园附近的一栋老式居民楼里。小邓记得很清楚,那天吃完饭,二姨夫还跟自己聊起了他当年从一个一线小工经过奋斗最终成为他退休前所在的那家建筑公司副总工程师的经历,临走的时候他还拍着自己的肩膀勉励自己要好好干。

这时候王艳不说话了,听筒那头传来一下下切换频道的声音——洗发水的广告,男女主持人的对话,国际新闻报道,牛肉面的广告,接下来是一阵猛烈的炮火……

小邓知道王艳在换台了,小邓还知道,她手里不但捏着他们家那台五十五英寸液晶电视的遥控器,而且也捏着自己的。哦,没什么事儿了吧?小邓问。现在他从酒店门前的那条马路拐上了另一条马路,同时听见电话那头远远地响起了《斗破苍穹》的片头曲。小邓从来都不看那种玄幻类的片子,他也不知道那种剧到底有什么好看的。是王艳喜欢看,而且她每一次都会把音量放得巨大,以至于小邓在书房里都能听得见,为此他还不得不给自己准备了一副耳塞。没了,王艳懒懒地说,我要看电视了!那挂了啊,我准备跟同学去外滩逛逛,小邓撒了个谎,虽然他并没有必要那样去做。

挂完电话,小邓才发现自己不知道什么时候已经置身于一个公园了。这是街头供人歇脚健身的那种开放式小公园,有一片小广场,有一片花坛,有几台健身器材。小邓注意到小广场上那个瘦小的妇女,现在她正被手里牵着的那条哈士奇拖着在走，而几个老太太则正吊在健身器材上来回摇晃着。小邓拐向花圃旁边那条小路，在路边那张长条椅上坐下来。想起来王艳刚才的口气，以及她平时的命令式口气，小邓清了清嗓子，用力喷射出去一口痰，并准确地把它粘在了右前方那棵冬青树的一片叶子上。小邓笑了笑，好像他那口痰不是粘在那片叶子上，而是粘在王艳那张盛气凌人的小脸上。

左首边的那张长条椅上坐着两个老头，他们一左一右并排坐着，他们的头发都呈现出他们那个年龄特有的灰白色。他们一个胖一个瘦，都穿着黑色T恤衫，都扣着最上面的领扣——胖老头将右腿搭在左腿上，瘦老头则将左腿搭在右腿上。小邓还注意到他们两个都穿着灰色运动鞋，脚边都立着一只还剩大半瓶茶叶水的玻璃杯，一红一绿。

……其他人我都能原谅，唯一不能原谅的就是潘振中，丫挺的！小邓听见瘦老头（他操着一口纯正的京片子）突然提高了音量对身边的胖老头说，同时看见他把脚下的那只水杯摸起来，在长条椅的扶手上用力地蹾了一蹾。一天到晚几讨人嫌啊，他现在该明白了撒，退下来就冒（没）得人把他当回事了，小邓又听见胖老头（他操着一口浓重的湖北口音）对瘦老头说。就是，别看他当处长时怎么怎么牛逼，丫挺的，现在怎么样了，没人理他了吧，报应！这就是报应！瘦老头旋开杯盖喝了一口水说。

潘振中，姓潘的潘，振兴的振，中国的中。小邓在心里默默地念道，从口音上推测他们说的应该就是这个名字。是的，那个年代的很多人都拥有一个只有那个年代的人才会取的名字，比如说自己的父亲——邓兴华，再比如说自己的岳父——王建国。

胖，黑，谢顶，国字脸，两眼射出两道细细的淫光，或许还架着一副把自己显得更没有什么水平的眼镜，小邓想象着那个叫潘振中的处长，一点点地拼凑着他那副嘴脸——那样的领导差不多都有着一副同样的嘴脸。不过，最后小邓发现脑海里浮现出来的那副嘴脸却变成了阙大个儿的。阙大个儿，大名阙四海，是他所在那家支行的前副行长。之所以说"前"，是因为去年年底他到龄了，退下来了，再不能收礼了，再也不能决定谁参加培训班了，这个权力交到了现在的女副行长手里。小邓想，不知道退下来的阙大个儿此时此刻正在干什么，是不是一个人落寞地坐在武汉的某座公园里，公园里的某张长条椅上，以及他是不是已经明白了两个老头刚才说的那番道理。

接下来，他们又说起特朗普，说起普京，说起中国和美国，说起中国和印度，然后又话题一转，他们说起彼此的儿女，彼此的老伴，最后又说到钓鱼，并约好了明天早上七点去潮白河钓鱼——由那个胖老头开车去接那个瘦老头。小邓觉得他们真够无聊的，他默默告诫自己到了这个年龄一定不能像他们这样。接着，小邓就起身拍了拍屁股，以这样的方式告别了那两个老头。走出公园时，小邓意识到自己其实也挺无聊的，居然还能听两个老头白话上老半天,自己今年才三十五岁,离退休可是还早着呢。

天还没黑,沿街两侧的楼上已经亮起了灯。快回到酒店的时候,小邓注意到旁边那家土菜馆所在的三层小楼也亮起了灯,一些模糊的人影正在里面吃喝。回到房间,小邓走到窗前,够着头向下面土菜馆后门口的位置看了一眼——正如他想象的但同时也让他有点儿失望的那样,张厨和杨服务员并不在那儿。他们肯定忙着呢,一个在通红的炉火前正把炒锅抡得翻飞,一个正在厨房和前堂之间来回穿梭着上菜,小邓想。

躺下来,望着窗外星星点点的灯火以及暗蓝色的天空,小邓想起了他在这座城市里的那些日子。现在这个点儿,对当年在这里工作的他来说,大多数情况下并不是在吃饭或者准备去吃饭,而是在根据甲方的要求一遍遍地修改创意、画面和文案——甲方在电话那头指挥着他,他在电话这头指挥着自己、设计师和文案专员……要等到八点半或者九点的时候,他才能吃上已经凝结出一层油花的外卖或者再点一份外卖,而吃完之后他还要继续修改下去。要等到十点甚至十一二点,他才能从那栋灯火通明的写字楼里走出来,才能去坐地铁 10 号线(或者打车),然后在分钟寺换乘公交,再走上几分钟,回到他与一个小伙子合租的那间地下室。最后,要等到两点他才能上床。

当然,这一切都是小邓心甘情愿的,因为他当时从事的是一份让他这个广告学专业毕业生寄予了远大梦想的工作。跟马丁·路德·金一样,他也有一个梦想,梦想着成为第二个大卫·奥格威,至少是中国版的大卫·奥格威。而为了实现这个梦想,小邓一直在默默忍受着他能忍受的和不能忍受的但不得不忍受的最后也忍受下来了的那一切。

不过事与愿违的是,在大卫·奥格威那本《一个广告人的自白》被小邓翻烂之前,他所在的那家广告公司就开始不景气了。跟所有不景气的公司一样,最后他们都会使出来一个烂招,裁员。很不幸的是,他成了被裁掉的那十几个员工中的一个。后来,小邓又换了一份与第一份工作差不多的工作,也是在广告公司,也是一天到晚地加班,干到最后实在干不下去的时候,他终于选择了离开北京,也选择了离开那个行业……此时此刻,那段日子小邓不想再回忆下去了,他下意识地抬起右手挥了挥,好像能把汇聚到他面前的那段时光驱散似的。

小邓拿起床头的遥控器,摁亮了墙上的液晶电视。这个点儿几乎所有台都在转播央视一套的新闻联播。少数没有转播的那几个台,要么在播放广告、偶像剧,要么在播放儿童剧、养生节目。小邓又切换到点播台,在那些不用付费但是他早就看过(有些还不止一次)的电视剧之间来回滑动着。最后他选中的是一部很有年头的片子,《西游记》,第三集,大圣闹天宫。

……看到玉皇大帝命天兵把孙悟空押上斩妖台,刀砍斧剁、雷打火烧之下而他却丝毫无损的时候，小邓就不想看下去了。他很熟悉这一段剧情，接下来要演的内容他小时候看过太多次了，接下来太上老君就要在八卦炉里用三昧真火烧炼孙悟空了，而后者一怒之下就要打上灵霄宝殿了，再下一集他就要被如来佛祖压在五行山下了。小邓摸出来手机，点开微信，找到和阮婕的对话框，把聊天记录往前翻，再往前翻，一直翻到最开始的位置，然后一条条地往下拉着看，好像能借以把他们之间的故事再重新演绎一遍。

跟阮婕的聊天记录小邓一条都没有删，他舍不得删，同时也不需要删——在家里的时候正好相反，和四十五岁以下女性的每一条信息他都要及时删除，小邓很清楚，要是让王艳嗅到点儿什么，那就有他的好看了。有一次，有个女同事给他发了一个二十四块钱的红包，以及一条感谢他为她垫付外卖费用的微信，小邓回了对方一个笑脸和三朵玫瑰花，就这么大点儿屁事还被王艳审问了老半天。玫瑰花，你还给她发玫瑰花，玫瑰花代表什么你不知道吗？啊？啊？王艳一连串的质问至今仿佛还在耳边回响。

到家了吗？这是小邓在阮婕离开酒店半个小时后发给她的，同时也是他们之间的第一条信息。到了，准备洗澡！这是阮婕的回复。想你了！小邓的。是吗？阮婕的。当然了，小邓的。想我什么啦？阮婕的。你懂的，小邓的。早点儿睡吧，阮婕的。睡不着，你在旁边我才能睡得着，小邓的。好嘛，下一次,阮婕的。下次是什么时候?小邓的。都方便的时候,阮婕的。我都方便呢,小邓的。那我看看我的时间,阮婕的。好吧,我等着你召唤,小邓的……而再接着往下拉,还有长长长长的一大串。

小邓记得很清楚,那天晚上,从 Time Passage 酒吧出来,他和阮婕是十一点半到的宿舍附近的那家假日酒店,阮婕是十二点半离开的,自己是第二天一早。小邓还记得,在那一个小时里他们一共做了两次,前一次是阮婕主动的,后一次是自己。而在此之前,小邓已经有半年左右没跟王艳做过同样的事情了——他和她似乎都忘记了夫妻之间还有这么一件事情,小邓一度还以为自己不行了,或者已经不再有这个需求了;而阮婕的出现让他发现事实并非如此,自己不但有这个需求,而且非常强烈。

完事之后,和阮婕并排躺在那张大床上,小邓才发现身边的她其实也算不上有多漂亮,既不如一个小时前酒吧里的她漂亮,也不如两个小时前酒桌上的她漂亮——是的,她是一下子变不漂亮的。同时,小邓还注意到她背上有一片星星点点的胎记,从左肩一直蔓延到右肩,就像一片既没有设计好同时也没有刺好的刺青。不过,尽管如此,小邓依然还是觉得阮婕有一股强大的吸引力,起码比自己的老婆王艳有吸引力多了。至于那股强大的吸引力到底是什么,是陌生,是新奇,还是刺激?小邓说不好。

翻看着和阮婕的那些聊天记录，小邓此时此刻好像又一次感受到了她那股持续而深入的吸引力，那种久违的感觉也又一次从自己骨子里一点点透出来。小邓歪躺着，他觉得阮婕现在就歪躺在自己的另一条胳膊上——就像半个月之前那样，他只需要把自己的手臂卷起来就能把她揽进怀里……醒来之后，小邓才意识到刚才迷迷糊糊地睡着了。他摁亮手机屏幕看了看，已经十一点半了。小邓坐起来，伸了个懒腰，然后又习惯性地去摸烟盒，并习惯性地磕了磕，不过烟盒里现在已经连一根也磕不出来了。

下楼买烟的时候，小邓感觉到外面的空气格外清新，而清新之中又带着那么一丝丝的土腥气。接着，他又注意到街面上多了几处深浅不一的水洼，每一处水洼里都泛着五颜六色的清冷的光，迎面而来的或者疾驰而去的车辆每一次经过它们的时候，水洼里的水就会向两侧迅速地飞溅开来，把里面那些五颜六色的清冷的光溅落成星星点点的一片，就像什么呢，就像，对了，就像是阮婕背上的那一大片胎记，小邓突然冒出来这么个比喻。在自己睡着的那段时间里，看来下了一场不大不小的雨，他又想。

上来之后，小邓下意识地走到窗前，然后又下意识地够头往下扫了一眼，他看见土菜馆后门口的位置黑乎乎的一片，但是二楼和三楼还亮着灯，一些模糊的人影还在里面。哦，张厨和杨服务员他们应该还在忙活着，小邓想。那么晚了还在忙活

宇宙飞船　　073

着,看来他们确实是够辛苦的,跟自己当年在北京的时候差不多,不,自己当年在北京的时候跟他们差不多,小邓转念之间又想。看着餐馆后门口那片黑乎乎的位置,小邓不禁替他们感到一阵惋惜,现在那儿才是约会的好地方呢,那团黑乎乎的一片正可以掩盖住他们的一切,没有一双眼睛能看得见,就是白天看见过这一切的自己也不能看见。

不,现在他们一准儿就藏在那团黑乎乎的一片里面呢,肯定是这样的:张厨正抱着杨服务员,杨服务员也正抱着张厨,他们的脖颈交叠在一起,他们的腿脚穿插在一起,他们的双手在对方衣服里上下左右地游走着……小邓替他们做出了这样的安排。

接下来,小邓又想到了王艳,想到了要给她汇报一下行踪。今天很累,睡得早,现在醒了,他编辑了这句话给王艳发过去。一发过去,他就意识到说漏嘴了,按照之前在电话里跟王艳说的,他不应该睡那么早,而应该是跟同学去了外滩。小邓盯着那个经不起推敲的句子,想把它撤回来,但转念一想他又觉得不能撤,撤了只会导致更大的麻烦——依自己对王艳的了解,她一准又会起疑心,盘来问去的。不过很快小邓就把心放了下来,因为王艳并没意识到他说漏嘴了,她回复了,只有一个字——哦。

刚才这么一说,让小邓倒觉得好像真有一个自己在上海,那个自己正在参加培训班,正躺在单身宿舍的单人床上……培训结束后，那个自己会回到武汉，回到武汉后会继续上班，上完班会下班，下了班会回家，回到家会和老婆、儿子待在一起，第二天又上班，又下班，循环往复，周而复始，就像他一直所做的那样。恍惚了一会儿，小邓才回过神来，才意识到眼前。他望望窗外，又望望那盏床头灯，现在他终于确认了，那个自己不在上海，而是在北京，正躺在305房间的大床上，和自己待在一起。

接下来，小邓又给阮婕发了一条信息，问她睡了没。没回复。过了一会儿，还是没回复。小邓点上一根烟，又点开手机里的《天天象棋》，和一个网络自动分配给他的网名叫"炮二平五"的人下起来。几步走下来小邓就知道了，对方的实力和自己不相上下，现在小邓不得不使出浑身解数苦苦应战。不过，小邓最终还是没能敌过对方的一招挂角马杀。一局下完，阮婕还是没回复。睡着了吧，肯定是睡着了，小邓想。

阮婕的信息是第二天午饭后发来的。铃声响起来时，小邓正坐在落地窗前喝茶，一边等待着张厨和杨服务员，也一边等待着阮婕的信息。在？阮婕问。你忙完了？小邓问。忙完了，阮婕。那我过去找你？还是你过来找我？小邓。我们还是算了吧！阮婕。什么意思？小邓。没什么意思，字面意思，你应该明白的，阮婕。我不明白！小邓。你明白！阮婕。我不明白！！小邓。你明白！！阮婕。我不明白！！！你到底怎么了？发生什么了？小邓。既然想听我就告诉你，你确定想听？阮婕。你说！小邓。

我们是上个月二十五日晚上吃的饭吧？（是啊，小邓说）我是十一日查出来的肺部阴影，医生当时让我住院观察，我没住，后来我咨询了一个做医生的朋友，他说我的情况很坏，可能日子没多久了，半年吧最多。（然后呢？小邓问）然后我就崩溃了啊，我还年轻着呢，儿子也还小着呢，后来我就把儿子送到前夫那儿，一个人去了罗布泊沙漠，又去了阿里，你见到我的那天我刚刚从阿里回来。（所以你才会主动跟我那个？小邓问）算是吧，反正也没几天活头了，想疯狂一次就疯狂一次吧。（那你跟别人也疯狂过？小邓问）你觉得呢？（我觉得有，小邓说）你觉得有那就有吧！

为什么，你为什么要跟我算了？小邓问。不散难道还要继续下去？你想继续下去？阮婕问。如果你愿意的话，我当然没有问题，小邓说。谢谢，不过我已经不需要了，这次我来北京重新做了个检查，情况并不像我想象的那么坏，昨天我去做了个微创，手术很成功，医生说我还可以活很久，可以活到子孙满堂的年纪。所以呢？所以你要过河拆桥、卸磨杀驴了是吧？小邓问。你这么想我也没办法，不过我并不是这个意思，我只是想回到正常的生活轨道，好好工作，好好带孩子，就是这样，阮婕说。

你怎么能这样，那我怎么办？？？小邓打字的手又一次抖动起来。是的，他觉得自己就是个笑话，自己这半个月尤其是最近三天积蓄起来的热情就像是一串接一串的笑话。如果有特异功能的话，小邓现在很想钻到自己微信的对话框里去，跟着那些纷飞的电磁波，再从阮婕微信的对话框里钻出来，摇晃着她的肩膀问她为什么会这样。不过很显然，小邓并没有那种能力，现在他只能找到表情库，找到心裂的那个表情连续点了三次，然后给她发过去。很快，阮婕也回了他三个字——对不起，外加一个叹号。

我要回上海了，现在已经在北京南站了，小邓又收到阮婕发来的一条信息。接着，小邓又收到她发来的一张在检票口的自拍照。看来她确实要回去了，要回到正常的生活轨道上去了，不跟自己继续下去了，而这一切她明明早就可以跟自己说清楚的，但是她并没有说，仅仅只是把自己当成了一个疯狂一次的对象而已。是的，过河拆桥；是的，卸磨杀驴。想到这里，小邓恨起阮婕来，不单单恨阮婕，小邓甚至还恨起北京的那个医生来，他，或者她，应该跟阮婕说治不好了的，那样她就会继续跟自己在一起了。

不过，仅仅几分钟之后，小邓就为自己竟然会有这么恶毒的想法而自责起来。是的，不管怎么说，也没有必要让医生跟阮婕说"治不好了的"——即使那仅仅只是一种想象，那自己不是禽兽不如了吗？小邓走到落地窗前，把上面的那扇小窗户打开，让外面的一阵阵冷风吹进来，接着他又把脑袋从那扇小窗户里伸出去，再伸出去，去感受外面的一阵阵冷风。在一阵阵冷风的吹拂之下,他发热的脑壳渐渐冷却下来。

平复下来,小邓才意识到自己在整件事情中是多么荒唐,又是多么可笑。他从窗前退回来,一步步地退到床边,接着一仰身,重重地把自己摔了下去。现在小邓什么都不想了,只想睡一觉,好好睡一觉,昏天黑地地睡一觉,把这一切都统统忘掉。

小邓睡不着。十分钟过去了,二十分钟过去了,半个小时过去了,他还是没有睡着,无论怎么努力都睡不着,阮婕的影子一直在他眼前晃来晃去的——她充满无穷无尽浮力的腰肢,还有她后背上星星点点的胎记……一个小时之后,小邓爬起来,洗了把脸,又抽了根烟,接着他决定到外面去转一转。

下楼后小邓拦了辆出租车。您去哪儿?司机问。分钟寺,龙爪树三街!小邓说,说完才意识到自己是下意识说出这个地址的,事实上在上车那一刻他还没想好去哪。

好吧,那就去分钟寺吧,反正闲着也是闲着,那就去看看那个自己住了两年多的地方,那个全北京最大的城中村,同时也是一茬茬北漂族的天堂和乐土,小邓歪坐在后座上想。小邓还记得,二〇〇六年冬天去租下那间地下室的时候,自己还问过房东为什么那一带叫分钟寺,是不是因为当地有一个叫分钟的寺?房东当时很热情地做过一番介绍——因为清朝的皇帝经常到南海子狩猎,他们去狩猎时,皇后及随行的妃嫔们就在此休息、梳洗打扮,故名粉妆寺,后来慢慢就叫成了分钟寺。

分钟寺还是那个分钟寺，龙爪树三街还是那条龙爪树三街，但小邓租住的那栋楼不在了，或者说那栋楼已经失去了自己的坐标——当年小邓经常光顾的那几家小店和小餐馆都不在了，甚至很多楼房也被推平了。小邓指挥着司机来来回回开了好几遍，也没能找到他租住的那栋楼。最后司机不耐烦地把他丢在了路边，让他自己慢慢找。

直到认出来楼下的那个电动车棚，电动车棚旁边的那排信箱，小邓才认出来他租住的3号楼。不过现在那里已经没住人了，墙上喷涂着几个大大的画圈的"拆"字。前前后后地绕了几圈，小邓不得不放弃了进到他那间地下室看看的念头，通往地下室的门上已经落了锁。他只好退出来，绕到后面，望着一半在地下一半在地上的那半截窗户缅怀了会儿。在那一小会儿里，小邓感觉到现在还有一个他正住在那里，房间里的布局和摆设跟当年一模一样，窗边能照到阳光的位置还扯着那根铁丝晾衣绳，枕边还摆着那本封面已经卷曲的、内文画了很多道下划线的《一个广告人的自白》……

准备离开的时候，小邓看见3号楼旁边的红砖墙倒了一大半，墙基只剩下豁豁茬茬的一截。小邓走过去，往墙那边伸着头看了一眼，那是一个布满了瓦砾和垃圾堆的院子，院子中间有一排垮塌的红砖厂房，厂房的几面山墙上也喷涂着几个大大的画圈的"拆"字。在这里住了两年多，小邓还从来没有注意到一墙之外的地方竟然还有这么一个工厂。接下来，他以跑步助力的方式翻过那道矮墙，向那排红砖厂房走过去。

小邓非常熟悉这样的气息，在去武汉读那所新组建的二本财经大学之前，他在这样的厂区家属院生活了十八年。那时候，小邓的父母都在他们老家那家以福利优厚而闻名于当地的榨油厂工作。他爸负责开那台151型螺旋榨油机，他妈在厂区大门里侧边的零售部卖油，他俩经常被人语带讥讽而又不无羡慕地称为"油鬼子"。当时国家的粮油政策还没有完全放开，轰轰烈烈的"加快体制改革步伐""放开搞活粮油市场"还在酝酿之中，各地风生水起的粮油小作坊也还没有上马，所以他们那家榨油厂生产的花生油、大豆油、香油等还能产销两旺，前来买油的人还算络绎不绝，在零售部门前排队买油的队伍有时竟长达一两百米——小邓见到这样的盛况不止一次。

后来，跟当时的很多厂子一样，那家榨油厂慢慢就不行了。对小邓来说，这个不行给他带来的直观体验是这样的，先是从厂区飘到家属院上空的那一阵阵油香越来越淡了，接着是他父母身上的那股油香也越来越淡了，到最后厂子里的烟囱就越来越少冒烟了。不过，小邓发现自己家里的油桶倒是越堆越多了——当时他还不知道榨油厂已经发不出来工资了，父母提回来的一桶桶花生油、大豆油、香油就是他们的工资。

小邓踩着瓦砾走进其中一间厂房。这间厂房已经垮塌了一大半，山墙上满是形形色色的涂鸦。首先映入他眼帘的是一行粉笔字——"赵磊爱吴桐雨"，那个"爱"并不是汉字，而是别出心裁地画了一个心形图案，那个心形图案上又被人打了个黑色的叉号。接下来，小邓又看见了"去死吧""实在不想上班了""我已经把孩子打了，你就跟那个贱人在一起吧"，以及两个巨大的歪歪扭扭的黑色字母——SB，小邓当然明白它们代表的含义。沿着那面山墙继续往前走，小邓就看见了墙体上那几道深深的裂缝，他估摸了一下裂缝的宽度，又伸手比画了一下，差不多能把一整根手臂伸进去——那面墙壁就像是承受不了太多的爱恨而自己裂开了似的。

第二间厂房与第一间连通着，但比第一间要大，有半个篮球场那么大。小邓注意到墙角摆着一台锈迹斑斑的机器和一堆啤酒瓶，两侧的墙壁上还保留着两行粗宋体标语，一行是"小心无大错，粗心铸大过"，另一行是"安全责任重于泰山"。小邓想起来了，自己父母在的那家榨油厂，通往车间的那条柏油路两侧也刷过同样的标语。

小邓走过去，像拍了拍老伙计那样拍了拍那台锈迹斑斑的机器。那是一台"鲁思达 JW780 挠性剑杆织机"，底下的那块小铝牌上标着它的型号和各项参数。望着它，小邓仿佛听见了它多年前发出来的那一阵阵轰隆声，仿佛看见了它吐出来的那一匹匹色彩斑斓的布。在某个恍惚而短暂的时刻，小邓好像还看见了自己的父母，一个正光着膀子站在 151 型螺旋榨油机旁挥汗如雨，一个正俯身于柜台后面给排着长队的顾客称油，而他自己则正埋首于那堆小山似的试卷和辅导资料之中，备战着即将到来的高考，有一个或者很多个梦想正在不远处等着他，只要踮起脚尖儿就能够得着它们。

小邓还看见，浑身浸透了油香的父母正在等待着下班。小邓知道，五点半一过，他们就会把手上的那些活交给接替他们的人，脱下工作服，头也不回地走出榨油厂的大门，走上街头，拐进几十米外的家属院，等回到家里时他们身上还散发着浓烈的油香，成为两个香喷喷的人。毫不夸张地说，有那么一个瞬间，小邓甚至还看到了前后脚走进家门的父母，还闻到了他们带进来的那股油香，那股油香穿过许多年的时光，又辗转了一千多公里，终于抵达了这个废弃车间，准确地找到自己的鼻孔钻了进去。

那阵油香是在三十秒之后飘走的，随着清脆的叮的一声。小邓下意识地摸了摸裤兜，他想肯定又是王艳发来的信息，不过点开一看才发现是阮婕。我回到上海了，她说。好，好好休息，有机会再见，小邓迅速摁出来这行字。就在准备发出去时，他又想了想，把后面的那些字都删掉了，只留下了最前面的那个"好"。小邓盯着屏幕又审视了两三遍，最后才摁下发送键，把那个"好"在一瞬间从北京送到了上海。

盯着屏幕上那个已经抵达上海的"好"，小邓现在突然想起来一个问题。他想，当年自己闻着那一阵阵从榨油厂飘过来的油香挑灯夜读的时候，或者在与这家棉纺厂一墙之隔的地下室里捧翻那本《一个广告人的自白》的时候，阮婕正在哪里呢，正在干什么呢？王艳又正在哪里呢，正在干什么呢？当时当地的她们，会想到未来会以今天这样的方式降临到她们自己身上吗？带着这个一闪而过的问题，小邓从那台锈迹斑斑的机器前起了身，在车间里来来回回地走动起来，他走到一扇门背后，又走到一堵墙背后，接着又走到一扇窗户背后，好像他能在那些地方找到过去的她们似的。

从车间出来，小邓又在院子里转了一圈。院子里长满了荒草，小邓很费力地穿过去。走到最里面时，他看见那堵墙上刷着一排歪歪扭扭的猩红色的大字——坐上宇宙飞船逃离吧！小邓走上前去摸了摸，红漆还非常新鲜，他的指肚上有红印儿。他后退回来，在旁边一个光秃秃的水泥台子上坐下来，又摸出来一根烟，点上。透过喷出来的一团团烟气，小邓眯着眼睛打量起那行字，像要从中发现一个什么重大秘密似的。

坐上宇宙飞船逃离吧！这是一个省略主语的祈使句，对，那或许并非一句无厘头的涂鸦，而是一个邀请，小邓想。他越想越觉得如此——他猜测，刷出这行字的那个人正在等待着一艘载他逃离的宇宙飞船，同时也邀请看到这句话的人和他一起逃离。

抽完，小邓用力地把烟蒂弹出去，看着它上升，达到某个顶点又下降，在空中划出一条完美的抛物线之后，接着它就掉落到那堆瓦砾中去了。瓦砾堆过去一些，是一片及膝深的草丛，小邓定定地望着那片草丛，草尖上那轮巨大而通红的夕

宇宙飞船　083

阳，以及晕染成绯红色的那片天空。这时候，他听见背后突然响动了一声，接着又看见一只流浪猫——它轻巧地一跃就跳到山墙后面去了。紧接着，小邓又听见一阵由远而近的脚步声。他几乎可以肯定的是，附近那个等待着一艘载他逃离的宇宙飞船的人已经过来了，再等会儿，等夕阳落下去了，那艘底部喷闪着蓝色火焰的宇宙飞船也会过来的。

是的，我已经过来了。从院墙后面一拐进来，我就看见了坐在水泥台子的小邓，看见了他后脑勺上泛出的那一小片青白色的光。嗨，小邓，不好意思，让你久等啦，我边挥手边冲他说。他回过头来看了我一眼，只看了我一眼，他立即明白了我就是刷上去那行字的那个人。等我走到他身边，小邓抬起屁股往旁边挪了挪，把水泥台子的另一半给我腾出来。接着，他从裤兜里摸出干瘪的烟盒，把最后仅剩的两根烟倒出来，一根递给我，另一根自己叼上，然后又把打着的火向我嘴边递过来。我连忙伸出手，屈起来五指护住那一小丛蓝色火焰，同时凑过去用力吸了一口。等小邓给自己的烟也点着火，我眯起眼睛看了他一眼，及时提醒他——坐好了吗，现在我们准备发射了！

亚洲象

出事之后我并没有跑。我知道跑是跑不掉的，跑得了和尚跑不了庙，跑得了初一跑不了十五，最重要的是跑的性质比不跑严重多了。所以我一直等在那里，等着一辆呼啸而至的警车，等着从上面下来的两个交警，走过来把我带走，同时也拖走我刚才驾驶的那辆白色东风雪铁龙——现在它的车头死死地抵着变形的护栏，引擎盖已经翻了起来，大灯、保险杠、雾灯也已经全部报废，下面散落了一地的碎片。

为了避免撞到它，现在那些路过的车辆只得往路中间或尽量靠左侧行驶。我看见从那些轿车、越野车、卡车和大货车的车窗里不断有人探头出来望一眼我和我旁边的那辆车，他们一闪而过的表情很耐人寻味，既像是在庆幸这样的车祸发生在别人身上，又像是在感伤这样的车祸说不定哪天就会发生在自己身上。老实说，这种矛盾的心理十分正常，因为有时候我也会这样。

给122打完电话，我就靠着栏杆点上了一根烟，像个没事的人一样望着不断疾驰而来又疾驰而去的车辆和远处搭满了脚手架的两栋小高层以及它们之间那轮又大又圆的夕阳。半个小时后，就在那轮夕阳快要完全掉落下去的时候，交警过来了。他们勘查了现场，拍照，取证，接着把那辆白色东风雪铁龙拖走了，把我带上了他们的车。

正如想象的那样，一到交警中队我就受到了一个违法人员应有的对待。先搜身，里里外外搜了一遍，我所有的东西——手机、充电宝、手链、玉坠、钱包、腰带、打火机、半包烟甚至两片口香糖——都交了出去，接着是录所有的指纹和掌纹（因为一直录不成功，接连录了好多次，这让我想到两个多月之前去街道派出所办身份证，那次也是反反复复录了好多次，当时给我录指纹的那个年轻女民警急得一头汗，不停地拍打那台破旧的指纹仪，而我则不时报之以微笑相鼓励，现在看起来，基层部门的设备确实亟须大面积更新了），然后是吹气测酒精（我说了我没喝酒，但没用，一个交警还是把酒精快测棒杵到了我嘴边）、验尿（估计是为了查有没有吸毒之类的）。

搞完这些，已经8点12分32秒了——之所以那么精确，是因为我看到了墙上那面电子显示屏。接下来，他们又给我戴上手铐，把我带到了审讯室。老实说，第一次出现在这样的场合并没让我害怕——当然这也跟他们的举止有关系，反而还有一种置身事外的坦然和轻松,就像我并非当事人,而是一个默默地看着这一切的旁观者。

几分钟后,两个警官走了进来,一开始我还以为是两个男的,等他们在我面前那张审讯台后面坐下来,我才发现其中一个是女的。男警官敲了敲桌子问我,要不要给家里打电话,只能打一个电话通知一位家属!我注意到审讯台下面立着一张泡沫板,上面有一行深蓝色的黑体字——"痛改前非,亲人盼归",而他们背后的那面墙上挂着一张招贴画,画面由蓝天、白云和一群飞翔的鸽子组成,上书一行白色的宋体字——"心灵洗涤之后仍会高飞"。我说,打,打给我老婆吧!接着他们就拿来了我之前上交的手机。我跟王艳简单说了一下情况,叫她不要担心,同时叮嘱她该吃吃该喝喝啥事别往心里搁,其他的等我回去之后再说。她还想再问什么,我说忙着呢正,然后就挂了。

接下来,男警官——我猜是主审——像想起来什么似的,问我是不是还没吃饭,是先吃饭还是先录口供。我说,先录口供吧,反正也没什么胃口。那好,他把警帽一摘说,那咱们就开始吧,你交代一下具体情况!现在,我看见那位年轻女警官已经做好了记录的准备,因为她打开笔记本电脑,露出了电脑后盖上那张可爱的小熊贴纸。

我说,两位警官,实在不好意思,让你们费心了,我一定坦白交代,我知道自己是无证驾驶,这一点我完全承认,因为截至目前我的确还没拿到驾驶证。我举起手（手铐提醒我，它确实是戴在我而不是别人手上）指指自己说，像我这种情况，应该处以200元以上2000元以下的罚款，可能还有15天内的行政拘留，我考过科目一，考了98分，所以很了解这一点。不过在交代情况之前我有个请求，明天一大早我还要去参加科目三的补考，这对我来说非常重要，你们看能不能这样，罚款我可以交，就按最高额度2000元交，该赔偿的损失我也会赔偿，拘留能不能免了——或者等我补考完之后再拘留？男警官迟疑了一下说，这个我说了不算，要根据你的具体情况来处理。

那好吧，我说，我还是从头开始说起，全面深入地交代一下今天这个事的由来。

我叫陈宝全，宝盖头的宝，全部的全，今年38岁，男，汉族，政治面貌是群众，大学本科学历，学的统计学专业，现在在光谷的一家互联网公司做数据分析师。数据分析师这个职业你们两位可能不太了解，但我想你们肯定知道它的重要性，世界500强企业里目前有90%以上都已经建立了自己的数据分析部门，现在是一个靠数据说话的时代，也是一个靠数据竞争的时代，对吧？这时候男警官打断我说，这些我们不需要了解，说重点！

我说，这就是重点，起码是重点之一，真的，到后面两位就会明白了。

是这样的，我继续说，两个多月前我们一家三口去恩施玩过几天，我，我老婆王艳，还有我们的儿子辰辰。一天下午，我们去了郊区的二官寨看瀑布，我们没车，也都不会开车，是叫了一辆滴滴把我们送过去的。傍晚回来的时候，我打算还像进去时那样叫一辆滴滴，但叫不到了，无论怎么都叫不到了——本来我应该想到这一点的。王艳的手机上也叫不到，加了三十块钱的红包也没人接单，网约车和出租车好像商量好了故意要跟我们开玩笑似的，等了半个多小时连一条接车信息也没有，可能那里太偏了，距离恩施城区有一个多小时的车程。最后没办法，我们一家三口只得按照导航提示沿着那条七拐八拐的乡道步行走出来，走了差不多有四十多分钟——王艳说她腿子都快走断了，后来天都快黑下来了，我们才遇到一辆愿意搭我们一程的农用三轮车。

一回到酒店王艳就发作了，她把背包往沙发上一摔，跳着脚说，老子——这是她发脾气时一贯的自称——早就跟你说了去学车去学车，说了多少次，你就是不听！我不知道她哪来的那么大火，就说，一年到头你能出来玩几次，打不到车的情况又能碰到几次？走走路怎么了，就当锻炼了嘛，你爬山跑步不也是为了锻炼？听我这么一说她就更来气了，"穷逼"一词破口而出，她指着我的鼻子说，你就是个穷逼！十足的穷逼！我说，这跟穷不穷没半毛钱关系，是没这个必要，你上班坐地铁也就五站路，我比你还要近一些，根本就用不着开车，更何况现在到处都堵车堵得那么厉害，停车位那么难找，油费、保养费、保险费、洗车费也一天天看涨，买车哪有打车方便呢？

然而我所罗列的种种理由仍然无法阻止王艳要我学车——进而买车——的要求。她一脸不屑地说，是啊，你说的都对，非常对，完全对，我也完全同意，但是我就想问你一句，你来告诉我，每年怎么还是有那么多人买车呢？怎么还是有那么多人学车呢？难道他们都是傻逼吗？天底下就你一个精逼？我说，他们是不是傻逼我不知道，我只知道我们暂时还不需要车，同时我也不想学车，要学你去学，反正我是不学！

王艳问，为什么？我说，其一我讨厌学车，心理素质不过关，情急之下会把油门当刹车，到时出了事情怎么搞？其二我哪有时间学，上班，加班，接送儿子，还要遛狗。她很不耐烦地说，借口，都是借口。我说，其三我也非常讨厌车，讨厌死了，你看看现在的车是不是比人还多，不说停车场里停的、路上跑的了，就说我们小区里的吧，哪条过道两侧不是停得满满当当？它们占用了我们的活动空间，占用了花草树木的生长空间，每次经过时我都有一种忍不住想把它们掀翻在地的冲动——我并不是仇富，但事实上我没有这么做，为什么？因为我知道车是掀不完的，我们能管住的不是别人，恰恰是我们自己，是的，人人都少买一辆车，这世界将会变成美好的人间。

王艳说，你净扯这些有的没的，我就问你一句，那么多人买车都不多，我们买一辆就多了？你弟弟买车了吧，我大姐和二姐也买车了吧？你那些同事，我那些同事，他们也都买车了吧？你倒是说说，他们能买，我们为什么就不能买了？啊？我说，他们是他们，我们是我们！她说，谁跟你我们，你是你我是我！然后她又补了一句，实话跟你说吧，没有车的日子我是连一天也过下去了！听她的言外之意，好像如果我不能满足她的愿望，接下来她就准备和我解除维持七年的婚姻关系了，又好像只要我学会了开车，她和儿子往车上一坐，我们生活中所有的问题似乎就都可以迎刃而解了。

从恩施回来之后，我以为这个事消停几天就过去了——就像以前那样，但是后来的事实证明并不像我想的那么简单。王艳不愧是王艳，她充分发挥了自己作为一个女人和一个老师的双重口舌特长，一天到晚地催逼着我去学车学车学车，反反复复地在我耳边叨逼叨逼叨逼，甚至还发动起了儿子一起围剿我。你们不知道，王艳叨逼起来跟个复读机没什么两样——这一点得益于她区实验小学英语老师的身份，没完没了，没了没完。我被她搞得不胜其烦，饭不思，茶不想，夜不能寐，有很多次我都忍不住想回她一句"学个鬼！"事实上这句话已经在我嘴里转好多圈了，几乎就要冲出来了，但是每次到了最后关头我都理智地把它封在了嘴里。原因很简单，因为在王艳叨逼的时候，她妈——也就是我丈母娘——很多时候就坐在我们俩旁边，正端着半碗鸡蛋羹一勺勺地给我儿子喂食，或者不吭不哈地捏着遥控器来来回回地调台。

她，我是说我丈母娘，是在我们从恩施回来一周后过来武汉的，要在我们家住四个月。因为她没有儿子，前几年又死了丈夫，不过幸运的是她有三个女儿——王艳是老小，一年十二个月，每个女儿都要收留她四个月。两位警官，想必你们也都了解，那个年代有一句非常响亮的口号，叫"生男生女都一样"，不过现在看起来这个口号已经不够那么响亮了，我觉得应该换成"女儿能顶半边天，巾帼挺立天地间"才对，真是这样的，在这一点上我丈母娘可以做证，也可以替我死去的老丈人做证——是的，虽然他俩一直吭哧吭哧地想要个儿子——三个女儿就是这么降生的，但现实证明儿子并不一定就有女儿顶用。

就拿我来说吧，我这个曾经被寄予了厚望的长子，就没有办法像王艳和她的两个姐姐那样把我鳏居在乡下的父亲也接到我们家里来住四个月——虽然我们三室一厅的首付款里还有我父母赞助的十万块血汗钱，别说是四个月了，连四天都难，那段不堪回首的经历我就不想在此赘述了，两位警官可以自行脑补一下。说白了，那还不是因为王艳坚决不同意，而我又没本事推翻她的坚决不同意，当然，你们也可以理解为我这是好男不跟女斗、不跟王艳一般见识、为了我们这个家或者其他你们想到的意思。

好了，言归正传。到后来，为了不让王艳一天到晚地再叨逼下去，也为了不让我那句"学个鬼"在王艳她妈面前破口而出，我就做出妥协，主动去宏达驾校报了名学车。是的，从某个方面来说我也可以理解王艳，这么多年来她其实也不容易，上班，带孩子，里外操持，和绝大多数妻子一样，她无非也是想过得好一点儿，或者说在别人眼里过得好一点儿，这也并没什么错，这能有什么错呢？我知道，很多人一辈子的幸福——或者说幸福感——就建立在这上面，要有房，有了房还要有车，房要比别人家的大，车也要比别人家的好，虽然他们完全不需要那么大的房和那么好的车。

科目一考过之后，我就去了宏达驾校的光谷练车场练科目二。不知道是不是因为8月份要实行新规的关系，学车的人非常多，从刚进入大学校园的新生到在家照看孩子的全职母亲，从公司里的中青年干将到快要退休的中年大叔，男男女女，老老少少，红颜白发，应有尽有。按说一个教练带六七个学员算多了，但两位警官你们知道我们的教练带了多少学员吗？不瞒你们说，15个，最多的时候21个，就按15个算吧，每个人每次练10分钟，这也就意味着在一个人的两次练车之间隔了两个多小时，一天下来每个人的练车时间还不到半小时，时间全花在等着练车上了。我知道，驾校安排学员一起练车是出于这样那样的考虑，为了优化资源、提高效率、相互纠错、共同成长什么的，但是为什么就一定非要让我们把宝贵的时间都浪费在没有意义的等待上呢？

两位警官，不知道你们有没有学过车，如果学过，我想你们一定还记得练车时那种漫长等待的无聊，很无聊，贼无聊，非常无聊，极其无聊。什么事都做不了，大家只能坐成几排一起玩玩手机——聊微信、刷视频、看电影、逛某宝、下象棋、看新闻之类的，这么说吧，我们每次去练车的绝大部分时间都在玩手机，好像我们并不是为了去练车，而是为了找个地方专门玩手机。对我来说，那段时间我主要是在手机上看看新闻，看的最多的新闻是关于亚洲象的，就是从云南西双版纳保护区勐养片区跑出来的那群大象，那个新闻你们两位应该也都看过吧？这时候，那个一直敲电脑的女警官抬起头来，面无表情地看了我一眼，男警官则点了点头，然后用不解的眼神望着我。

是这样，我说，不是无聊嘛，我就根据新闻报道梳理了一下那群亚洲象的迁徙路线，我发现它们很早——最早是2020年3月——就从保护区跑出来了，之后一路北上，7月到达普洱市思茅区南屏镇的大开河村，12月到达普洱市的墨江县，今年4月16日到达玉溪市的元江县，5月16日到达红河州的石屏县，5月24日到达玉溪市的峨山县，5月31日——也就是今天——上午我注意到它们已经到达玉溪市的红塔区，离昆明市的晋宁区只有50公里了。现在，也就是我们坐在这间审讯室录口供的此时此刻，那群亚洲象也正以每小时36公里的速度奔跑着，在皎洁明亮的月光照耀下，在温暖宜人的夏风吹拂下，它们风驰电掣地穿过田地、旷野、山林、村镇、街道和城区，一路浩浩荡荡地前往我们不知道的某个地方，那个画面非常壮观，我们不妨发挥自己的想象力去想象一下。

那么，现在问题就跟着来了，它们为什么跑了出来？又为什么要一路北上？

是的，有不少专家都做了解读。有的专家说，它们可能是因为缺乏食物才北上迁徙的，亚洲象主要以竹笋、嫩叶、野芭蕉和棕叶芦等为食，食量非常惊人，一头成年亚洲象一天可以吃 30 到 60 公斤的食物，所以如果食物缺少的话它们必然会因为寻找食物而迁徙；有的专家说，也有可能是因为它们栖息地生态破坏造成了水源缺失，导致了它们长途跋涉去找水源。不过在我看来，他们其实都没说到点子上，我觉得——这时候，男警官打断我说，你不要东拉一下西扯一下，想浪费我们的时间是不是？这对你可没什么好处！

我摆了摆手（手铐再次提醒了我这一点，它确实是戴在我而不是别人的手上）说，没有没有，我完全没有想浪费两位时间的意思，那好吧，我接着前面的说。

前面说到排队学车了是吧，排队学车其实只是一方面，另一方面是教练骂人，你们不知道，我们那个教练实在是太喜欢骂人了，我们那个小组里几乎没有谁没被他骂过的——一上车脑子就不知道丢哪了是吧！练个车比你上学还难吗？开那么快赶着去吃屎吗？打方向盘和打麻将能是一回事吗？都是诸如此类的嘲讽和谩骂。骂人就骂人吧，他还美其名曰是为我们好，说现在挨几句骂总比到时候真出了事强——没办法，我们只能

亚洲象　095

耷拉着脑袋听他喝来骂去，而他则一脸满足地享受着，那样的嘴脸我在很多年之前见到过，因为我有个小学老师就是这样的，我猜我们教练从骂人的过程中也获得了我那个老师骂人时曾经获得过的那种东西；而又或许，除了我们这些学员之外他再也没有可以骂的对象了，在其他人面前他只有挨骂的份儿，所以在面对我们的时候他要加倍补偿回来。

我知道，现在很多所谓的教练素质都比较差，说是教练，其实他们不过是一些从酒鬼、无赖一跃而成为具有执教身份的人而已，是一些可能连初中都没毕业却总是以嘲讽谩骂那些有本硕博学历的学员为乐的人而已。

怎么说呢，我确实被教练骂过很多次，一点儿也不夸张地说，我甚至很可能是我们那个小组里被骂得最多的两个学员之一，另一个是老周。他学车是为了要去开滴滴——他觉得开滴滴和送外卖是两个技术门槛比较低而且勤奋努力和钱包的鼓瘪指数成正比的行业，但是他的年龄已经不适合送外卖了，所以他就来学车。接着说我，这么说吧，科目二和科目三里的那些项目，我几乎没有一项是没有被教练骂过的。我也不知道到底是学车太难了还是我太笨了——而且教练越骂我就越紧张，越紧张我就越出错，最后甚至连油门和刹车都分不清楚了。不瞒你们说，那一段我被骂得神经非常紧张，满脑子都是开车开车开车，上班时想的是开车，下班时想的是开车，吃饭时想的是开车，就连晚上睡觉时想的也是开车——这一点王艳可以做证,她夜里不止一次听到过我的梦话——"打转向灯""挂挡""踩刹车""踩油门""松离合""压线了"。

后来我才知道,我和老周之所以被骂得最多,并不是我们学得不好,也不是我们笨,而是我们没有像其他学员那样在私下里给教练送礼,也没有在考试之前按教练暗示的那样交给他一笔模拟考试费——科目二是400元,科目三是600元。老实说,并不是我在乎这点儿钱,多这1000块也富不了,少这1000块也穷不了,而是驾校在跟我们签的合同里明明就写了包教包会,既然白纸黑字地写了,那我就完全没办法接受教练突然又跟我们来这么一下子了。怎么说呢,这就像上个月结婚的我表弟率领一众车队吹吹打打地去接新娘子的时候,也没办法接受他准丈母娘临时要他再拿出来五万块的彩礼一样,他当即就表示了拒绝——他一拒绝对方就慌了神,连忙请出来新娘让她上了车,唯恐我表弟不要她了似的。我觉得就是这样,该坚持的就要坚持,该拒绝的就要拒绝,在这一点上我非常理解我表弟,同时也相信他也可以理解我,理解万岁!

事实证明,没给教练送礼和交钱也并没什么,因为接下来我跟那些交钱和送礼的学员一样,也通过了科目二的考试。问题出在科目三上,科目三我觉得训练得还行,但是并没有考过,考了两次都没有考过,没有考过怎么办呢?那就继续补考吧,反正有四次补考机会,但我再去练车的时候教练却不让练了,怎么说都不让练了。我问他为什么,他说不为什么,驾校就是这么规定的。我说,驾校不是说了包教包会吗?他说,是教了你啊,你也会了啊,但你没考过能怪谁呢?我说,那我后面怎么办呢,直接预约后面的补考?他想了一下,丢下一句耐人寻味的话——你自己看着办!我不知道他到底什么意思,是想让我表示表示还是什么?我没有表示,我当然没有表示了!

王艳知道之后说,猪脑子啊你,教练肯定跟考官一伙的,你一没送礼二没交走场费,肯定挂你啊,不挂你挂谁啊,我要是教练我也挂你!她最后一句话是这么说的,我要是教练我也挂你,不挂你挂谁啊?!我说,凭什么,学车合同里写得明明白白,又没说补考练车还要送礼还要交走场费。她指着我的鼻子说,呆子,真是呆子,你真不懂还是假不懂?合同里怎么会写这个呢?过了一会儿她又说,这样,我回头买两条烟,你下次给教练送过去。我说,不送,坚决不送,凭什么送,我又不是求他办什么私事,去练车本来就是我的权利!王艳说,说你傻你还真傻啊,你跟他较这个劲干什么呢,到最后吃亏的还不是你自己?拿不到驾照学费不是白交了?那我们就猴年马月也买不了车啦!

王艳真的去买了两条烟,两条黄鹤楼峡谷情,一共花了600块。接下来,她就一天到晚地催着我给教练送过去,我不送她就又叨逼来叨逼去,叨逼去叨逼来,就像当初催逼我学车时那样。我不知道她到底是哪根筋搭错了,还是想买车想疯了,我说,我是不可能送的,要送你就自己去送!她说,那你把教练的电话给我，我去送！我当然不可能把教练的电话给她，教练是什么样的人我又不是不知道。后来她就发动了她妈、我爸、我弟、她两个姐姐和姐夫，让他们都来做我的工作，但是我并没有妥协。

家里的这一摊子烂事，再加上公司里那一堆永远也忙不完的活儿，搞得我那一段非常糟心，烦得要死，所以夜里总是睡不好，经常睡到两三点就醒了，然后怎么都睡不着了，数羊也没有用。睡不着的时候，我就在手机上看看新闻，还是看那群亚洲象的新闻。

不瞒你们说，在我看来这个事情还是挺蹊跷的，因为如果按照那些专家的解释——说这些亚洲象的北迁是为了食物或者水源，那其实不太能解释得通。两位警官，你们也可以想想看嘛，如果是为了食物或者水源，那么它们为什么不往南跑，不往东跑，也不往西跑，而是偏偏要往北跑呢？对吧！所以我就想了，它们往北跑一定有往北跑的原因和道理，只是我们不知道而已。在这个思路的启发下，后来我就去查阅了一些历史资料和考古学文献，利用统计学和大数据做了一些对比分析——这就是我比较擅长的部分了，你们还别说，还真让我发现了一条大家可能都忽视了的重大线索。

是这样，目前我们已经研究清楚的一个情况是，在7000多年前亚洲象的分布其实是非常广阔的，北起河北，南达雷州半岛南端，东起上海马桥附近，西至云南高原西部的中缅国境线，都曾经是它们的活动范围。但是，在后来的漫长历史时期里亚洲象却开始不断南迁了，大致来说是这么一个路线，周朝初年它们开始从黄河流域南迁，到了春秋战国时期，它们分布的北界则为淮河流域，到了唐代时期它们退到了长江以南，而到了宋代时期它们越过了南岭，而现在，它们已经退到了云南的西双版纳、临沧、普洱一带——换句话说，亚洲象的分布区每年都在以1000平方公里的速度消失，近3000年来它们在300万平方公里的面积上近乎绝迹了，两位警官可以算一下它们南移的速度有多快，真的是非常快，平均每百年移动0.5个纬度，每年移动0.5千米。

我以上所说的只是一个总体情况，而如果继续深入了解的话，我们还会发现另外一个特殊现象，那就是亚洲象的活动轨迹其实并不是只有南移，而是还伴随着北迁。从公元前700多年到公元前200多年，从公元580年到908年，从公元908年到1050年，在这几个时间范围内，亚洲象群就曾经出现过多次的北迁。那么新问题来了，它们在南移过程中为什么又要一次次地北迁呢？这是一时的偶然还是历史的某种必然？两位警官，我有个大胆的猜测，它们这次的北迁很有可能跟前面几次北迁一样，其实是想替先祖先烈收复被人类占领的广阔失地，是想回到本来就属于它们自己的家园，在那里自由自在地栖息，做一头真正的亚洲象，而不是一头被保护起来的亚洲象，我敢打赌，如果这个物种不会消失的话，在之后的岁月里它们肯定还会一次次地北迁。

当然了，这也只是我的一种猜测，并没有什么严格的科学依据，我也不是专门研究这个领域的，我只是随便那么一说，也请两位警官随便那么一听就行了，不必太当真。这时候，一直噼里啪啦敲电脑的那个女警官停下来打了个哈欠，然后望着我，我主动与她对视了片刻，我希望自己的眼神在她录完口供之后下班回家的路上产生一个深刻的记忆；而这时候，男警官再次用力敲了敲桌子说，你这个人到底怎么回事，怎么又扯到亚洲象上来了？跟你说过多少次了，不要浪费时间，你看看现在都几点了？

不好意思，不好意思，我看了一眼墙上的表——现在已经十点一刻了——说，王艳不是一直催我给教练送烟嘛，后来我也做通了自己的工作，就答应了，所以今天下午专门请假去了趟驾校，当然也提上了王艳买的那两条烟。我是五点多到的，我知道那个时候练车的人要少一些，我找到教练的时候，他正在练车场上跟一个年轻的女孩子聊得热火朝天的。见到我，他很不耐烦地说，你怎么又来了？不是说了不能练车了吗？我用自己能做出来的最低三下四的口气说，明天不是要补考嘛。我把手里装烟的那个黑塑料袋子递给他说，以前都是我不懂事，这一次就靠教练多关照啦！

他摆了摆手说，不要不要，东西你拿回去！我说，也没什么东西，就两条烟而已。他冷笑了一声说，收你的烟，收你的烟好让你抓到把柄，然后去投诉我是吗？我愣了一下说，投诉？什么投诉？我从来没有投诉过你啊，你搞错人了吧！他说，装！继续装！接着装！我上前想把烟递给他，他非常敏捷地躲开了，接着他就和那个女孩子走掉了，去了练车场那些办公室其中的一间。他走掉了，但他的教练车——也就是被你们拖走的那辆白色东风雪铁龙——还停在那里，我上前拉了拉车门，没想到一把就拉开了，车钥匙还在方向盘下面插着——估计忘了拔，当时我也不知道是怎么想的——想把烟放到他车上？——就鬼使神差地上了车，发动，一圈圈地练了起来。

也不知道教练是怎么发现的，过了一会儿他就从办公室冲了出来。在我开过来的时候，他冲我做了个停车的手势，接着又大喊了一声，你怎么回事？！我看了他一眼说，什么怎么回事，练车啊！这时候他又骂了一句，我让你停车呢！他以为我会像他想象的那样停下来，然后耷拉着脑袋接受他的一顿喝骂——就像之前那样。我想说的是，如果他不骂那句"个婊子养的"和"操你妈的"。我可能就停下来了——然后把那两条烟拿给他，但是他骂了，而且是当着好几个人的面骂的，这就不能怪我了，所以我不但没停车，反而猛踩了一脚油门，把他甩了过去。我从后视镜里看见他小跑着追了起来，边追边喊，停车！停车！我当然没停，我为什么停？！

又一圈转回来的时候，我看见教练铁青着脸，猴子一样跳来跳去的，他冲到路中间想用身体把我逼停，但在确认我不会停下来之后他又跳开了。他去找了两个路障，想用它们迫使我停下来，不过他失算了，因为接下来我用他教我的技术成功避开了它们。我看见他又指挥其他人抱来了更多路障，把整条路面都堵死了。于是我来了个急刹车，调转车头朝练车场的大门口开去。看大门的老头还没意识到怎么回事，我就从那根没落下来的护栏底下冲了出去。冲出来后，我拐上了门前那条马路，沿着那条马路一直开到底，最后又拐上了高架——值得一提的是，在这个过程中我并没有违反任何一条交通规则——除了我还没有拿到驾照之外，我对自己的车技表示非常满意。

高架上车不多，我一点点加大油门，最后把速度提到120码。速度提到120码的时候，我就听到了耳边呼啸而过的一阵阵风声，我就看见了两侧模糊着远去的那些楼群。

不知道为什么，这时候我又想起我的教练，想起他的骂骂咧咧和咋咋呼呼，此时此刻他正在收拾那些路障，挨领导的骂，又或者正开着一辆教练车满街找我。而接下来我又想起王艳，她正在下班回家的路上，怀揣着拥有一辆车的梦想，我突然有一种奇怪的感觉，觉得她其实挺适合我们教练的，我为他们没有在人山人海中遇到彼此感到深深的遗憾，他们很配，真的很配，是那种一眼看上去就像两口子的两口子，所谓夫妻相是也。如果当初去学车的不是我而是王艳，如果她的教练正好是我的教练，如果他们走到——或者搞到——了一起，我一点儿也不会生气，更不会提着一根棍棒上门捉拿这对奸夫淫妇，而是会非常乐意地退出，同时祝福他们百年好合、白头偕老。

　　开着开着，我就开出了那种人车合一的感觉，我即车，车即我，换言之，我的大脑重新定义了身体的边界，我把自己的身体扩展到了汽车的车体——也可以说我在驾驶着我自己，我在驾驶着一个曾经被占领但又被我攻克下来的我自己。接下来，我驾驶着已经成为我的一部分的那辆教练车向着道路尽头的夕阳开过去，向着不断延展的地平线开过去，向着一个并不存在的目的地开过去。是的，我要穿过一片片田地、旷野、山林、村镇、街道和城区，穿过傍晚时分的薄暮，穿过夏夜宜人的暖风，穿过皎洁明亮的月光，啊，风驰电掣的感觉让我停不下来，自由驱驰的感觉让我停不下来。我知道，把油耗干之前没什么能让我停下来。不过没想到的是，几分钟之后我就听到了"砰"的一声——我把车子撞到了右侧的护栏上。再后来你们就过来了，就是这样。

伴　鹿

　　一下楼我就看见了她。她站在她的车子边上，车子停在路边。我喊了她一声，又朝她挥了挥手，她也对我挥了挥手。我走过去并在走过去的同时考虑着怎么开口。吃了吗？我说，迅即又为说了这么句俗不可耐的话而懊悔。她点点头。我拉开副驾驶座旁的车门坐上去——就像很多年前那样，她也拉开车门坐上来。不过接下来她并没有发动车子，而是就那样静静地坐着，透过挡风玻璃望出去。我以为她有什么话要对我说，但她什么都没说。过了几分钟，她儿子出现在副驾驶座旁车门外侧的时候，我心里不由一凛。

　　这是我的座位！他一把拉开副驾驶座旁的车门说，眉眼间抖动着那种你怎么可以坐在这儿的表情。我只得下车，把那个座位让给他，在后排坐下来。是的，相比于我他当然更有这个权利。他是她的儿子，而我只不过是曾和她上过床的人而已，还是之一。

小宝，对叔叔不可以那么没礼貌！她瞪了他一眼说。他回看了她一眼，嘟囔了一句我没听清楚的什么话。没事！坐哪儿都一样，我替她儿子也替自己解围道。这是一个星期六的下午，阳光灿烂，我们要去我朋友兰丽的画室喝茶。是她前天晚上约的我——我不明白她为什么突然要约我，是离婚了想再续前缘还是单纯想有个人陪着。我也不明白她为什么还要带上儿子，她也从没提及过这一点。接下来车子还是没发动。

过了会儿，一个扎着小辫子的男的走到她那边，把一杯咖啡从车窗里递进去，又拉开后排的另一扇车门坐进来。他手里握着另一杯咖啡，咖啡杯上印着那家咖啡店的名字。我愣了愣，不过很快就明白了是怎么回事。坐下来，他冲我点了点头，我也回点了一下。哦哦，这是周同，她回过头来向我介绍道。这是林宵，她又偏过头去把我介绍给他。你好。你好。我们没有握手。他完全没有那个意思。当然，我也没有。

现在她终于发动了车子，从我楼下那个丁字路口往胭脂路拐过去。没找到奶茶店，找了一圈也没找到，周同往前挪了挪身子对她和她儿子说。哦，她望着前方说。

妈妈，你说了给我买奶茶的！这时候他嚷嚷起来。周叔叔不是没找到奶茶店嘛，找到了就买，她安慰他。妈妈，你说了要给我买奶茶的！你说了要给我买奶茶的！你说了要给我买奶茶的！他抓住她的手臂摇晃着说，五官狰狞起来，一副发疯的样子。

  小宝，好好坐着，妈妈正在开车，她说。但他并没停下来，相反摇晃得更厉害了。她只得把车子拐到路边，停下来。小宝，你再这样妈妈要生气了！你晃妈妈，妈妈就开不好车，要是出了车祸怎么办？她做出一副很生气的样子。他这才把手松开，不过嘴唇仍然噘得老高。她脸上缓和了一些，接着又发动起车子，往路中间开过去。

  之前我见过他几次。之前的经验告诉我最好离他远一点儿。不过车里就那么大，离他再远又能远到哪里去呢？我缩在座位上，尽量用前座的边缘把他圆滚滚的身子遮住。如果我已经结了婚并打算要孩子，我想他绝对不会是我想要的那一种。我暗自庆幸当年和她结婚的不是我，而是她的同事，一个中学英语老师。老实说，我应该感谢他，一个及时出现的接盘侠，因为他的及时出现才替我挡掉了一颗沦为人父的子弹。

  小宝，你要系上安全带！周同往前凑了凑说，我帮你扣上。我能听出来他语气中尽力讨好他——进而讨好她——的那种意思。不过他并没理他，就像没听到一样。是的，小宝，你怎么不系上安全带？她接过周同的话说。他这才照做了。这似乎是一个没那么坏的象征，她不会因为他再突然而至的动作而朝行人或者别的车子撞过去。

  现在是下午两点半。阳光透过道路两边的树冠洒下来，洒进车子里，洒在我们每个人身上。我知道，现在我家里的阳光比这里的还要好，掠过对面的楼顶洒进来，把懒人沙发里的我笼罩起来，我端着一杯沏好的茶，眯起眼睛望着天空，那比坐在这儿要惬意多了。我闭上眼睛，为自己前天晚上答应了她今天的约而后悔起来。如果知道她儿子和她的小男人也一起来，那我是不可能答应她的——找个借口还不容易吗。

妈妈，我们到别人家里玩不能翻别人家的抽屉，不能进别人家的卧室，也不能坐在别人家的床上，他没头没尾地来了这么一句。没人接他的话，过了一会儿他把刚才的话又重复了一遍。是的，小宝，不能！去别人家要懂礼貌！她说道。可以想象得出来，之前她肯定一遍遍地教过他这些。他记住了，记得很牢，现在又不由自主地冒了出来。

妈妈，我们到别人家里玩不能翻别人家的抽屉，不能进别人家的卧室，也不能坐在别人家的床上，几分钟后他又重复了一遍，以那种自言自语同时又像是对着所有人说话的语气——在目前这种情况下，就是对着他妈妈、周同和我。我没有吭声，周同也是。他一边望着窗外，一边小口小口地啜着咖啡。哦，又一个接盘侠，还是一个大接盘侠，不但接手了别人的女人，还接手了别人的儿子，我用余光瞥着他的轮廓想。似乎总有一些男人愿意这样，尤其是在年轻的时候，他们以为自己抓住的是爱情，其实是他们混淆了爱情和欲望的区别。不过没关系，时间早晚会让他们明白这一点的。

半个小时后，她开进兰丽的那个小区，在停车场那些空荡荡的车位中找了一个停下来。周同下了车绕到车尾。我下来的时候，看见他从后备箱里搬出来一盆虎皮兰。

这时候，一个门卫模样的中年男人走过来，一边抖着大衣一边冲我们挥手说，开走！开走！这儿不让停！不是有那么多空车位吗？她说。那也不能停，他说，这些都是私家车位。就停一会儿，不会超过两个小时，那时候业主还没有下班呢，她说了一个在她看来非常有说服力的理由。那也不行，他的态度十分坚决。我看见周同放下那盆虎皮兰，从口袋里摸出来一盒烟，抽出来一根走向他，接着又把打着的火凑过去。

师傅，行个方便哈，我们一会儿就走了，周同拍着中年男人的肩膀说，又把那盒烟塞到他手里。对方没说行也没说不行，只是看了一眼手里的烟，就嘟囔着走开了。

他还不算黑的。我们小区的那个门卫只有塞了钱给他，才会让你把车子停在那些长年都没有车停的空车位上。是的，都这样。我是说现在的物业，收钱时他们特别经心，花钱时他们就特别不经心。一句话，他们不想轻易就把收过去的钱再吐出来。这个小区也好不到哪里去。小广场上那排健身器材坏的坏朽的朽，那些花坛里和空地上也疯长着花草，它们跃出栅栏，往四周蔓延着。虽然已经进入了秋天，不过它们却没有一丁点儿要枯萎的意思，反而更旺盛了——是比有人打理的时候还要旺盛的那种旺盛。

我们上来的时候，兰丽已经烧好了水，摆出了茶盏和几碟点心。她给兰丽来了一个夸张的拥抱,又把周同介绍给她。她没说周同是她男朋友,也没说他们之间的关系,或许在她看来这是明摆着的事,根本不用说,又或许当着我的面她不好意思说。

坐下来,她就兰丽姐长兰丽姐短地说起来。她说一直都很想来这里看看,只是平时又要带孩子又要上课的,实在抽不出来时间;她说平时经常看兰丽姐的朋友圈,非常关注她的那些画和她参加的那些展览,她很喜欢她的风格;她又说以后一定要经常来兰丽姐的画室,或者等兰丽姐什么时候有时间了到她家里去坐坐,她下厨给兰丽姐做她最拿手的甜点……两年前通过我认识的朋友,她倒是显得比我跟她还熟络多了。

兰丽又把削好的苹果切成小块,插上牙签。尝尝!阿克苏的苹果,新疆的一个画友刚寄过来的,她说。接着她又像问学生一样问我们阿克苏的苹果为什么那么好吃。

是不是因为阿克苏纬度高,光照充足,昼夜温差大?周同说。兰丽笑了笑说,是的,不过还有一个深层原因,阿克苏那边冷,为了不结冰被冻坏,这些苹果就会尽力多分泌糖分,糖分就是电解质,可以防止结冰,植物也是有思维的,跟人一样。我也是听那个画友说的,兰丽又补充说,现学现卖。她对兰丽的说法表达了称赞,好像那也是一套多么高深的理论。受不了她这种谄媚劲儿的时候,我装作去一趟卫生间。

我重新坐回来时,他们的话题已经从阿克苏的苹果转到兰丽的画上去了。我超喜欢兰丽姐的画，她指着墙上的一幅画说，这个线条一看就是毛笔画出来的，很像那个谁了。就是留法那个画家，你跟我说过的，她问周同。常玉！周同说。哦对，常玉，她顿了顿说，但兰丽姐的画又跟常玉不一样，比常玉的更有味道。我不知道她要干什么，她，一个中学英语老师，是想显示很懂兰丽的画呢，还是想求一幅她的画呢？

周同接过去说，好的艺术家就是这样，会化用，能把别人的画法拿过来变成自己的……他们一句接一句的吹捧让兰丽非常高兴。这几年，她参加了很多展览，各种评论她作品的文章也一篇接一篇，眼前这样的吹捧按说她应该见怪不怪了，但是事实并不如此，她脸上挂着从心底透出来的那种高兴。是的，谁又会去拒绝别人的赞美呢？

可能是觉得冷落了我，她又问我对兰丽作品的看法。很棒！我说，接下来就没再吭声了，一杯接一杯地喝着茶水。现在我又一次后悔起来，前天晚上不应该答应她来的。是的，在某种意义上我也是个局外人，跟坐在客厅沙发里玩魔方的她儿子一样。

小宝，你在干吗呢？来喝茶嘛！过了一会儿，她终于从对兰丽的赞美中停下来，冲着小宝所在的方向喊了一声。我在这里呢，他在那边嘟囔了一嗓子。我没看见他。

他走过来，在她旁边坐下，但手里并没有捏着刚才玩的那只魔方。妈妈，我们到别人家玩不能翻别人的抽屉，不能进

伴鹿　111

别人家的卧室,也不能坐在别人家的床上,他冲着她说。她没理他,现在她和兰丽说起了她的那场展览,说她在朋友圈见她发过那场展览的预告。见她没理会自己,他又提高音量说了一遍。是的,不能!小宝,你自己记住就行了嘛!她看了他一眼说,妈妈正在和兰阿姨说事情呢,你自己去玩会儿!

兰丽说起来她将要去北京参加的展览。她半年前受邀参加那场展览,一同受邀的还有谁谁、谁谁以及谁谁谁,她说了艺术圈几个如雷贯耳的名字。我知道,她的潜台词是她跟他们一样,她的作品也跟他们的作品一样,现在已经晋升到了某个级别。

兰丽又把那几幅参展作品的照片从手机里调出来,一幅幅地讲她的灵感、思路、理念之类的。她一边听一边转动着手里的那柄小铜勺,翻过来掉过去,又掉过去翻过来,好像那也是一件值得把玩的艺术品。她的手纤细、白净,在照射着它的那束阳光里呈现出一种半透明的质地。在翻覆之间,她把一束光准确地反射到我眼睛里。那束光是从她左手发射出来的,更准确地说,是从她左手中指的戒指上。按照国际通行的说法,那表示它的主人正处于热恋中。接着,我看见周同左手的中指上也戴着一枚同款戒指。

估计是他买的,情侣款,她一只,他一只。又或许是她买的,相比于他这种还需要在画室教学生画画的人来说,她还是更宽裕一些。是的,应该就是这样的,我猜。

她很认真地听着兰丽对那些作品的介绍，偶尔点点头。从她脸上能看出来她在想着些什么，但是我并不知道她到底在想着些什么。几分钟后，当兰丽停下来的时候，她及时接了过去。她指着周同说，他最近辞职了，在画室教学生画画还是不适合他，他还是想自己画画，做个工作室，专职画画，就像兰姐你这样……说完她把目光转向周同。周同点点头说，是的，教学生太浪费时间了……周同的话还没说完，她又把话接过去说，是的，兰姐，后面就靠你多帮忙了，你画得好，而且路子多、人脉广……

这时候我突然想起周同手里的那盆虎皮兰，现在它就摆在兰丽画室的书架上。我终于明白过来，她约我一起过来原来是为这个。我什么都不需要做，只需要一起过来就行了，过来，坐在这里，喝茶，在某种程度上就是为我和她以及周同的关系做个背书。我心不在焉地听着，一种被利用了的感觉在我心里逐渐成形，并慢慢放大起来。

她又叫周同把他那些作品的照片从手机里调出来，一张张指给兰丽看。她让周同从旁给兰丽解释着，哪幅画是什么时候画的，为什么那么画，有着什么样的寓意……

画的不错，这笔触，这用色，一看就是有底子的，兰丽说。不过实话说，这年头想专职画画也并不容易，她又话锋一转说，还不全是你画得好不好，画得好还只是一个方面，甚至是一个很小的方面，主要还是要学会经营自己，要学会用各种关系，要有一定的经济支撑，所以我建议周同不要马上辞职，可以慢慢找机会……她又转动起刚才放下去的那柄小铜勺，翻来掉去，又掉去翻来。兰丽的话让她时不时容光一展，又时不时眉间一紧，她似乎也明白过来，周同的事情并不像她之前想象的那么简单。

她穿了一件高领毛衣，戴着一顶米黄色的宽檐帽，化着比之前浓很多的妆。我们刚认识的时候她并不这样，那时候她根本不需要化妆，年轻就是她化的妆。当时她刚应聘到她现在还在的那所中学做英语老师。我们是在一个饭局上认识的，她就坐我旁边。那天晚上她喝得比我还多，结束后我送她回去，到她那儿之前我已经吻过她两次了，也知道接下来能做些什么了，我去了她那儿……后来她也去过我那儿几次。再后来，在知道她身边像我这样的人并非只有我一个时，我就逐渐和她断掉了那种关系。

我还记得她穿着一条粉色睡裙站在灶台前做早餐的样子。早上，阳光透过二楼她那间出租房唯一的一扇窗户斜穿下来，打在她头发上、身上，令她显露出某种不可方物的美，被刚刚睁开眼睛的我看到；晚上，和她并排躺在她那张单人床上，听着瀑布一样由远及近的车流，望着天花板上一闪而逝的车前灯的光斑，她那种不可方物的美就在我身边，或者手掌底下。而一转眼，她已经 36 岁了，是一个 11 岁男孩子的母亲了。

现在，望着她的脸，我努力把这张脸与她十二年前的那张联系起来。那张脸比现在的年轻，也比现在的白皙、明亮，闪耀着一些只有那个年龄段才会有的东西。那种东西虽然现在也还隐隐约约地存在着，但已经很淡了，被另外一些什么东西冲淡了。

小宝又走了过来，也把我从那段遥远的时光中拉了回来。他在我们身边来回穿梭着，从她边上走到兰丽边上，又从兰丽边上走到周同边上。好像有某种什么东西在身体里面控制着他，让他一刻也停不下来。接着，他突然跺起地板来，一下一下很用力地跺着，好像跟地板有仇似的。我皱了皱眉，我能想象出来楼下那户人家的女主人在客厅里望着天花板咒骂的样子。小宝！你干什么呢？妈妈正和兰阿姨说事情呢，怎么那么没礼貌？！她瞪了他一眼说。听她这么一说，他这才停住了，在她边上坐下来。

喝完一杯茶，很快他又坐不住了。他站起来，慢慢挪到那面透射着阳光的落地窗前，贴上去，把脸和手贴在那面擦得一尘不染的玻璃上，呆呆望着外面，好像是在思考着树上的叶子什么时候才能全部变黄，又好像是在看着一个从来没有见过的世界。

一部分阳光被他挡在面前，另一部分阳光从他头顶上和周围透过来，把他圆滚滚的影子投在地板上。我挪了挪脚，把踩在脚下的他的脑袋——他脑袋的影子——释放出来。几分钟后，他，那个被午后的金色光芒描绘出来的轮廓，还是贴在玻璃上，一动不动地望着外面。因为贴得很近，他的呼吸把面前那一小块玻璃蒙上了一层雾气，在他离开一会儿后也没有消散，而在那团雾气的左右两边则是两个清晰可见的手印。

她聊起周同的画的时候，小宝又从客厅走了过来。妈妈，你敲陌生人家的门，别人是不会开门的，转了几圈之后他冲她说道。看得出来，那句话在他嘴里已经憋了很久了，已经快要憋不住了。小宝，别人为什么不会开门呢？兰丽问他。当然不会啦，不认识的人怎么会开门呢？他望着她说，好像这么简单的道理她都不明白。喔，也许敲门的是送快递的呢，送牛奶的呢，修水龙头的呢，总要打开门先看一看才能知道外面的人是谁嘛，对不对？兰丽提醒他。不对！不会开就是不会开！他不容置疑地说。

是的！小宝，别人确实不会开门！好吧？这时候她对他说道。他听了转过头来，像赢了一局似的看了兰丽一眼，接着露出一个满意的笑容，并带着那个笑容走开了。

哎，非要这么跟他说才行，不然他就一遍遍地问，没完没了，他要的不是别人的回答，而是他期待的那种回答，等他走到我们看不到的地方之后她压低声音向我们解释。他说的不会开门就是不会让人进到家里来，他以前老去敲别人家的门，把一个单元楼的门都敲遍了，所以我就跟他说你敲陌生人家的门别人是不会开门的，她又说。

过了一会儿，他又走过来。我以为他会把那句话再重复一遍，让她把那个回答也再重复一遍，我已经准备好了。但是这一次他并没有。他走到门边上，盯着门上的那个铜把手，接下来把那扇门扭开又关上，关上又扭开，扭开又关上，关上又扭开……

如果这是我的儿子，我肯定会疯掉的，我一天一小时一分钟也不能忍受。我把目光从他身上移开，移到旁边那个女孩子身上。她正在跳舞，一只脚抬起来，另一只脚踩在黑白相间的瓷砖上，两只手在头顶挥动着，像是有股力量正在牵引着她上升。那是门口那面墙上的一幅油画，我盯着那个女孩子，她一点点吸收着我对小宝的厌恶。我不知道兰丽是不是也有同样的厌恶，她没表现出来，但没表现出来并不代表没有。

周同还在卖力地说着自己的画，未来的打算。老实说，站在一个男人的角度我有点儿同情他。他看上去比她年轻多了，五岁，十岁，还是十五岁？我不知道。我不知道他这样的男人到底图她这样的女人什么，貌，钱，还是人脉？同时我也不知道她图他什么，帅，才华，还是床上功夫？那不是一个离了婚的有孩子的女人该图的东西。

周同刚一进门，她就扑了上去。他说我还没洗澡，她说没关系，我也没有。她搂住他的脖子，用两条腿紧紧箍着他，吊在他身上，就像一只树袋熊那样。她亲吻他，他回应她的亲吻，她一边亲吻他一边催他往里间走去……我不在乎这一点，事实上我也没有在乎过这一点。把时针拨回到十二年前，那时把她抱到里间的人是我……意识到走神后,我及时刹住车,决定等夜里再去想她——和他,不,和我——的那些事。

妈妈,你敲陌生人家的门,别人是不会开门的!几分钟后他又走过来,还是像之前那样充满期待地望着她,又把那句话重复了一遍。他手里捏着一块已经咬掉一半的饼干,一些碎屑粘附在他的毛衣上,另一些掉落在干净明亮的地板上。是的!是的!别人确实不会开门,你自己记住就行了,没必要一直说一直说,她有些不耐烦地说。

小宝,你去试试嘛,敲一下别人家的门试试,试试没关系哈,兰丽鼓励他。光说是没有用的,要让他自己去试,自己试出来的东西才最管用,兰丽又转过头跟她说。

他并没有接受她的提议,而是走过来,把手里那半块饼干放在桌子上,接着又走到门口,他停在那里,盯着门上的那个铜把手,像是研究起了它。他摁着它,把那扇门打开,然后又关上,关上,然后又打开……小宝,你要么就进来要么就出去,一直开开关关地干什么呢?门都被你弄坏了!她拉下来脸色,换上一副很不高兴的语气冲他说。她的话,她用这样的语气说的话还是很有效的,他拉开门,走出去,然后又"啪"的一声把门带上了。我松了一口气,不止是我,我想我们所有人应该都松了一口气。

出去之后,他就成了我们之间的新话题——不,他们之间的新话题。孤独症就是这样的,她面无表情地说,他们更多是对事物的细节、局部或者表面进行加工,却不能理解它们组合起来的整体意义,所以你看小宝,他会经常重复同一个动作、同一句话,就是因为中央监控系统太弱了,不能正常关闭输入系统和输出系统……她的语气平缓而冷静,就好像在念一本说明书。我可以理解这一点,任谁带一个这样的孩子那么久都会是一副这样的语气——忍受了那么多年之后,现在她已经接受了这个现实。

我看小宝说话也没什么问题嘛,兰丽说。是啊,他听说能力还好,语法上也没什么问题,就是对语言的理解只停留在字面,不能理解和使用间接语言,他就是单线思维,对世界的把握非常固定,交流也是单方面的,老是以自我为中心,她继续说着。

那你们……离婚他能适应吗?兰丽问她。一开始不行,现在好多了,他对离婚也没什么概念,只是知道爸爸妈妈不在一起住了。当然了,如果我们再住一起,我是说如果——她看了一眼周同接着说,他就又不适应了,晚上一准儿又会问我为什么还不离开。她叹了一口气,又继续说道,不过据说孤独症患者和天才的基因是一样的,有专家做过研究。在所有能找出来安慰自己的那些理由中,这可能是让她觉得最满意的一个。

现在,她的"天才"去了楼下的那片花坛里,和一只鹿并排站在一起,从我的角度正好可以透过那面落地窗看见他。他站在那里,一动不动地站着,看上去好像已经一直就站在那里，难道，难道他会以为自己也是一只鹿吗？和那只鹿一样，现在他也在盯着面前和他差不多高的那片草丛，一直看进里面去……那是他的世界。我没有告诉他们他下了楼，去了那片花坛，而是继续装作出神地望着窗外。秋天到了，那些叶子已经由绿转黄，一些还迎风飘荡地挂在半空中，另一些已经枯落到了地面上。

小宝说不定也是天才呢，周同说，或许他有异于常人的天赋，只是我们还没有发现……美国不是做了一项研究嘛，说天才可能都是外星人，马云就有80%的可能是外星人。我看见他走进那片草丛，前倾着身子。马云是1964年出生的，那一年就有UFO出现的报道……周同继续大开着脑洞说，小宝是2009年出生的吧，那一年也有UFO出现……我看见他把手伸过去揪了一片草叶，放到嘴里嚼了起来，就像一只鹿那样。

周同还在说着，仿佛他从小宝身上发现了一个什么天大的秘密。而我目不转睛地盯着小宝，我能想象得到接下来发生的那一幕，他很快就会吐出来，把那片嚼碎的叶子吐回草丛之中，再吐几口口水。我在等待着那个动作。不过，出乎我意料的是，接下来他并没有那么做，而是咽了下去，他好像闭上了眼睛，一副非常享受的样子。过了一会儿，他又摘了一片叶子，又放进嘴里……难道他真的认为自己也是一只鹿吗？

从天才说到外星人，又从外星人说到地外文明，现在周同还在说着，她和兰丽附和着。他们说的每个字我都听见了，但一个字我都没听进去。跟小宝一样,现在我对语言的理解也只是停留在字面。是的,尽管围着同一张桌子,喝着同一壶茶水,说着同一个话题,不过我们仍然是分离的。我们好像只是孤独地坐在这里,把接连不断地涌到嘴边的话说出来——周同在讨好着她,她在讨好着兰丽,兰丽在想着那场展览,而我对这些完全没兴趣,只不过想把眼前这一切尽快应付过去,好早点儿离开这里。

半小时后,外面的阳光暗了下去,花坛里的那片草丛也从之前的亮绿色变成了暗绿色。现在我看见小宝已经不在那儿了,他刚才站立的地方,现在只剩下了那只鹿。

十二年前的那个夏天,在知道她怀孕之后,我曾问过她孩子到底是谁的,我的,还是我知道的和不知道的那几个男人中间哪一个的。她说不是,都不是——或许她自己也搞不清楚到底是谁的。不过,不管是谁的,只要不是我的就行了,千万不要是。

那个秋天,在我不愿意跟她继续下去的时候她很失望,但冬天到来时她又忘记了这一点,因为很快她就遇到了一个愿意和她在一起的男人,也就是她同事,另一个英语老师。半年后,她邀请过我和跟我一样的那几个男人去参加他们的婚礼,我没去。我知道有些女人就是这样,在一个男人那里受到的伤要靠另一个男人去疗愈,然后是再一个男人,再再一个男人——她就像一只总要有人划的船。现在划她的人是周同。

伴鹿　　121

过了一会儿，小宝上来了，脖颈里那些叠叠累累的肌肉跳动着。他手里并没捏着一棵草或一片叶子。小宝，你去哪了？她问他。鹿，下面有一只鹿，他指着那面落地窗说，我跟它聊天呢。喔？你们都聊了些什么？周同再次换上讨好他的那种语气问。

——你好，小鹿，我说。

——你也好，小宝，小鹿说。他捏着嗓子模仿小鹿。

——你愿意跟我说说话吗？

——愿意，当然愿意了。

——那你想和我说点儿什么呢？

——你聪明可爱又勇敢！

他一下是自己一下是小鹿，在两者之间来回切换着，好像他表演的这一幕刚才真实发生过一样。他给自己设定了问题，又给小鹿设定了回答，他相信小鹿一定会这样回答，一如他相信那是一只真正的小鹿，一只会说话的小鹿。他一边表演一边咯咯咯地笑起来，他们也跟着一起笑起来。我没有，也不愿意像他们一样装出来笑的样子。

这时候，外面响起一阵敲门声。兰丽打开门的时候，我看见外面站着一个中年男人。你们家孩子怎么回事？还没等兰丽开口他就质问起来，来来回回敲我家的门，开了门又不吭声，过会儿又敲！他把头探进来看了看，指着小宝说，就是他！就是他！

直到这时候,她才意识到是小宝闯的祸。她慌忙站起来,把小宝往身后推了一下说,哦哦哦,不好意思!真不好意思!她走过去,把刚才的情况向他解释了一遍。她解释得支离破碎的,我不知道那个男人是不是听懂了。哦,对了,他有孤独症,孤独症!她最后说,真是不好意思,实在抱歉!哦,是这样,那个中年男人说,现在轮到他不好意思了,转身下了楼。我也松了一口气,尽管整件事跟我一点儿关系也没有。

　　重新坐下来,她又跟兰丽说起兰丽画室里的软装设计,天花板上用干莲蓬头制作的艺术灯,客厅和茶室之间的博古架,靠墙一圈的那些干花和绿植……她让周同在自己的工作室参考一下这些。小宝趴在桌子上,一副听得很投入的样子。现在他终于老实下来,虽然她并没有因为刚才的事情说他什么,但他应该知道自己闯下祸了。

　　他趴在那里像是睡着了,过了一会儿,又抬起头来问她,妈妈,我们什么时候回家啊?她摁亮手机屏幕看了一眼说,等一会儿吧,喝完这杯茶就回家,你先自己玩会。当然,接下来她并没有像她所说的那样——喝完那杯茶就起身,也没有喝完又续上的那杯茶就起身,而是一直喝到第三杯、第四杯、第五杯,就像是忘记了这件事一样。她继续和兰丽聊着她画室里的装饰细节,以及周同准备着手做的画室。

　　妈妈,你说了喝完一杯茶就走的,怎么还不走?几分钟后,他又从客厅里跑过来问她,他已经等得不耐烦了。妈妈说的是这壶茶,喝完这壶茶就走,你再去玩会!她说。不是!你说的不是这壶茶,是这杯茶!你说的是这杯茶!他不依不饶起来,就像之前在车上那样抓住她的手臂摇晃起来,五官也狰狞起来。我暗暗地给他鼓着劲。我也早就坐不住了,我希望我们现在、立刻、马上就离开这里,然后我再离开他们。

不过,她还是没有起身的意思。再过十分钟,小宝,再过十分钟我们就走,你再去玩一会儿嘛,妈妈和兰阿姨再说几句,她沉下来脸色说。她又和兰丽说起周同,请她帮忙给他多介绍些机会,把他的画介绍给一些策展人……我像一截木偶那样坐在那里听着,同时期待着小宝再过来几次,把那句"妈妈,怎么还不走啊"再重复几遍。

几分钟后,他真的走了过来,手里捏着一只方形的小塑料包。妈妈,他把它举到她面前问,这是什么?他显然不知道那是一只避孕套,也不知道那是用来干什么的。她愣了一下说,你在哪里拿的?他往客厅旁边那个房间的方向指了指说,那儿,床底下!这时候我看见兰丽的脸上已经挂不住了,一阵红一阵白的。不用说,那是一只从她这儿拿出来的避孕套。她,一个单身女画家,床底下的避孕套,那意味着什么呢?

妈妈,这是什么?气球吗?他又问。她还是没有回答他,我们也没有,没有人回答他那是什么。——大——象,——0——0——1,他低下头,指着外包装上面的字一字一顿地念起来。大象!他把胳膊伸展到能伸展的最大距离,抱了一下说，大象那么大一只，这个那么小，里面怎么会有大象呢？还是没有人回答他那是什么，以及一只避孕套为什么会被命名为大象。

她把那只避孕套夺过去丢进垃圾桶说，不是跟你说了不能翻别人家东西，你怎么不听？她当然知道他为什么不听，刚才她还解释过，但是现在她显然忘记了这一点。

他现在老实了，一声不吭地坐着，偏着头，下巴垫在桌沿上，盯着面前那杯金红色的茶水，用指尖来回抚摸着阳光透过茶水洒在桌面上的那些散碎又聚拢的金光。他在想什么呢？还在想着垃圾桶里的那只避孕套——哦不，那只大象——吗？望着落地窗外面的那棵树，树冠上那些正迎风飘荡的叶子，我回味着他刚才的动作，他伸开胳膊，伸展到能伸展的最大距离，抱了一下，他抱住了面前那团空气，那是他的大象。

她呆呆地坐着，就好像突然受到什么惊吓似的。过了几分钟，她才站起来对兰丽说，兰姐，真是不好意思！我们该走了哈。没事，小孩子嘛！兰丽挤出一丝笑容说。

一下楼，她就数落起小宝来。妈妈，我们到别人家去玩不能翻别人家的抽屉，不能进别人家的卧室，也不能坐在别人家的床上，是不是？他一脸无辜望着她说。是不是，是不是，你告诉我是不是？你告诉我是不是？你告诉我是不是？你记得倒是牢，问题是你并没有那么做啊，我问你，是谁让你去人家卧室里的？是谁让你乱翻东西的？她不停地推搡着他说，她憋了

伴鹿

一下午的那股气现在终于憋不住了。她的声音越来越大，也越来越尖，腔调已经变了，完全不像她——或者说更像她体内的那个她——在说。接着，她用力打了他一巴掌，好像那一巴掌就能将之前的一切都抵消似的。

很快她又回过味儿来，蹲下去，用一个母亲对孩子道歉的那种口气摇晃着他说，妈妈错了，妈妈不该打你！妈妈不好，妈妈让你打回来，她拿起他的手朝自己脸上打过去。但是他的手并没有落在她的脸上，而是把她牵起来，牵着她往前面走去了。周同一言不发地跟在他们身后。我掏出手机，走到旁边装作打电话，我说——喂，你好——我看着他们越过我，一个一个地走到前面去，直到自己成为最后面的那一个。

经过花坛边的时候，我看见了那只鹿。它站着，伸着脖子，像是在啃吃长到嘴边的那些草。它的两只角都断了，断口处已经风化得和其他地方是一样的颜色了，背上裂了一道口子，腿也只剩三条。当然，这些并不影响它是一只鹿，它的塑料质地也不影响它是一只鹿。现在他们走到前面的小广场去了，但有那么一瞬间我却觉得小宝还站在眼前这片草丛里，站在那只鹿边上，和它并排站在一起，就像是另外一只鹿。

那是一片艾草。我之所以认识它，是因为我们小区的花坛里也长着同样的东西。一开始不是，一开始是物业种的花草，后来枯的枯死的死，于是就只剩下艾草。无人打理和旺盛的生命力是它们活下来的法宝。最后它们占领了那些花草的领地，替代了那些花草,以胜利者的姿态迎接着进进出出的人们。每天我至少会见到它们两次,早一次,晚一次。每年端午节的时候,我还经常见到有人折了,拿回去插在自家的门楣上,接下来的时间里它们一直插在那里,直到来年端午。但我从没见有人吃过它们。

他们往停车场方向拐过去的时候,我走进那边艾草。一股浓烈的臭气——或者说香气——扑面而来。我屏住呼吸,摘了一片叶子放进嘴里嚼了嚼。苦,很苦,接着是涩。那并不好吃,不是不好吃,而是根本就不能吃,更没办法咽下去。只嚼了几下我就不得不吐了出来,又用力吐了几口口水,但是舌头上还是有一股吐不出来的苦涩。

我走到停车场的时候,他们还没有上车。她问我晚上有什么安排,有没有时间一起吃顿饭。不了,我说,一个朋友要请客。是的,我没撒谎——虽然我完全可以这么做,这是事实,昨天晚上就答应好的,就像前天晚上答应了今天下午和她一起来喝茶一样。接下来,我也没有接受她把我送过去的好意。那不顺路,我撒了个谎说,事实上我很清楚接下来的那一路上会意味着什么。她儿子,她男朋友,他们也都在车上。

她又把我拉到一边,要我回头跟兰姐解释一下刚才的事情,如果可以的话,请她以后帮帮周同,给他介绍些机会。我知道她指的是什么,同时也知道她在担心什么。

出了小区,她摇下来车窗和我道别。我挥了挥手,然后就朝与他们相反的方向走过去。半分钟后我回头看了看,他们的车子已经消失在了车流中。我松了一口气,又折返回来,在小区门口的共享单车中扫了一辆,朝他们刚才开过去的方向骑了过去。

骑了几分钟,我又一次看见了她的车。现在她的车停了下来,亮着尾灯。她前后左右的车也都停了下来,也都亮着尾灯。我也不得不停下来。透过车窗,我能看见小宝正在摇晃着她的肩膀,现在他正在跟她说着些什么——我能想到他在说些什么,她也扭过头来正在跟他说着些什么——我也能想到她在说着些什么。看着他们,我有一种不用置身其中的轻松,同时也意识到刚才没有答应和他们一起吃晚饭是多么明智。

但我也为她感到难过,摊上个这样的儿子,她的日子该怎么过?她和她的接盘侠又该怎么过?结婚再生一个,还是就这么过下去,直到过不下去?不过很快我又释然了——那终究是她的事。事实上,在我们看起来完全过不下去的那些人,他们总会有自己的过法。脚落到地面上的时候就会知道路该怎么走,这是所有人都具备的本领。

我不知道他们是否也注意到了我,或者注意到了当作没注意到。我把头扭过来。过了一会儿,我看见前面的车流松动了,他们的车子紧随前面的车子开了出去。我也把支在地面上的脚尖抬起来,踩住踏板猛蹬下去。我们一前一后地汇入车流中。我跟在他们车子右后方一个车位的位置,同时以旁边那辆车子作为掩体躲避着他们可能的目光。直到他们的车子打起转向灯要往另一条路上拐过去时，我才终于松了口气。

　　我到的时候，朋友的朋友们都已经到了。他们坐在客厅里那张长条桌的两侧，女的一侧，男的一侧，就像是被三八线隔开的小学生们那样。他们一边嗑着瓜子一边谈论着朋友，谈论着朋友三周之前去世的父亲。我知道，他们此前都参加了朋友父亲的葬礼，也都给朋友随了份子，而现在他以这个名义把他们都召集了过来。朋友和妻子正在厨房里忙活着，一个在洗菜，一个在烧菜，一条鳊鱼在油锅里滋滋作响，我看见朋友把锅抢起来，把油点燃，让火在鱼身上走了一道，接着一股香气就蔓延了开来。

　　两边都不需要我。从厨房里出来之后，我悄悄地溜出了院子，沿着门口那条长满了草的小路往山上走去。这是一座矮山，山上这一处那一处的那些房子里都亮着灯。

　　在临近半山腰的位置我停下来，望着从两栋小高层之间照下来的那轮明月，它照着黑色的树木和下面叠叠累累的房子。远处是一座基督教堂，顶上立着一个巨大的十字架。再远处是蜿蜒北去的蛇山，矗立在上面的黄鹤楼灯火通明。我想起崔颢和李白。"昔人已乘黄鹤去，此地空余黄鹤楼"，这是崔颢；"故人西辞黄鹤楼，烟花三月下扬州"，这是李白。当年，为了胜过崔颢一筹，据说李白写了上百首关于黄鹤楼的诗。我想象着站在黄鹤楼最上面一层望着我现在所在的地方时所能看到

伴鹿　129

的那些画面。

在一段矮墙边,我听见几声猫叫,接着又看见一只白猫,它轻巧地一跃就跳上了那段矮墙。我打开手机手电筒照过去的时候,它已经不在那里了,只有一片轻轻晃动着的艾草。我看了一会儿,并在离开之前从里面拔了一棵出来,一边走一边摇晃着它。

经过一户人家的时候,我把那棵艾草别在他们院子的栅栏上。院子里种着几棵果树,墙边摆着几口花盆。我看见一楼的窗户里亮着灯,几个人影在晃动着,看不清他们在做什么,窗户后面吊着一层白纱。另一扇窗户没吊白纱,一个女人正在炒菜,滋滋声从那儿传出来。二楼亮灯的那扇窗户里没人影,但有持续不断的钢琴声传出来。他们就像是皮影戏中的人物,好像有一只看不见的手在夜幕后面操纵着他们的动作。

几分钟后,朋友打来电话说准备开饭了,问我在哪。就在边上,我说,这就回来了。窗户里的那些人影还在晃动着,我又看了他们一眼。准备下去时,我注意到别在栅栏上面的那棵艾草在一阵微风吹拂下晃动着,每片叶子都被路灯打上了一层金质光泽。我走过去,揪了一片,然后又放进嘴里。苦,很苦,接着是涩,我不得不又一次吐了出来,又吐了几口口水。事实证明再试一次也没用,你还是不能吃它,还是不能从中品尝出任何愉悦的味道。是的,不能吃就是不能吃,你不是一头鹿,也不是他。

烟　火

1

　　妻子跟她前夫在客厅说话的时候，我一直在厨房里忙活着。把早上从菜市场买回来的那只乌鸡剁成小块，焯水，又用砂锅炖上，把米饭也蒸上，又用榨汁机榨了大半桶橙汁，倒了一杯。现在，我正一边小口小口喝着，一边从窗户里望着楼下街头上那些陆陆续续停下来等着红灯转绿的车辆，以及正从马路两边行色匆匆地走向对面的人群，同时也等着他俩把要说的话说完。现在是下午五点，他俩已经说了半个多小时了，我不知道他俩在说什么，还要说多久，以及她前夫是不是会留下来吃晚饭。

　　怎么，李斌心里难道就没有一点儿数吗？这个点了还不走？我在微信上问妻子。我想她应该明白我的意思，李斌心里没一点儿数，难道你心里也没一点儿数吗？她没回，一直没回。我不知道她怎么回事，是没看见不回，还是看见了也不回。

过了会儿，街头又有一些车辆陆陆续续地停下来，又有两队人马从马路两边急匆匆地走向对面。妻子还是没回信息。这让我不得不做起最坏的打算，就是李斌将留下来，他，我妻子，他们的儿子晨晨，还有我，我们四个将不得不围坐在那张餐桌前享用我精心烹制的这顿晚餐。虽然那会让我觉得自己（而不是李斌）反倒成了到他们家里（我们家里）来蹭吃蹭喝的人，但是也没办法，我又不能操起擀面杖或菜刀把这个厚脸皮的家伙撵出去——对一个作家来说，那也太不符合我的形象了，不是吗？

半个小时后，我听见外面传来一阵脚步声，接着大门开了一下，又"砰"的一声关上了，再接着客厅里就彻底安静了下来。等从厨房里走出来的时候，我看见外面一个人也没有了，李斌不在，我妻子也不在，客厅里到处都飘浮着一股不小的烟味儿。我注意到沙发旁边的那张小茶几一角上放着一只纸杯，里面丢了好几只烟蒂，把那小半杯水都浸黄了。我从来不抽烟，我妻子也是，不用说，那肯定就是李斌抽的了。我把几扇窗户都打开，把风扇也打开，好把他带进来的和他造出来的那些气味儿都吹散。

我坐下来，准备给妻子打电话问她去哪了。一坐下来，我才注意到那只卧在沙发另一头的穿着一件黄色马甲的小泰迪。它坐起来，抖了抖身子，然后支起两只前腿冲我狂叫起来。它脖子下面那只粉红色的小铃铛也在叮当作响。我冲它笑了一下，招了招手，又拍了拍手，不过它并没像我想象中那样摇着尾巴跑过来，而是继续狂叫着。

就在这时候，门从外面打开了，妻子走进来。见到妻子走进来，那只小泰迪叫得更凶了，甚至要朝我冲过来。冬瓜！冬瓜！她喊了它两声，摸了摸它，然后它就不叫了，哼唧了一声，卧下来，不过它那双聚着两个光点的小眼睛还是一直盯着我这边。

谁家的狗？我看了一眼狗，又看了一眼妻子说。哦哦哦，李斌送过来的，明天他要回老家一趟，冬瓜就没人遛了，她说，边说边挨着我坐下来。她一坐下来，冬瓜也叮叮当当地跑过来，在她的另一边卧下来，不过还是虎——狗——视眈眈地盯着我这边。妻子一下一下抚摸着它，直到摸得它把头低了下去，不再盯着我这边了。那么多宠物店不能送，非要送到我们这儿？他到底什么意思？我没好气地说。他老娘快不行了，估计也就是这一两天的事儿，病危通知书已经下来了，妻子解释说，临走之前他老娘想再见孙子最后一面，他是来接晨晨跟他一起回去的，就把冬瓜顺便带过来了。

直到这时候，我才意识到晨晨并不在客厅里——平日里我一直都觉得他是我怎么都绕不过去的某种存在，即使是他在学校里的时候。四点半的时候，妻子去学校把他接了回来，回来后他一直待在家里。现在他的小书包还在椅子上挂着，他摊开的作业本和文具盒还摆在他每天总是趴在那儿写作业的那张桌子上，我给他买的那只威尔逊足球也还在那张桌子底下，但他不在了，他刚刚被他亲爹李斌接走了。这给我带来的一种错觉是，李斌用那只小泰迪把晨晨换走了——虽然儿子本来就是他的，狗也是。

这套两室一厅也是他的，至少曾经是。他和我妻子（当时是他妻子）在这顶屋檐下一起住了七年，本来他们可以一直在这里住下去的，幸福或貌似幸福地住下去——就像我们每天在电梯里或楼道口见到的那些年轻夫妻一样，直到他们脸上布满皱纹，头发也一天天变白——也就像我们每天在电梯里或楼道口见到的那些颤巍巍的老两口一样。但是前年年底李斌出轨了，最重要的是他当时的妻子（我现在的妻子）发现他出轨了，就在这套房子里，就在他们一起睡了七年的那张大床上，出差提前回来的她抓到了他和那个女人的现场。一个月之后他们离了婚，房子和儿子归她，那辆福特翼虎归他。

我和妻子是半年前走到一起的，在她一个朋友的介绍之下。她三十二岁，本地人，在一家地方商业银行做信贷员。我大她三岁，也是本地人，是一个所谓的作家。见了几次，相处了一段，她觉得我还算靠谱，年貌和她差不多，情况也和她类似，是个她当时遇到的可以和她将就着把日子过下去的人——而我对她差不多也是同样的感觉，于是我们就领了证，摆了酒，请了双方的一些亲友参加，也就算举行婚礼了。是的，这不复杂，对于两个都结过婚又都离了婚的人来说，我们已经不再像当年那样去挑剔一个我们想象的对方了——而我们身边很多的例子也证明了那种挑剔其实也顶不了什么用。

结婚后，本来我是要她和晨晨搬到我那里去住的，毕竟那边的房子更大一些，位置也更好一些——最重要的那是一套主人是我的房子。不过她嫌那边到她上班的地方太远了，往返一趟要两个多小时，太折腾，于是就让我搬到了这里。我住过来已经半年多了，一开始很不适应，不过现在也已经渐渐找到了在这里重新展开家庭生活的感觉——和两个完全没有血缘关系的人，尽管这里的一切基本上都还保留着他们一家三口在这里住着时的样子，除了墙上的那幅结婚照由他俩的换成了我俩的之外。

我是一年半前离的婚，准确说，是被离的婚。表面上是情感破裂，实际上是前妻认定了我不可能给她带来她想要过上的那种生活——而她周围那些在她看来完全比不上她的那些女的却早已经过上了那样的生活，她已经忍受了八年，再也忍不下去了。

她比我小四岁，在我女儿读书的那个小学当英语老师。在我们相识、恋爱的那段日子里，甚至在我们结婚之后的最初一段时间里，她对我——作家——这个身份还抱有某种浪漫的想象，但是后来，尤其是在女儿出生之后，她就再也不那么想了。和我离婚之后还不到一个月，她就和分管她们学校的一个教育局领导好上了，后者比她大十几岁，好了还不到三个月他们就结了婚。至于她嫁给他之后过得怎么样，是不是靠他拥有的那些东西换到了她一直没能拥有的那种生活，那我就不得而知了。她的朋友圈早在她跟我离婚之前的两个月就已经屏蔽了我，而离婚之后，如果不是必要的联系——按时索取女儿的抚养费和安排她每个月跟我见一次面，她也从来不主动联系我。

虽然对前妻还有一些不甘心，但是现在已经没什么意义了，不是吗？她再嫁了，我也再娶了，事实就是这样。一刀两断，不联系那就不联系吧，不联系正好，对她好，对我也好，对我们双方都好！是的，如果我现在的老婆还跟她前夫李斌经常联系一些有的没的，那同样也是我不想看到的，己所不欲，勿施于人，确实是这个理。不过就这一点来说，妻子——正坐在我身边的妻子——做得还是很不错的，离婚之后，尤其跟我在一起之后，我暂时也还没有发现她和李斌之间还有什么出格的藕断丝连。

2

把我面前的那小半杯橙汁喝完之后，妻子端起杯子去了厨房一趟。出来时,我看见她手里端着两杯橙汁,她递给我一杯,自己留了一杯。刚才,她起身的时候,冬瓜也叮叮当当地跳了下去,跟着她一直跑进了厨房;而现在她出来了,坐下了,它又跟着她叮叮当当地跑了出来,爬上沙发在她身边卧了下来。——那意思就好像是在对我说,我跟你老婆才是一家人,跟你不是。我盯着它,狠狠地瞪了它一眼,小杂种。

来接儿子就接儿子吧,李斌怎么还说起来没完没了了?我问妻子。哦,他老娘不是快不行了嘛,我就安慰安慰他,怎么,你不高兴了?妻子说。我看你们一直聊,还以为他要留下来吃饭呢,想着要不要加两个菜,给他整点酒什么的!都什么时候了,他哪还有心情喝酒?!我有!我说。她狠狠地瞪了我一眼,拿起来遥控器打开电视。

来来回回调了一圈台,也没找到什么节目,有个频道正在放《武林外传》,她就定在了那里。播的是第四十集,一个中秋之夜,众人思乡心切,聚在一起回忆人生。郭芙蓉说,如果当初她没有来客栈,而是继续闯荡江湖,没准儿现在就已经是一代女侠了;李大嘴说,如果他当初一直当捕头,没准儿现在已经是四大神捕了;而白展堂则认为,如果他当初学的是医术,现在已经是一代神医了……我不知道有什么好看的,然而她却被逗得笑个不停。我不明白她的笑点在哪里,这可能也正像她完全不明白我——有那么好看的片子为什么还要玩手机。

我,妻子,还有那只小泰迪,现在我们三个并排坐在沙发

烟火　137

上，妻子靠着我，冬瓜靠着她。我在看手机上的新闻，冬瓜在看着我，只有妻子在盯着条几上的电视屏幕。

这时候，如果有一个陌生人从门外走进来，一个快递员，一个水电工，或者一个催缴物业费的什么人，当他看到我和妻子紧靠在沙发上，看到她不时发出大笑，看到挂在我们头顶上方的那幅结婚照，看到看上去很乖巧地卧在妻子旁边的冬瓜，闻到正从厨房里散发出来的鸡汤的香气……他会想到什么？所有这一切，都会让他认为这是一对幸福的两口之家，这种幸福会感染着他，让他羡慕这样的生活并进而努力追求这样的生活，而他完全不知道我们背后的所有导致了我们一步步走到今天的那些事。

是的，仅仅在一年半之前，我现在的妻子还是李斌的妻子，我现在坐的位置还是李斌坐的位置，他和那个女人的奸情还没浮出水面，他们一家三口还在这里过着风平浪静的生活；而仅仅在一年之前，我还是我前妻的丈夫，我前妻还没对我不能给她带来她想要的那种生活感到绝望，我们还住在江对岸的那套大三居里，我们的女儿也还没把那个完全可以给她当爷爷的教育局领导叫继父。但是现在，我，妻子，我们这两个可能一辈子都不会认识的人竟然睡在了同一张大床上。而这些，他又怎么会知道呢？

是的，如果现在真有这么个人走进来，我一定会挪挪屁股让他在我旁边坐下来，好好跟他讲一讲我和妻子背后的这些破烂事，让他知道他的眼睛刚才是被两团巨大的眼屎给糊住了，让他明白所谓的幸福只不过是他眼睛里的一种幻象。是的，作为一个过来人，我觉得自己非常有必要这么做，而且只有我——或者是另一个谁——向他无私奉献出了这一人生真谛，他才不会被自己欺骗，才能距离真正的幸福更近一步！不过非常遗憾的是，此时此刻他并没走进来，所以我只能把这一套收起来留给自己用。

现在鸡汤已经炖好了，我把上午没吃完的那条鱼热了热，又炒了个蒜蓉空心菜，就可以吃晚饭了。我，妻子，就我们两个，我坐在餐桌一边，她坐在我对面那一边。

不，不是的，她给我夹一筷子，我再给她夹一筷子，她给我舀一碗汤，我再给她舀一碗汤，在有说有笑的温馨气氛之中我俩幸福地享用着这顿晚餐，不是的，不是你想的那样，完全不是。事实是，她一边吃喝着还一边盯着屏幕，现在《武林外传》已经放完了，她又换了一个台，看起了那个大型生活服务类节目——《非诚勿扰》。

3

哎哎哎，在想什么呢你？《非诚勿扰》播完之后，妻子用筷子敲了敲碗沿儿冲我说道。我能在想什么呢？我在想什么也不至于非要告诉你我在想什么啊。哦，没想什么，我回过神来

烟火　　139

望了望她说，没想什么！我为李斌没有留下来吃晚饭感到一阵庆幸。

哦，有个事跟你商量一下，她说，不过你别多想啊。什么？我停下筷子问。是这样的，李斌他老娘不是快不行了嘛，他想让我跟他回去一趟，她说。回哪？跟他回老家？我问。嗯，他老娘还不知道我们离婚，她年纪大了，身体也不好，他就一直没跟她说。你答应了？我说。还没有，我说要跟你商量一下。这有什么好商量的，婚都离了，你还要去给他冒充老婆？你是不是想跟他回去？我说。不是我想，是回去了能让他老娘走得安心些！我说，那你去！她说，那你呢？我说，我怎么了？难道要我也一起去？给你们当电灯泡？她说，我是说你不要胡思乱想，我跟他又不会再怎么样了！

说完，她起身把桌子一角的骨头和盘子里的剩菜都刮到报纸上，把垃圾桶里所有的垃圾都倒进一个塑料袋，然后又把盘子和碗摞在一起端进了厨房。接下来，我就听见水龙头里哗啦哗啦的声音，以及她在洗碗槽里洗涮那些锅碗瓢盆时所弄出来的清脆撞击声。我从餐桌边走到沙发上坐下来，听着厨房里的那些声音。过了十几分钟，她洗涮完出来了，穿上羽绒服，把狗绳给冬瓜套上，又提上刚才倒出来的那袋垃圾，然后冲我说，遛狗你去不去？去！我一边说，一边把那袋垃圾从她手里接过来。

下楼之后，电梯门刚刚打开一条缝儿，冬瓜就急不可耐地拖着绳子猛窜了出去。它把我妻子扯出电梯,扯出单元门,一直扯到小区花圃周围的那条路上,看上去就好像它要遛我妻子而不是我妻子要遛它一样。它跑在前面,妻子夹在中间,我跟在最后。现在,跟在最后面的我,不由得站在它的角度上替它想了一想。是的,时隔一年半之久,现在它再一次回到了曾经无比熟悉的小区,再一次走上了曾经走过无数遍的小区花坛旁边的那条路,再一次路过它无数次抬起后腿撒尿的那些树和那些角落,也再一次碰见了它熟悉的那些母狗、公狗以及它们的主人,它怎么会不兴奋呢?

这个点儿,很多人都吃完饭了,都陆续下楼来了。一圈又一圈来回遛弯的老头儿老太太,耳朵里塞着耳机跑步的年轻人,踩着闪烁着五颜六色灯光的平衡车的小孩儿,当然也有不少像我们一样遛狗的夫妻,他们都走在花圃周围那条落满了一层枯叶的小路上。而接下来,我们也就成了他们之中的两员。我们走得不快不慢,不时超越比我们走得更慢的人、狗,也不时被比我们走得更快的人、狗超越过去。

一个穿白色羽绒服的年轻女的也在遛狗,她走在我们前面,牵着一只个头儿高大的全身雪白的哈士奇。在我们要从她旁边经过时,她的哈士奇和冬瓜互相看了一眼,然后又停下来互相嗅了几鼻子,最后它们可能认出了彼此,认出了彼此原来是自己的老相好。而接下来,冬瓜就扒着两只前腿儿对准那只哈士奇的屁股凑了上去。这时妻子连忙用力扯了一把绳子,把

烟火　　141

它拉了回来。那个女的看了我妻子一眼，又看了我一眼，又看了妻子一眼，不知道她在看什么，是抱怨我们怎么不把自己的狗牵好吗，还是好奇经常跟妻子一起遛狗的男人本来一直都是他，现在怎么换成了我之类的吗？

以前你俩是不是经常一起在这儿遛狗？等妻子牵着冬瓜走远了一点，我问她。我俩？我和谁？她愣了一下说。还有谁？还能有谁？我说。哦，你说李斌啊，她好像突然明白过来似的，没有，谁有时间谁遛，主要是他遛！我笑笑说，那怪不得呢！什么怪不得？她看了我一眼。我说，有什么样的主人就有什么样的狗啊！她说，什么意思？我说，能有什么意思？没什么意思！她说，对了，我告诉李斌明天跟他回去。

她把手里的狗绳递给我，掏出手机走到离我三四米远的地方去给李斌打电话。我站在原地，用力扯着绳子拽住一直要往她那边跑过去的冬瓜。她的声音不大，而且是在以背着我的方式打的电话，所以我听不清楚她和他在说些什么，也不知道她为什么要走到离我三四米远的地方背着我去给他打电话，而不是当着我的面大大方方地打。

几分钟之后，她挂了电话走过来，又从我手里把狗绳接了过去。打完了？我问。嗯，她点点头说，明天早上六点半，他开车到楼下来接我。我愣了一下说，你还真要去？她说，是啊，你不是也答应了吗？我说，都有谁一起回去？李斌，晨晨，你，就你们一家三口？她说，不然呢？还有谁？我说，李斌……李斌就没再找个女朋友什么的？她愣了一下说，这我哪儿知道，可能有吧，也可能没有。我笑了一下说，怎么，作为前妻，你也没有表示一下关心？她说，神经，我关心他这个干什么，愿找不找！

上楼后，妻子去洗澡了，我在客厅里坐着，——冬瓜被我拴到了阳台上，但它并没有钻进那个由纸箱子做成的临时狗窝，而是蹲在玻璃推拉门后面望着我，时不时地叫唤上几声——不过不仔细听根本听不到，因为那声音就像从很远的地方传过来的一样。

半个小时后，妻子穿着那条淡蓝色的睡衣出来了，头上裹着一条毛巾。她在我旁边坐下来说，你不去洗？我说，你们明天六点半就走？她说，是啊，到他老家那儿要开十几个小时的车呢。我说，那怎么不坐高铁或者飞机？她说，我也想，倒是得有才行啊！我说，那你去多久？她说，那我哪儿知道！我说，那我跟你一起去！你也去？她吃了一惊说，你去干吗？我说，陪你啊，还能跟李斌轮换着开开车，怎么，不行？她说，你不是还要在家写东西？我说，是要写，不过也不急这几天。她说，那冬瓜怎么办，谁喂？谁遛？我说，带着一起呗！她沉默了一会儿说，那我先跟李斌说一声。

4

第二天一大早，当我和妻子一起出现在李斌面前的时候，他并没有表现出我想象中的那种尴尬，同时我也没有表现出一直担心的那种尴尬。李斌半笑不笑地把手伸过来的时候，我也及时把手伸了过去，我们简单地握了握，就像两个本来不想寒暄但不寒暄一下又好像少了点儿什么的同事那样握了一握。你好，他说。你好，我说。

他还是穿着昨天来我们家时穿的那身衣服，黑色羽绒服——敞着怀，牛仔裤，围了一条本来是白色的但是现在看上去像是灰色的围巾。在他驾驶座旁边挂挡的那个位置的凹槽里，放着一包黄鹤楼、一只打火机和一个装满烟蒂的烟灰盒；而车顶上靠近挡风玻璃的位置，还挂着一个随着车的前进可以一圈圈来回转动的黑檀木转运珠。我笑了一下，就把头扭向了窗外，我从来不在自己车里挂这些，完全没那个必要，再说，挂上了转运珠就可以真正转运吗？

这是我和李斌的第四次见面了。第一次——那也是我们第一次见到对方，是他把晨晨送到我们那儿，当时妻子在卫生间，是我开的门，开门之后我和他都愣了一下，不过很快也都明白了是怎么回事。第二次是妻子出差那天，她要我把晨晨送到他那边去，他就在租住的那个小区门口等着我们，到了，我就让晨晨自己下车走了过去，我看到了他，我估计他也看到了坐在出租车后座上的我。第三次，也就是昨天下午，妻子说他要来一趟，他上楼后，和他打了个照面我就到厨房忙活去了。而现在这次也就是第四次了，我们不得不一路开车回他家，对我来说，也就是我不得不看着自己的妻子在名义上成为他的妻子，和他一起出现在他家人面前，而我却不得不识相地跟在一边。

我和李斌坐在前面，妻子和晨晨坐在后排——妻子坐在我的后面，晨晨坐在他的后面，冬瓜则卧在妻子和晨晨之间。如果在车子中间前后画一条线的话，那么我和妻子恰好落在右边，而李斌和晨晨则正好落在左边，这跟我昨天晚上想到的那个吃饭的座位安排之中的一种是一样的。我没想到的是，这个昨天晚上没有上演的画面现在竟然在这里上演了，而且还将一直上演下去——起码在回去和回来的路上将会是这样。

走二环出城，出城上了高速之后，李斌把车子开得飞快。窗外掠过一座接一座低矮而光秃秃的山包，在山包和山包之间，是一片片纵横交错的田块，有些是什么都没种的白地，而有些则种植着我并不认识的什么庄稼。开了半个小时后，一轮绯红色的太阳就从远处升起来了，在冒出地平线并照射进紧挨着我的那扇车窗的那一刻，我看见它就像一块被烧得通红的圆铁片儿一样。时至今日，我仍然记得那天的日出，那是我一生之中所见过的最美的日出，这之前我从来没见过，这之后也再没见到过。但是李斌当时并没有注意到它，而是专心致志地开他的车，当然他也没有心情去注意它。

妻子和晨晨在睡觉，上车没多久他俩就睡着了。妻子仰躺着，脸上盖着一顶红色的绒线帽，那是几天前逛商场时她买给自己的；晨晨也仰躺着，头枕在妻子的左腿上，两只脚正好蹬在车门的位置，是的，这很舒服，他的身高和身份决定了他可以这么舒服和不管不顾地睡觉。冬瓜趴在晨晨座位下面放脚的位置，看上去也像睡着了。

是的，妻子肯定困了，昨天晚上睡那么晚，今天早上又起那么早，别说她了，就连我也有些困了。昨天晚上，等我洗完澡出来的时候，妻子已经躺到床上了。她侧躺着，露出两截光滑洁白的小腿，在淡黄色台灯的照耀下，她显露出一种久违的女性魅力。我凑上去，一只手搂住她，另一只手就不老实地游走了起来。她捉住我那只到处游走的手，把它攥在手里，但几秒钟后我又抽了出来，又开始到处游走起来。她没有再捉我的手，因为她身上开始紧了起来。于是，接下来，在那张我们一个多月都没让它发出来吱吱呀呀声的大床上，我和她又轰轰烈烈地性交了一次。我很卖力，她也是，我们又像回到了刚在一起时的那种感觉——这跟我们那么久没做有关系，也跟不用担心隔壁的晨晨听到有关系，或许还跟我说不出来是什么的那点儿东西有关系。

想到这里，我不由得又抬头看了她一眼——在后视镜里，她还在睡着,那顶红色的绒线帽还是盖在她脸上。又想到昨天晚上她骑在我身上的那一幕,她腰肢间那无穷无尽的浮力,以及她抵达之后酣畅淋漓的呐喊和烂泥一般的瘫软,我不能自禁地笑了出来。我想,李斌应该没有注意到我的笑,或者即使注意到了,他也不可能确切地知道我因为什么而笑——虽然我在妻子身上所体验到的那些内容他也都曾经体验过。

这一路上,李斌一直都没说话。我也一样,我一动不动地坐着,看着窗外一闪而过的山包、原野和那些叶子半黄半绿的树木,并想象着接下来几天可能遇到的事情。

车子里很安静,连一声轻微的咳嗽声也没有,只有林志玲偶尔跳出来说一句——前方有违章拍照、您已超速、您已超速……又开了一会儿,李斌把他那边的车窗玻璃摇了下来,点上一根烟。你抽你拿啊,他抽了一口说,把那盒黄鹤楼和打火机丢给我。谢谢,我不抽烟,我说,把烟和打火机又放了回去。哦,还有不抽烟的作家?他看了我一眼说,我还以为作家都抽烟呢!我说,是有很多作家都抽烟,不过我受不了,抽一根就头晕,一直也没学会。嗨,抽烟还有什么好学的,抽多了自然也就会了,他笑了笑说。他一笑,让我也放松了下来,把上车之后保持很久的那个姿势调整了一下。

还是你们作家好啊,他感慨地说,自由自在,在家里写写字就有钱拿,不像我们这些上班的,天天忙得脚不连地儿不说,关键是还挣不到什么钱!我说,有班上还不好吗?你们文体局的收入应该还不错吧？政府单位！他笑了一下说，是苏静跟你说的吧？我点点头。不错个鬼！就这还叫不错呢？以前多少还能有点儿外收入，现在是连个毛都没有了，就是请个假也难得跟什么似的，科长批完要副局长批，副局长批完还要局长批，至于吗？他又说。我说，那确实太严了，也没必要，事情做完就可以了。

谁说不是呢？！他又点上一根烟说，你说，天天都在单位里耗着有什么用呢，还不都是面子工程！我笑了笑，在这一点上我俩倒是非常难得地达成了一致。

5

说过多少次了，不要在车里抽烟，不要在车里抽烟，怎么就是不听呢你？这车里又不是只有你一个人！过了会儿，妻子的声音从后面响起来。她已经醒了，我回头时看见她手里抓着刚才盖在脸上的那顶绒线帽，正在生气地望着李斌。好了好了，李斌说，接着他就把那根抽了小半截的烟弹了出去，把窗玻璃又摇上来。别摇玻璃啊，车里都是烟味儿，妻子说。于是李斌只好又把车窗玻璃摇了下来。我注意到妻子和李斌说话的时候，俨然还是夫妻之间的那种命令式口气，而他好像也很乐于接受这一点。

这时候晨晨也醒了，他一边揉着眼睛一边问妻子，妈妈，是不是快到奶奶家了？妻子说，哪有那么快啊，还早着呢，你要不要再睡一会儿？晨晨摇了摇头，他一骨碌翻下来，把冬瓜抱了上去，两只手握住它的两只前爪来回逗弄个不停。他穿着一件蓝色卫衣，上面绣着一头黄色的小象，小象下面又绣着一排英文字母——LOVE ME……从我的角度看过去，那几个字母在阳光照耀下闪闪发光，十分醒目。在我的记忆中，晨晨好像从来没穿过这件卫衣，我不知道那是李斌昨天晚上给他新买的还是怎么样。

晨晨，你有没有想奶奶？李斌说。想，我都好多好多天没见过奶奶了，奶奶也不来看晨晨，奶奶是不是不要晨晨了？他奶声奶气地嘟囔了这么一句。李斌说，奶奶怎么会不要你呢，奶奶要的，奶奶……我能听得出来，他的声音中已经有了一丝异样。

我拿出手机看了一眼，九点二十七分，我们已经开了将近三个半小时。在百度地图上，我看见一个我们坐在其中的带箭头的蓝点儿正在京港澳高速上向前方缓缓蠕动着，这个蓝点儿正处于湖北和河南的交界地带，准确地说是一个叫灵山镇的地方。再把地图缩小，就可以看到这个蓝点儿处于它所离开的武汉和将要到达的最终的目的地——也就是李斌的老家淄博——之间大概三分之一距离的位置。而不知道从什么时候开始，窗外的景色也已经从之前的丘陵变成了现在一望无际的平原，绝大部分田块里种植的都是冬小麦，一粒粒坟头和一棵棵光秃秃

烟火　149

的树就好像浮游在那些麦苗之中。

到前面找个服务区停一下啊,妻子在后面说,我要上个厕所。李斌,你都开了那么久了,也让陈栋开一会儿,她又说!李斌说,没事,我没事!我看了看他说,还是换一下,你也休息休息。然后他就没再吭声了,把车子缓缓地开进了灵山镇服务区。

下车之后,妻子带着晨晨去了卫生间。李斌没有去,他下了车,靠在车门前点上了一根烟。本来,我想的是如果李斌去卫生间我就不去的——我很难想象妻子的前后两任丈夫肩并着肩地掏出鸡巴冲尿池里撒尿的情形,现在既然他不去了,那么没有多少尿意的我也就只好去了——我也很难想象和李斌单独待在一起时那种没话找话的尴尬。不过,让我没有想到的是,当我撒完尿回到停车的地方时妻子和晨晨还没回来,所以我还是不得不和李斌单独待在一起一小会儿。他冲我笑了笑,我也冲他笑了笑。

他又点上一根烟说,这一次真是感谢你啊!是的,我知道他指的是什么,我说,没事,这不也是应该的嘛!不过,与此同时又在心里骂道,你以为我想让苏静跟你跑出来这么一趟啊?你以为我想跟你们跑出来这么一趟啊?如果不是不放心,怕她跟你死灰复燃,我怎么会放着已经构思好了的小说不写,非来跟你们受这份窝囊气?

等妻子和晨晨上完厕所回来,我就主动换到了驾驶座,李斌就坐到了我刚才坐的副驾驶座上。开了一会儿，妻子又睡着了，那顶红色的绒线帽又重新回到了她脸上。

晨晨没有睡，不过他的兴趣现在从冬瓜身上转移到了妻子的手机上——他正在专心致志地玩那款经常玩的《鸭嘴兽泰瑞在哪里》。之前他已经闯过了十七关，但是他无论怎么也过不去第十八关了，我跟他一起玩过几次，不过我完全玩不转，连第十关都闯不过去。如果你也有一个孩子，碰巧他或者她也喜欢玩这个游戏，那么你也可以试试，我可以肯定你十有八九也玩不转，因为越到后面的关卡情况越复杂，各种激光发射器会扰乱你的思路，而错综复杂的管道出口也总是会把水流带向错误的位置。

晨晨，玩一会儿就行了啊，不要玩太久，不然你的眼镜度数又得加深了！李斌扭过头去冲晨晨说。哦，晨晨说，但是他并没有停下来，手机里还是发出嘀嘀嗒嗒的游戏声。现在的小孩子说起来也怪可怜的，什么都玩不了，也只剩下电子游戏了好像，李斌感慨道。我们小时候哪里玩过电子游戏啊，好像连动画片都没怎么看过，那时候只有弹玻璃珠、扇纸牌、跳房子、打陀螺，或者到河里塘里抓鱼摸虾什么的，他又冲我说道。李斌说的这些，让我眼前立时浮现出一个小男孩的形象，他很瘦，很黑，肚皮和小腿上经常布满了一道道血痕，这并不是小时候的李斌，而是我的农村表哥。

是这样的，在我小学四年级毕业的那个暑假，父母把我送

烟火　　151

到了河南驻马店农村的舅舅家里。李斌刚才所说的那些游戏，我就是在舅舅家住的那一个多月里跟着大我一岁的表哥学会的。他很调皮，经常带着我在他们村旁边那片树林里爬高上低的，他肚皮和小腿上的那一道道血痕，就是在爬树时挂上去的，当然我的肚皮和小腿上也好不到哪里去。表哥还会做一种火柴枪，用一节节的自行车链条做枪膛，为了做枪，他甚至把我舅舅那辆除了铃不响别的地方都响的凤凰牌自行车也拆卸了。直到现在，我还清晰地记得那把枪的样子，钢条捏的枪架，车胎箍的枪栓，枪膛上面还带着一个并不能用来瞄准的准星。我之所以清晰地记得它的样子，是因为表哥在用它打鸟时一不小心走火打到了我的右胳膊上，并为我留下了一小块一直跟随我到今天的淡粉色疤痕。

　　已经好几年没见过这位表哥了，前年他到武汉找过我一次，想让我找找关系看能不能给他弄些便宜的猪饲料，不过我能有什么关系帮他这个忙呢？他初中没读完就辍学了，我读大学那一年他结了婚，在我毕业的时候他已经是两个孩子的父亲了，他们一家一直生活在驻马店下面的农村老家。虽然我们现在正在从驻马店城区的边上穿过去，不过这一次我也没时间拐过去看他了，即使我有时间去看他，恐怕他也没有时间接待我了。他忙得很，承包了一百亩地，养了七百多头种猪，已经成了远近闻名的种猪专业户，每天拉着一车车母猪到他的种猪场里去配种的人络绎不绝。

6

你没在农村生活过吧？李斌问。没有，我说，只是读小学的时候待过一个暑假！他说，怎么样，好玩不？我说，比城里好玩。他说，我也这么觉得，不过当时还是觉得城里好玩，城里有电影院，有游戏厅，还有游乐园什么的，我们老家那儿太穷了，1996年才通上电，才看上电视，他换了个舒服的姿势说，你能想象得出来不？我读初中时教室里还没有电灯，我们上早自习点的都是煤油灯，连蜡烛都点不起……他还在吧啦吧啦地跟我说着这些，就像是在跟他的一个多年未见的发小在缅怀昔日时光似的。

我不知道李斌为什么要跟我说这些，是排遣这一路上的无聊时光，是从晨晨玩的游戏话赶话地说到了这些，还是想让我对他产生一点儿同情，进而陪着他、妻子和晨晨一起把这出戏演下去——而不是搞砸了？我不知道。作为回应，作为妻子现在的丈夫对她前夫的回应，我只能不咸不淡地附和那么一两句，嗯，哦，是的，确实如此。

后视镜里，晨晨还在继续玩他的游戏，妻子还在继续睡她的觉。我不知道妻子刚才是不是也听到了李斌说的那些，她在那顶绒线帽下面是不是睁着眼睛我也不知道。

这时候，李斌把他那边的车窗玻璃又摇下来，又点上一根

烟 火　153

烟。他吸了一口，朝外面喷了一口烟气，然后就把夹在手指里的烟留在了车窗外面，接着说，我们家兄弟三个，上面还有一个姐姐，我是老幺，他们都没怎么读过书，早早就辍学出去打工了，到浙江，到广东。兄弟姊妹四个里面，就我自己离开了农村，到武汉读书、工作，后来又跟苏静结了婚，有了晨晨，可以说，我就是一家人眼里的骄傲，李斌说，我父母都是那种极其传统老实的农民，他们接受不了我离婚，我哥我姐他们都知道了，只有我老头老娘不知道，一直在瞒着他们。我看了他一眼说，你放心，我知道该怎么做！我说的是事实，虽然对他会有一些醋意带来的敌对情绪，但是我没必要在这件事上跟他过不去。

过了一会儿，李斌又说，也不瞒你说，离婚之后我就什么都没有了，老婆老婆没了，儿子儿子不跟我，工作工作也调了岗。我安慰他说，也别多想，总会好起来的。他说，苏静没有跟你说过吧，我现在不在文体局了，到下面一个公司挂职去了，从管理岗调到了生产岗，收入降了三分之一，交完房租之后也就没剩多少了，将将能顾住温饱……他摇了摇头，对着车窗外面叹息了一声。他这么一说，倒是让我想起来了，之前每个月月底妻子跟他催要晨晨的抚养费时，他总是要拖到下个月月初才转过来。

已经离婚了这么久，你也没再找一个？我试探着问他。找一个？说得容易，李斌说，找谁？我连自己都顾不了了，还能找谁？！我说，那你……那你原来那个……女的呢？他说，哪个啊？我小声说，就是那个啊，让你和苏静离婚的那个！他脸色变了一下，朝自己背后指了指，然后小声说，等方便的时候我再跟你说这个。接下来，他看了一眼手机，又提高音量说，这都快两点了，我们还是先找个地方吃饭吧！他扭过头去问晨晨，晨晨，饿了没有？晨晨还在玩游戏，嘟囔了一句我没听清楚的什么话。

我在前面一个服务区停了车。停好后，妻子还在睡觉。我轻轻摇醒她说，该吃饭了！她把绒线帽拿下来说，吃什么？我说，你想吃什么，快餐还是桌餐？她眯着眼睛摆了摆手说，你们去吃吧，我再睡会儿！我说，你怎么了，下车吃点儿嘛，到李斌老家还要四五个小时呢。妻子说，算了，你们去吃吧，我来事儿了，不舒服。晨晨也说不去吃了，他还在一门心思地打着那个游戏，他已经过了第十八关，正在过第十九关。

只有我和李斌去吃饭。为了节省时间，我们就点了两份快餐，他要了一份烧茄子盖饭，我要了一份鱼香肉丝盖饭。李斌已经很饿了，饭一上就狼吞虎咽地吃开了，我才吃一半他就快吃完了。吃完一抹嘴儿，他又摸出来一根烟。你慢慢吃，他说，然后点上烟，眯着眼睛一脸满足地吐了个烟圈儿。饭后一根烟，赛过活神仙，他笑笑说。

我又想起来他和那个女人的事，就问他，你原来那个女……朋友呢，没有在一起了？他说，早分了，哪是什么女朋友！我说，那就怪你了，有老婆了还在外面乱找什么女人！他说，当然怪我了，我也没说不怪我嘛！但是你知道我为什么找女人啊？我说，怎么，找女人还有理由了？他说，苏静不让我碰她啊，半年都不让我碰一次，我不知道她在外面有人了还是怎么着——他或许以为我就是那个"人"，你说，夫妻生活都不跟我过了，我怎么就不能找女人了？我看了看他，不知道该说些什么。

其实我知道，离婚是早晚的事儿，即使不出轨我们也走不下去，李斌又说，苏静一直都看不上我，她觉得我跟她不是一路人，她喜欢那种能让她仰望的男人，有才华的男人，能征服她的男人，可能，哦不，也就是你这样的男人，你说，这跟我出不出轨有什么关系？对吧，她不过是找个借口离婚而已！我不知道李斌说的是不是真的，以及有多大的成分是真的，就我对苏静的感觉来说，她并不完全是这样的，我不知道他俩真正的症结是什么——我想一定存在，我也没问过苏静这个问题，也没必要。

等我吃完，李斌还在说着他所以为的他和苏静之间的问题，但我已经不想再听下去了，对我来说，听妻子的前夫谈论他和妻子从前的种种并不是一个好选择。而实际上，我也没必要去理解他，进而去理解他们之间的问题——那已经不重要了，李斌甚至都不知道我为什么要跟他们回来，以及为什么和他面对面地坐在这儿一起吃盒饭。是的，他说这些什么都不能改变，连屁用都没用，或许他只是需要说出来，只是需要一双耳朵听他说出来而已。我为他感到难过,并尽量从一个陌生人的角度去同情他。

7

重新上路,李斌说他来开车,于是我又重新坐回了副驾驶座上。还没开多久,妻子又把那顶绒线帽盖在了脸上,我给她买回来的那盒饼干她也没吃几块。我给她发微信说,你是不是还很难受?要不要去买点儿止疼片什么的?不过,她一直没回我。晨晨也睡着了,嘴角流着口水,但是手里还捏着手机,手机屏幕上还显示着游戏界面。

现在,车子已经进入了山东省境内,不知道什么时候天气已经放晴了,太阳也露了出来,车窗外面蓝天白云的,一路上的阴霾终于被我们甩在了身后。午后的阳光透明澄澈,洒在那些平缓起伏的山坡上,一块块绿油油的麦田上,也透过车窗洒在我身上,在我衣服下面生出来一寸寸的暖意。同时可能也因为刚刚吃饱的缘故,后来我也就渐渐睡了过去。这一觉睡得很长,我记得虽然中间朦朦胧胧地醒过来几次,但是泛上来的睡意很快又让我继续睡了过去,同时我也不想再听李斌唠叨些什么有的没的。

等我醒过来时,车子已经下了高速。我问李斌,快到了?他说,快了,还有五十多公里。我说,那换我开吧,你歇会儿。他说，算了，这一段路不太好走！这是一段坑坑洼洼的乡道，确实不好走，路上车很少，两旁有两排已经掉光了叶子的白杨树。因为掉光了叶子，所以树杈子上那些大大小小的鸟窝就特别醒目。晨晨指着它们问李斌，爸爸，树上那些黑乎乎的是什么？李斌说，鸟窝，爸爸小时候还经常爬到树上去掏鸟窝呢。晨晨说，我也要去树上掏鸟窝！李斌说，等你会爬树了，爸爸就带你……

后面的几个字他还没说完，我就听见"砰"的一声，然后就感觉到车子的一角歪了下去。不会爆胎了吧？李斌说，然后他就停了车，拉开车门到后面去查看怎么回事，我也下了车。果然是爆胎了，左后方的那只轮胎已经泄了气，一根上面钉了好几根钉子的木板被它死死压在下面。哪个狗日的扔的，李斌气呼呼地扯了扯那块木板，又向四周望了望，好像要把扔木板的那个家伙从空气中揪出来暴揍一顿一样。

这时候，妻子和晨晨也从车上下来了。看了看瘪下来的轮胎，妻子指着李斌说，还愣着干什么，赶快换备胎啊！李斌看了她一眼说，哪还有备胎了，这个就是备胎！妻子瞪着他说，什么，车上的备胎呢？李斌说，上周拿到修理厂去了，还没取回来。妻子又冲李斌说道，你怎么老是这么不着调儿？猪脑子？李斌被骂得耷拉着脑袋，不再吭声了，我看见一团接一团白气从他鼻子下面呼出来。接下来，李斌从裤袋里摸出来一根烟，点上。妻子摊着两只手冲他说，那现在要怎么搞啊，这里前不着村后不着店的？我连忙走过去打圆场说，别急，我先搜一下，看看这附近有没有修车的地方。

地图上显示，最近的一家汽修店在附近的清河镇上，距离我们这儿有三公里。我对李斌说，现在最简单的办法就是开到清河镇上去，不过，等开过去你这个轮胎差不多就得报废了。李斌说，那没关系，能修好车就行！于是我们就又上车，按照导航提示往清河镇的方向开去。上了车，妻子还在不停地数落李斌，说他不应该绕近路，如果走大路根本就不会爆胎，又说他出门连备胎都不带，吧啦吧啦的，李斌也不吭声。

等到了清河镇，找到那家汽修店的时候，夕阳已经全部落下去了，整个天色都暗了下来。车一停，李斌就着急忙慌地下车，冲进那家卷帘门拉下来一半的汽修店里找人。

过了一会儿，他走出来说，怎么没人啊？我说，门还开着，肯定有人，估计是去旁边了，我指了指卷帘门上的那个电话号码说，那儿不是有电话吗，打打看！李斌打完电话几分钟后，一个小伙子就从路对面的棋牌室里走过来，他看了看车，又看看李斌和我们说，修车？李斌连忙点点头，抽出来一根烟递过去，然后又打着火凑到他嘴边。

打牌呢正，那个小伙子捂住火抽了一口，冲李斌说，爆胎了？李斌说是是是，爆胎了。接下来那个小伙子就叼着烟走进店里，不太情愿地把千斤顶什么的家伙都搬了出来，然后忙活起来，李斌也跟他一起忙活着。直到这时候，我才算舒了一口气。

汽修店旁边有一个卖烟花爆竹的店面，两个跟晨晨年龄差不多的小男孩正在铺子前面放鞭炮。他们把一只鞭炮用一个铁盒子压住，露出捻子，其中的一个小孩就用一根香去点，点着后他俩就笑着跑开，捂着耳朵躲到一棵大树后面，盯着那个冒出一缕缕白烟的铁盒子，接下来，砰的一声，那个铁盒子就被打到了半空中，又叮呤哐当地落下来。晨晨觉得新鲜，蹲在路边一直盯着那边看。我说，想不想玩这个？他点了点头。我说，这个你玩不了，被铁盒子砸到头那就麻烦了，叔叔去给你买燃鞭放。

我在店里买了盒燃鞭，抽出来一根，点着，递给晨晨，然后他就噼里啪啦地甩起来。四处溅落的火星把他那张小脸都照亮了，空气中散出一股好闻的硫磺味儿。一根燃完他又抽出来一根，我又点着，他就挥舞着噼里啪啦的燃鞭跑动起来，身后拖着一溜儿星星点点的火星带。一直跑到李斌背后，晨晨对着半蹲在车前的他挥舞起来。接着，我就看见李斌把头扭了过来，耀眼的火花照亮了他脸上的汗珠和他周围暗下来的夜色。我停下来，我看见妻子也在那边停了下来，我们就这么从不同方向安静地看着这一幕，直到那根燃鞭一点点燃完，那些溅落的火星也一颗颗消失，直到最后一颗火星在地面上啪地响了一下，同时亮了一下，然后又熄灭了。我想我们都看到了这一幕，我，妻子，晨晨，那个修车的小伙子，还有李斌，我们都看到了这一幕，尤其是李斌。

锡　婚

1

过了安检门，把背包从传送带上拎起来准备往里走的时候，胖胖的女安检员把小邓拦了下来，要他把包打开，把里面那把长条形的铁具拿出来。没什么，就是一根锯条！小邓拍了拍包说，他并没有要打开的意思，以为说一声就行了。不行，要检查一下！小邓只得拉开包，把刚才从附近一家五金店里买的那根锯条拿出来冲她晃了晃，并做了一个来回拉的动作。她没有说行也没有说不行，只是不置可否地看了一眼。怕再迟一会儿她就要反悔似的，小邓赶紧把锯条放回到背包里，往进站的栅栏口走去。

闲的！一根锯条也要检查！小邓一边走一边想。要是能把她借调到质检科一段就好了,他又想,要是她能把自己手底下那几个不成事的崽子们带一带,都带成她这样的态度,质检科也就不会一连几个月的差错率抽查都在万分之一以上了,而自己也就不会一次又一次挨领导的训了。在进到栅栏口之后,小邓又看了一眼那个女安检员。

单单是这个月,被抽查到的差错率在万分之一以上的书已经有四本了。按照出版社的规定,一本书不合格要扣两百块,不单单是扣质检员的,还要扣自己这个质检科科长的,质检员是只扣自己出错的书,而自己却要扣所有出错的书,小邓想。这个账其实很容易算,四本书,八百块一下子就没有了,上个月扣了六百块,上上个月是四百块,上上上个月是一千二百块……钱还是小事,最重要的是会影响领导对自己的看法,而领导的看法就决定了自己的前途。聂大宁明年就要退下来了,他一退,就空了一个副总编辑的岗位……不行了,明天一定要硬起来了!小邓暗暗下了决心。

地铁到了。虽然是周末,虽然是刚刚吃过午饭的午休时分,按说这个点儿大家不应该出现在地铁上,而是正被浓浓的睡意牢牢地固定在床上、沙发上或躺椅上,不过眼前的事实却并非如此,十四号线地铁上的人还是非常多,甚至比平时的工作日还要多出来一两成。小邓从人缝里挤进去,挤到车厢中间的位置,拉着横杠上仅剩下来的一根吊环站定,并来来回回调整了几下姿势。现在,这个夹在一个穿连衣裙的女的和一个穿花衬衫的小伙子之间的空隙暂时属于他,他终于可以享受着凉气休息上一会儿了。

坐在小邓面前的那排乘客,有男有女,有老有少。小邓注意到,他们虽然性别不同、年龄不同、职业不同、阶层不同、品位不同,受教育的程度也不同,不过此时此刻他们却有一个非常一致的共同点,那就是都在玩手机,都在专注地盯着手机屏幕,他们脸上的表情充分反映了屏幕里那些内容的吸引程度。当然了,也不并只是自己面前的那排乘客,小邓注意到四周那些或站着或蹲着的乘客也无一例外地都在玩手机。

手机!手机!手机!也不知道现在的人怎么都变成这个样子了,一天到晚都在玩手机,随时随地都在玩手机,坐地铁时玩,过马路时玩,吃饭时玩,上厕所时玩,睡觉时玩,甚至面对面聊天时也在玩,好像他们完全不需要跟周围这个真实的世界发生关系,一部手机就能满足他们的一切了。在当下社会,平均下来,每个人每六分钟就要摸一次手机,每个人每天玩手机的时间接近五个小时,六分钟,五个小时,小邓现在想起来了这两个数字,这是他手上最近正在质检的一本书里提到的两个数据。

不止!绝对不止!他想,按照自己的感觉,应该把六除以二、把五乘以二才会更接近于真实情况。不说别人,小邓想,就拿自己家里的姜双丽来说吧,她也为那两个数据——哦不,是把六除以二、把五乘以二——做出了超额贡献,此时此刻,

锡婚　　163

她肯定也正在为那两个数据继续做着贡献——事实上，这几乎已经成为她每天待在家里那段时间的所有内容了。追剧，聊天，刷抖音，逛淘宝，打游戏，发朋友圈，这个那个，那个这个，好像她抱着的不是一部手机，而是一个世界，一个可以替代真实世界的世界。

姜双丽自己玩倒也算了，问题是还不止她，女儿也被她传染了——那台给她买来上网课的iPad硬生生地被她变成了一台游戏机，小邓想起来有一天半夜上厕所的时候还听到她在打游戏。姜双丽在客厅玩，她在自己的小房间玩，两个人废寝忘食、夜以继日，经常让小邓头都大了……不行，一定要硬起来了，小邓暗暗下了决心。

哦，也不是所有人都在玩手机，小邓这时候才注意到，起码自己面前那排座位最左边的那个女人没有玩，她怀里那个一两岁的婴儿没有玩，两个正在人缝里钻来钻去的小孩子没有玩，座位最右边穿灰衬衫的那个老头也没有玩——他仰着身子，跷着二郎腿，正在闭目养神，一个看上去跟其他人格格不入的老头。哦，或许他用的是老人机，或许手机没电了，而又或许……他没有手机，小邓为他设想着这样那样的理由。

不过不管怎么说，他都是值得被表扬和赞美的，他完全可以玩但是并没有玩，这就说明了一切。是的，这是一个很棒的老头，一个很有独立意识的老头，他没有被现在的社会风气所裹挟，也没有被手机所绑架，他身上还难能可贵地保留着绝大多数人都已经丧失殆尽了的那份干净、高贵的人类品质，他是一个正常人，小邓望着他想。

或许接收到了小邓发自肺腑的赞美，过了一会儿，那个老头慢慢地睁开眼睛，把脑袋朝小邓这边偏了过来，笑眯眯地望着他，并一直保持着那个笑眯眯的表情。他的目光清澈、明亮、自然，或许还带有那么一丝睿智，小邓能从他的眼睛里感受到那份不为所动的定力，那份由岁月滋养出来的安静和悠然自得。出于回应，小邓也挤出来一个笑容朝他发送过去。现在，老头笑眯眯地望着小邓，小邓也笑眯眯地望着他，一老，一少，他们那两张互相对望着的笑脸就这么跟随十四号线地铁一路奔驰了下去。

感觉到有些尴尬的时候，小邓收起来笑容，把目光从老头身上移开了。不过，等到再把目光转过去的时候，小邓发现他竟然还在笑眯眯地望着自己。这让他心里不由发起毛来——别是个神经病吧？唯一的一个正常人还是个神经病？！小邓把身子转过去，让自己背对着他。但是，接下来他发现这么做完全无济于事，因为那个老头仍然在笑眯眯地望着自己，更准确地说，现在是映在车厢玻璃里边的那个老头还在笑眯眯地望着自己。还躲不开了！小邓一边往外面挤一边暗暗地骂了一句。

从人缝里挤出来之后，小邓艰难地挪到车厢接头处，对着那个阴角。现在好了，再也看不见那个老头了，这让小邓长长地舒了一口气。是的，看不见他就好了，即使他还在神经兮兮

锡婚　　165

地望着自己也没关系了，即使整个车厢的人都在神经兮兮地望着自己也没关系了。人啊，有时候就得这样，小邓一边看着那个阴角一边想，就得跟鸵鸟学学，把头埋在沙堆里藏起来，这是一种很有必要的可以让自己眼不见心不烦的能力。

让小邓眼不见心不烦的同样还有姜双丽。怎么说呢，玩手机还只是一方面，主要是她那副歪歪倒倒的样子，那股懒懒散散的态度——一回到家里就窝在沙发上，饭饭不做，家务家务不做，作业作业不辅导……可以想见的是，上班的时候她肯定也好不到哪里去。她怎么能这么一天天废下去呢？按理说，作为一个还不到四十岁的知识女性，一个有着广阔前程的"石化系统先进标兵"，姜双丽并不是那种对自己没有要求的女人，也不是那种到了某个阶段就躺平的女人，问题是她偏偏就成了一个与她的"并不是"完全相反的女人。问题的关键是，这在她眼里并不是什么问题，她对此理所当然甚至理直气壮。用她的话说，上班忙一天了，回到家里玩玩手机怎么啦？怎么啦？啊？

2

老丈人光着膀子给小邓打开小铁门的时候，第一眼就发现他的T恤穿反了。他咧开一口黑黄黑黄的烟牙笑着问小邓，怎么搞的，衣裳怎么穿反啦?！小邓低头看了一眼，妈的，还真是穿反了。这一路上他竟然一直都没有发现这一点，而又或许，这一路上有多少人都发现了并偷偷地在笑话自己这一点，这让小邓很郁闷。去卫生间把T恤翻过来的时候，小邓突然间想起来地铁上那个一直笑眯眯地望着自己的老头——原来他早就发现了这一点，可恶！他比那些闷头玩手机的人还可恶，可恶多了。

从卫生间出来，小邓问老丈人家里的锁是不是坏了。哦哦哦，后者这才一副恍然大悟的样子说，是呢，是呢，厨房的锁拧不开了，钥匙也找不见了，我记得明明放在窗台上了，怎么就找不见了……他装模作样地来回找寻了一番，接着又把小邓领到厨房门口，握住那把球形锁拧了几下。跟不相信他似的，接着小邓也拧了几下——那是一把还很新的球形锁，不过不管怎么拧就是拧不开了，往左拧往右拧都没什么反应。

哦，你是不是出来的时候反锁了？小邓问老丈人，他知道人一旦上了年纪就总是会丢三落四、迷迷糊糊的，自己的父母也是这样，他们会忘记一直在煤气灶上炖着的汤锅，会找不到刚刚才摘下来的老花镜，有时候甚至还会把剥好的一把花生丢到垃圾桶里去，把花生壳留下来——小邓不知道他们是怎么慢慢慢慢地变成这个样子的，他也不知道自己是不是将会慢慢慢慢地变成这个样子。我不记得啦，也可能是反锁了吧，也可能没有，老丈人蒙着脸往后撤了撤身子两手一摊说，说的等于一句废话。

那怎么搞？是找开锁公司，还是我用这个把锁给锯开？小邓掏出来那根锯条冲老丈人晃了晃，给他指明了两条道路——实际上只有一条道路，小邓很清楚，自己这个抠抠搜搜了一辈子的老丈人是不会找开锁公司的，怕花钱还只是一方面，最主要的在于要是愿意找开锁公司他早就可以找了，也不需要叫姜双丽把自己大老远派过来了。

果然，老丈人没有选择前一条道路，也没有选择后一条道路，他继续摊着一双粗短的手对小邓说，你看嘛！你看嘛！怎么着都行！小邓早就料到他会这么说，他知道自己这个老丈人向来就蔫了吧唧的，无谋也无断，原来在单位里就是个出了名的没主见，在家里也是个甩手掌柜，什么什么都指望着老伴，前几年老伴一走，再遇到点儿屁大的事他就开始找姜双丽了——但作为独生女儿，姜双丽很多时候都不接茬，她把应尽的那份义务都无偿地转让给了自己，这事那事的，小邓已经不记得来过多少趟了。

开始锯锁的时候，小邓才注意到客厅墙上的电视机还开着，是少儿频道，里面正在播放着一档叫《宝贝2+1：足球接力》的亲子节目。他不知道老丈人现在是怎么了，是开始返老还童了还是想重新活上一回，竟然还看上了这种东西。不过，很快他也就明白了，对于那些常年孤身生活的老人来说，电视确实是他们最好的陪伴，那里面播出的是什么节目并不重要，最重要的是那里面有人，有人影，有人声，这就够了。

老丈人去客厅里搬了一把小凳子，在小邓旁边坐下来，一边看着他锯锁一边跟他聊了起来——家里的事、单位上的事、世界上的事……小邓有一句没一句地应承着，不知道他是不是一个人在家里憋太久了，甚至疑心他是不是故意把厨房反锁了同时又把钥匙藏了起来，这样他才好有充分的理由让自己穿越大半个城区跑到这里陪他唠嗑来了——真是用心险恶、其心可诛！想到这里的时候，小邓不由加重了力气，他想尽快把那根该死的锁芯锯断，尽快离开这里。

　　两只手都酸疼不已的时候，小邓终于把那根该死的锁芯给锯断了，门开了——里面确实是反锁上了。他把那把旧锁卸下来，又跑到楼下的五金店买了一把球形锁重新换上，接着把三把钥匙中的两把给了老丈人，另一把自己留了下来——小邓能想象到不久之后的那一幕，用不了多久，老丈人很可能还会再一次把厨房的门反锁上，还会再一次把钥匙也搞不见，到时候他还得来，现在他要把那个可能性堵上，未雨绸缪。

　　收拾完东西，小邓准备走的时候，老丈人把他拦了下来。他指了指客厅茶几上早就泡好的两杯茶说，不慌走哈，歇歇，喝杯茶！小邓还没恍过神来，老丈人已经走过去坐了下来，把一杯茶往外侧挪了挪，又把另一杯茶往里侧挪了挪。小邓只得跟过去，在老丈人对面坐了下来。

　　你们那儿最近出了什么书啊，有没有党史方面的？武侠方面的呢？下次给我带几本看看撒……老丈人清了清嗓子，又喝了一口茶说。小邓想,你老人家恐怕是老糊涂了吧,我们少儿出版社怎么可能会出什么党史、武侠方面的书呢!没有呢,没有,小邓抿了一口茶说,我们出的都是少儿类的。哦,少儿类的也不错嘛,教育要从娃娃抓起,你们的责任重大……老丈人说。

扯了一圈,当老丈人扯到他当年在水泥厂生产科做副科长那段高光岁月时,小邓起身打断他说还有事得先走了,他十分坚决地婉拒了老丈人再续一杯茶、留下来吃晚饭的好意,他很清楚他那台散发着霉味的冰箱拿不出来什么诱人的东西,也很清楚如果自己留下来了那就更没完没了了。小邓掂起背包,用那扇锈迹斑斑的小铁门咣啷一声把老丈人声嘶力竭的挽留关在了里面,飞快地下了楼。他难以想象自己老了也会变成这样,如果也变成这样,那还不如死了算了。

真的,还真不如死了算了,上了地铁之后小邓还在想,这种已经丧失了任何目标和热情的混吃等死的老年人生活他一天也过不了,一个小时也过不了,一分钟也过不了——姜双丽倒是能过得了,事实上她差不多已经提前过上了这样的生活,还真是这样,有其父必有其女!

几分钟之后,不经念叨的姜双丽就打来了电话,问小邓搞好了没,回来没。好了,搞好了,小邓说,在回来的地铁上了。怎么回事?爸爸的门锁怎么坏了?姜双丽在那边问。不知道!搞好了,反正已经搞好了,小邓有些不耐烦地说,现在他一个字也不想再说什么锁的事,或者说,在他看来老丈人就是那把该死的锁,那把应该被锯断的锁——姜双丽是另一把应该被锯断的锁。

哦,好吧,小邓听见姜双丽缓了一口气说,等会儿你回来了,到小区对面的小张水果店去一趟啊,给我带一盒车厘子,再带一盒蓝莓,要是有山竹也……啊,你说什么?去哪里?要带什么了?小邓装作没听清地说,地铁上信号不好,听不到你说什么。他把手机从脸颊边慢慢挪开,对着玻璃门外面那些快速闪过的广告牌,想让姜双丽明白听不清她的话并不是自己的原因。

车厘子,蓝莓,还有山竹,你回来时到小区对面的小张水果店去买一些上来,几分钟后小邓收到姜双丽发来的一条微信。哦,小邓飞快地摁出来一个哦,但又过了一会儿才摁下发送键。又支使人,不买!不买!不买就不买!要买你自己下来买!他暗暗想。虽然是这么想的,不过接下来,下了地铁走到小区门口的时候,小邓的两条腿还是不听使唤地朝小张水果店走了过去——他比谁都清楚,如果空着手回去,那么姜双丽吃不到的好果子就该轮到自己吃上了。

3

开门进来的时候,小邓第一眼就看见了姜双丽,她还窝在客厅的沙发上，还保持着自己出门时那个窝着的姿势，手里还在举着那部手机。唯一不同的是，她旁边的那张茶几上现在多出来一大堆瓜子皮和几块橘子皮——它们充分证明了在过去的四个多小时里她除了玩手机之外还做了些什么。小邓看了一眼餐厅，那张宽大的橡木餐桌上空空荡荡的，他皱了皱眉，把装有车厘子、蓝莓和山竹的塑料袋往姜双丽怀里一丢说，看看看，都几点了还在看，饭也不说做了？

不饿呢还！姜双丽懒洋洋地看了小邓一眼，随即又把目光移回手机屏幕。你是不饿了，小邓指了指桌面上的瓜子皮和橘子皮说，问题是我呢？邓子欣呢？他又冲女儿小房间的方向喊道，邓子欣！邓子欣！你饿了没有？里边没有反应，小邓又提高音量问了一遍，里边还是没有反应。

小邓走过去，用力拧了拧小房间的门锁把手——那把球形锁让他在某个瞬间觉得就像是在拧老丈人家的厨房门锁把手。门开了，小邓冲正躺在床上玩 iPad 的女儿喊道，邓子欣，你聋了还是哑巴了？胖嘟嘟的邓子欣这才扯掉耳机说，老爸，怎么啦？不饿啊你？小邓拉下来脸说。不饿呢，邓子欣扬起手边的那袋薯片晃了晃说，接着又戴上了耳机。

不饿也不能玩了，你算算，你已经玩多长时间啦？啊？小邓提高音量说，作业都做完了？早就做完了呀！昨天你不是检查过了嘛！邓子欣理直气壮地回答。小邓这才想起来她确实做完了，昨天晚上就做完了。那也不能玩了！小邓继续虎着脸说，你还嫌近视得不够狠是吧？邓子欣合上iPad，一脸不乐意地坐到书桌边去了。这让小邓感到一丝安慰，看来自己的话还是管用的——至少在女儿这里还是管用的。不过，看着她那副闷闷不乐的样子，小邓又觉得自己过分了，是啊，再怎么说也不能把对姜双丽的不满都撒到女儿身上吧，跟一个小孩子较什么劲呢？

从女儿房间出来，小邓又走到姜双丽旁边，看着一动不动地盯着手机屏幕的她。姜双丽的无动于衷让小邓很生气，他屈起两个指关节用力敲了敲桌面说，我说，我都忙活一下午了，你比我还有功？饭也不说做了？哎，你做你做，我追剧呢，还有两集就完了！姜双丽头也没抬地摆了摆手。小邓本想发作的，但他知道这会儿姜双丽正在兴头儿上，如果他现在发作，那么她高昂的追剧兴致就会被打断，就会调头，就会成双加倍地释放到自己身上来。小邓捏了捏拳头。

小邓转身去了厨房。昨天没买菜，今天也没买菜，冰箱里前天买的菜已经所剩无几了，上上下下搜罗老半天，他才找到三颗鸡蛋、五个西红柿和一小块快蔫掉的西蓝花。不过，在接下来的半个小时，小邓还是变戏法似的做了三个菜——西红柿炒鸡蛋，西红柿炒西蓝花，凉拌西红柿。把它们摆上餐桌时，小邓不禁感到一阵成就感，确实有成就感，就这么点东西自己也能搞出三种花样……如果，如果质检科去年结婚的胡超辉再问自己在婚姻中要学会什么的话，自己可以拍着胸脯告诉

锡婚　173

他，把西红柿搞出三种花样就是婚姻中全部的和唯一的秘密。

摆好三副碗筷，给每只碗里都盛上两勺米饭时，小邓注意到姜双丽还是没有要起身过来的意思。他拿起筷子对着碗沿敲了几下，使之发出一阵清脆悦耳的敲击声——他想起来很多年前，自己的母亲就是通过敲击那口石槽来呼唤那几头猪崽进食的。但是，姜双丽并没有被那阵敲碗声呼唤过来，而是继续一动不动地窝着，继续专心致志地盯着手机——小邓意识到，在过去的几个小时里姜双丽身上唯一的变化，就是她之前一直朝向沙发外侧窝着的身子现在朝向了里侧。

邓子欣也没有过来吃饭，这时候，小邓发现自己出来之后女儿小房间一直开着的那扇门不知道什么时候又关上了。他一连喊了三声"邓子欣"，虽然音量一声比一声大，不过依然还是没能把她从房里喊出来。小邓走过去，用力拧了拧门把锁——但这一次拧不开了，里面被反锁上了。隔着那扇门，小邓仿佛能看见女儿又从书桌边卧回了床上，又玩起了iPad，又戴上了耳机。

爱吃不吃！小邓现在已经没有心思再管这对母女了，他气鼓鼓地回到餐桌边坐下来，决定独自享用这顿晚餐。小邓一边吃一边暗示自己不去注意姜双丽，不去听从她那边冒出来的声音。不过这并没什么用，甚至还起到了反效果，因为越这样暗示自己就越是想去注意她。最后小邓把身子转了过去——就像下午在地铁上对付那个一直笑眯眯地望着自己的老头那样。

姜双丽被小邓抛到背后去了，不过这么一来，他却又不得不去面对女儿的小房间，更准确地说，是女儿房门上的那把锁——因为那也是一把球形锁。望着那把球形锁，小邓放缓了咀嚼的速度和力度，他望了望自己的背包，想了想里面的那根锯条，下午才锯断了老丈人厨房门锁的那根锯条，也许……也许有一天可以趁邓子欣不在家时把她房门锁上那根该死的锁芯也锯断。

几分钟之后，姜双丽起身去厨房里倒水的时候，小邓以为她终于要坐过来吃饭了，为此他还很体贴地把另外两碗米饭中的一碗往旁边的桌面上移了移。不过，当看见姜双丽进了厨房又端着水杯从里面出来接着又一屁股卧倒在沙发上的时候，他才意识到自己刚才的举动是有多么可笑。算了，不吃就不吃吧，你不吃我吃，小邓望着那碗米饭想，接着又把它倒进了自己碗里。

你真不吃了？快吃完的时候，小邓又忍不住回头来问了姜双丽一句。不过后者正沉迷在比饭菜更诱人的剧情里，并没有把她那空阔而深邃的目光从手机屏幕上移开，而是又扬起一只手摆了摆。不吃拉倒！再问你一次老子就不姓邓！小邓恨恨地想，他把另一碗米饭也倒进自己碗里，把盘子里仅剩的那几块西红柿和鸡蛋也扫进自己碗里，最后把汤汁也赶了进来。小邓边吃边想，明天见到胡超辉的时候一定要告诉他，这一点也是婚姻生活里全部的和唯一的秘密。

锡婚

4

吃完，小邓并没有像他平时所做的那样，把锅碗洗涮干净，把灶台也收拾干净，而是穿过客厅——从姜双丽身边走过去的时候，他意识到她已经窝在那儿六七个小时了——来到书房。泡了杯茶，坐下来，小邓从书架上抽出那本《出版专业理论与实务》，开始为一个半月后的高级职称考试做准备。领导已经跟他说过好几次了，这才是他通往领导岗位道路上的那块最大的绊脚石。

刚翻开书里面上次叠角的位置，姜双丽的和她手机里的那些声音就从客厅那边穿过门缝传了进来，传到书桌边，准确地找到了自己。小邓只好捏起上一次用过的那两颗纸蛋，一左一右塞进了耳朵里。任何一个拥有姜双丽这样的妻子的丈夫都需要两颗这样的纸蛋，小邓想。

小邓看得很投入，以至于半个小时后姜双丽出现在他面前时他完全没意识到。姜双丽敲了敲桌面，小邓这才连忙抬起头，他看见她在说话，却听不清她在说什么。想到那两颗纸蛋还在耳朵眼里并连忙掏出来之后，小邓才听见姜双丽说——我在跟你说话呢！小邓说，说什么？你说什么？

我问你，你还记不记得我们结婚的日子？姜双丽定定地说。小邓不知道她什么意思，怎么突然想起来问这个了。记得啊，当然记得了，他把书放下，往后靠了一下说。那你说，我们是哪一天结婚的？姜双丽好像来了兴致，她倚着桌沿上靠了下来，又从笔筒里抽出一支圆珠笔转了起来——就像孙悟空转金箍棒那样。怎么啦，你怎么突然想起来问这个啦？小邓一边说一边飞快回忆着那个具体的日子，事实上他确实想不起来具体是哪一天了，只是模糊地记得在四五月间。没怎么啊，我就问问，考考你，看你还记不记得！姜双丽转着笔笑了，笑得很意味深长。

四月吧，我记得是五一节前，小邓说。具体是哪天呢？姜双丽又问。是四月二十五？我记得是！小邓硬着头皮说。不是，再给你一次机会！姜双丽并没有生气。那是哪天呢，四月二十八？小邓想起来他们领证是在冬天，办婚礼是在第二年四月，姜双丽问的应该就是办婚礼的日子。也不对！姜双丽仍然没有生气。那是四月二十三？小邓又说，他觉得蒙到那个准确日子的概率越来越大了。

也不对，告诉你吧，是四月二十二！姜双丽笑着说，她手里的笔也停了下来。其实我也忘了，姜双丽又晃了晃左手里的手机说，如果不是刚才收到一封邮件我也想不起来了。邮件？什么邮件？小邓问。我写给自己的邮件啊，十年前写的，当时设置了发送提醒，十年后发过来，不信你可以看嘛！姜双丽把手机划亮。小邓接过来，一行行地拉着看完了那封邮件，现在照录如下。

锡婚

亲爱的姜双丽：

当收到这封邮件的预览时请务必打开，十年前的你在向现在的你发出问候。今天是二〇一二年六月十五日，我起得很早，去买了杯咖啡，我点的是新款，粉柠冷萃，现在的你还喝咖啡吗？

我结婚了，在今年的四月二十二日，和喜欢的人有了一个圆满的结局。有朋友说，我真佩服你啊，没想到你会选择结婚。奇怪，结婚是一个很好的人生体验，为什么不去试试呢？虽然我害怕结婚之后的鸡毛蒜皮，但是对待人生要率性一点，想做就去做了，去大胆地体验和感受吧！

我现在喜欢上了健身，健身让我的身体更强壮，精神更自由。工作束缚着我无法远行，不过庆幸的是我在身体和精神上找到了远方。我享受流汗的快乐、第二天肌肉的酸痛，这些提醒着我，我又要变强了。我想要和男人一样健壮，从生理根源解决男女不平等的问题，和男人站在公平的起跑线上。不知道为什么，现在的我时时刻刻都希望自己变得更优秀，在任何方面。

我肩上的文身仍然清晰，carpe diem，它一直在提醒我自己的人生宗旨是什么。在这些年里，我不断尝试着一些以前没有尝试过的技能学习、兴趣爱好，我想不断突破自己，突破舒适区和自己的极限，看看自己的潜力到底有多大。这很酷，我知道，我的人生才刚刚开始起步。

不知道十年以后的你会不会被很多琐事而牵挂和裹挟，如果这些让你感觉到在走下坡路，请及时止损，甩掉负担轻装上阵。请记得年轻时的自己是多么的强大，现在你也一样可以做到。

是的，我不想看到未来的你是一个做着家务、带着孩子、抱怨连天的中年妇女，如果是这样那我宁可杀掉自己。我现在所做的一切努力，是希望今天的你延续下去，积极、聪慧、性感、美丽、阳光、果敢，我不希望你成为谁的妻子，谁的孩子，谁的妈妈，我只希望你是自己。如果想做什么离经叛道的事，那就去做吧，就算没人支持你，也会有我这个十年前的朋友陪着你！

姜双丽
二〇一二年六月十五日

怎么样，没有骗你吧？姜双丽把手机抽过去望着小邓说，也就是说，今年的四月二十二日是我俩的结婚十周年纪念日，这都过去两个多月啦！小邓不知道她到底要表达什么，他哦了一声，等着她把藏在后面的那些话亮出来。哦？哦什么哦，光哦一声就行啦？姜双丽继续转着笔说，这可是结婚十周年纪念日啊，也不说表示一下子？小邓愣了一下，把目光转向姜双丽充满了渴望的那张小瓜子脸和左眼下面那颗小小的泪痣说，表示？表示什么？老夫老妻了还要表示什么？

你这个人！真是没有情调，一点儿情调也没有！老夫老妻怎么啦？老夫老妻就不需要仪式感啦？人家结婚五十年是金婚，四十年是红宝石婚，二十年是瓷婚，十年是锡婚，我们这是锡婚，锡婚你懂不懂？不懂我现在就可以百度给你看！说吧，你打算怎么表示？姜双丽继续昂着头问。

哦，我想想，小邓含含糊糊地应承道，我想想！他没想到姜双丽绕了半天原来是在这儿猫着自己呢。想什么想？这还有什么好想的？我已经替你想好啦，姜双丽又把手机摁亮说，有一家天猫店正在卖纪梵希的一款香水……她在屏幕上划拉起来。小邓很清楚她在找什么，不过他并不想接她那一茬，她一天到晚支使自己干这个干那个，自己却什么都不干，连一顿饭都不说做，还想要礼物！是的，明明待在这个家不假，但小邓从来没觉得像现在这样离家这么远过。

你，你都那么多香水了还要香水啊？小邓想起来她两个月前才买的那瓶香水，不，是自己清空的她购物车里的那瓶香水。多少啊，我才多少啊？姜双丽提高音量说。小邓注意到她手里的圆珠笔——哦不，金箍棒——停了下来，像是要朝自己打过来了。我想想吧，再想想，看看给你买点儿什么，小邓说。他盘算的是，也许过了今天姜双丽就会把这个事儿给忘了，自己也可以顺便把这个事儿给忘了。小邓站起来，挪开椅子，走出书房，穿过客厅，把厨房门口那个并没有装多少垃圾的垃圾袋束了一下口拎起来，朝门口方向走过去。他还想离这个家更远一点。

5

入伏之后的这些天，白天一天比一天热，不过到了晚上却凉爽了起来。这份凉爽把那些被白天的高温囚禁起来的人们都释放了出来，也把他们的狗子都释放了出来，让他们牵着它们或者让它们牵着他们走出家门，走上街头，走在一阵接一阵吹来的凉风中。小邓跟着那些人和狗一起沿着民主路拐上胭脂路，又把他们和它们甩在身后，从胭脂路拐上了人车稀少的昙华林路。

路过中医药大学的时候，小邓注意到操场上有一群年轻人在踢球，看台上有一些不时爆发出一阵阵尖叫的女生。小邓从操场侧门拐进去，在那几个女生所在的看台最下面一级坐下来。

……穿4号球衣的那个染了一头黄毛的高个子男生明显比其他人踢得好多了，他速度极快，脚下的动作也很敏捷，带着球一连过了好几个人，现在已经从侧翼逼近对方的球门了。对方的守门员是个小个子，现在慌了神，他大喊着自家队员回防，同时不停地做着各种假动作。但那个高个子男生并没有射门，而是带着球继续往中间跑去，只见他抬脚往右前方一抽，那个小个子守门员就往球门的右前方扑过去，不过球并没有往那个方向飞去，而是从左前方滚进了球门。

　　半个小时后，随着看台上又爆发出来的一阵尖叫，裁判吹响了终场哨。穿4号球衣的那个男生那边赢了，他无疑是赢下比赛的最大功臣，那些女生们围着他叫喊着，他的队友们也围着他叫喊着。他们的叫喊声打开了一个豁口，小邓觉得可以从那里钻进去，成为他们中间的一员。

　　等那些男生女生陆续离开球场，小邓又想起姜双丽的那封邮件，想起她十年前对自己的告诫和寄望。难道，难道她只看见了那个结婚日期却对其他内容视而不见了吗？还是她早就离开那个充满梦想的年龄，早就接受了现在的一切？小邓又想起刚毕业那会儿，那时候自己是想去报社做记者的，最后却以校对身份进入了现在这家出版社，再后来自己想骑驴找马找个机会转到报社去，但再再后来在那个转岗机会到来之前很多报社就开始裁员甚至停刊了……于是他也就校对科、总编室、质检科这么一路干下来，再也没想过挪窝了。

　　不用说，家里书架上的那几摞报纸肯定积了厚厚一层灰，小邓还记得它们是自己一张张搜集过来的，有些因为报道了重大事件而脱销的报纸还是花高价从别人手里买过来的……不过，那都是非常遥远的事情了，已经和自己没有什么关系了，自己这个新闻学研究生注定干不成记者，更不可能成为一个与仰望过的那些闪闪发光的名字并肩的记者了——记者，那个有着巨大牵引力的目标，那些与之对应的热情，它们都消失到哪里去了？是什么时候又是以什么方式消失的？

是的，姜双丽是早已经接受了现在的一切，然而自己呢？自己也好不到哪里去。你看见的一切都在被你看不见的一切左右着，小邓突然想起这么一句，不过他忘了这是谁说的了。

夜已经很深了，但西南方向露出来的那片天空并没有黑下去，而是呈现出一种灰蓝色，一串许愿星那样的小灯在其中一闪一闪的，小邓知道那是一只风筝。上个月女儿过生日的那天晚上，从小南国吃完饭走回来的路上，他在一家临街的店铺里见到过那样的风筝。小邓还知道现在有个人正在很远的地方牵着它，但他不知道现在是不是还有一个人也在望着它，像自己一样。

现在是七月，漫长的夏日已经来到了它的中间部分。白天，树上的每一片叶子都被晒得卷曲耷拉着，而现在它们正在黑暗之中慢慢舒展着那些卷曲的部分。望着那些男生女生离开之后的空旷球场，感受着从那个方向吹过来的一阵阵凉风，小邓觉得自己的鼻子突然变尖了，仿佛能嗅到他们残留在空气中的那些年轻气息。他从看台上走下来，迎着凉风走向塑胶跑道的另一头，沿途搜集着他们的气息——又或者是很多年前的那个自己给现在的自己发送过来的气息。

小邓又想起老丈人，老丈人家的那台电视机，里面播放的那档少儿节目，看来他每天也在家里收集着那些气息——当年，他是不是也放弃过一个去水泥厂生产科之外的梦想？

十一点，球场四周的灯都熄了，四周的黑慢慢堆下来，仿佛它们也是有体积和质量的。小邓在远处的黑里看见一颗忽明忽暗的烟头，是的，虽然它的亮度很微弱但他还是注意到了。一边走，小邓一边望着那颗烟头和它置身的那片广袤无垠的黑，他能感觉到那些黑正在变大，越来越大，那里面好像有一种看不见的什么东西也跟着一点点大起来。小邓想在这个宽广的夜晚就这么一直走下去，即使姜双丽的问自己去哪里了、什么时候回家的电话也不能阻止自己这一点。

十一点半，风大了，小邓才决定回去。快到小区门口时，姜双丽的电话又打了过来。怎么回事啊你，怎么还没回来？明天不上班了？一摁下接听键，小邓就听见她在那头嚷嚷开了。回来了，已经快进小区了，小邓把手机从耳边移开，他感觉到姜双丽那头的音量比面对面的时候还要高，还要尖。到哪了？过了解放路没？小邓听见她在那头问，他答非所问地"哦"了一声。

哎，人家跟你说话呢，你过了解放路没？姜双丽像是撒起了娇，给我带一份米线上来啊，还是要"砂锅居"那家的，不要放葱花……小邓不置可否地哦了一声，这一次他决定不惯着她了，她完全可以点外卖的，快递小哥会风驰电掣地送过去。小邓走进小区，走到楼下，用力摁了摁电梯键，仿佛那也是一个很大的决定……你想好了没有，要给我怎么表示啊？姜双丽又问。想着呢，还在想着，小邓说，他看见电梯键上的数字从负二变成负一，接着又变成了正一。

叮的一声，门开了。里面有个女孩子，她提着一只看上去比她还要大一号的亮粉色布娃娃，但她并没走出来——小邓想起来了，之前在电梯里见过她一次，她是中医药大学的学生，就住在十二楼，因为之前自己有一次下楼时电梯就停在了十二楼，接着她和两个女孩子走了进来，待在她们身后的那一小会儿里，小邓听见她对她们说今年暑假不回去了，要到一家医药公司做兼职，等挣够钱就去西藏一趟……现在还是暑假，她是不是已经在医药公司兼职了？挣到路费了？

哎，这有什么好想的，想了一晚上还没想出来啊？姜双丽还在那头说。哦，还在想呢，还没有想好……小邓一边说一边打量着那个女孩子，不过他并没有走进去，他知道电梯里没有信号。轿厢门又要缓缓合上的时候，小邓注意到那个女孩子往前走了一步，又伸手摁了一下，这时候快要完全合上的轿厢门又缓缓打开了。不过，这一次小邓还是没有走进去，他很不好意思地冲她笑了一下，又指了指耳边的手机。

轿厢门再一次缓缓合上的时候，小邓觉得实在不好意思了，他冲那个女孩子说，要不你先上去吧，你先上去！接着他又对电话那头的姜双丽说，等我想想，再想想，想好了就给你表示！什么？姜双丽问，什么你先上去，你在跟谁说话呢？啊？

没有谁啊，没有谁，小邓赶紧解释说，是电梯里的人，我让人家先上去！哎——真是的，想了一晚上你也没想出来啊？你跑出去干吗了？姜双丽逐渐升高的语调表明她现在已经生气了。没干吗啊，能干吗啊，丢垃圾呢，我出来丢垃圾呢！小邓一边说一边望着那两扇紧闭的电梯门，同时想象着里边的那个女孩子，现在她正在被一种看不见的力量拉动着缓缓上升，缓缓上升。丢垃圾？丢垃圾？丢个垃圾难道要丢一晚上？你还真是个人才……

小邓听见姜双丽在那头的声音越来越高，越来越高。而这时候，他才意识到那兜垃圾还在指间提溜着，自己拎着它在外面转悠了一晚上，现在又把它拎了回来。

亮亮柴

1

去咖啡馆写作是我回来之后这几个月才养成的习惯。之前，漂在北京的那四年里，我几乎从不这样。咖啡馆太吵不说，最重要的是花钱，即使一天一杯咖啡，那也是一笔不小的开销；而对一个一头扎进小说里出不来的、吃喝拉撒都要靠家里接济的北漂族来说，那更是一笔不小的开销。我在地下室那扇只能透进来半扇光的窗户前写，在床上那张正好能架起来一台笔记本电脑的小桌子上写，或者在房东家的客厅里写——当然是等他和他老婆都去上班、他们的女儿也去上学了之后。我喝的是最廉价的绿茶，茶叶批发市场里百十块钱一斤的那种。

现在，我之所以经常到咖啡馆写作，完全是因为我爸，因为由我俩构成的那个家。自打他退下来,更准确地说,是自打国棉三厂停产,他不得不退下来之后,他就把人生重心转移到了我和我哥身上。一开始是我们的学业,后来是我们的工作,再后来是我们的婚恋……他把这些当成了他的新工作。这么说吧,我和我哥骑在马背上不假,但鞭子和缰绳却始终紧抓在他手里,往左还是往右,快点儿还是慢点儿,他想还像当年开梳棉机时那样自己说了算。

要进区里的公立小学当老师而不是去做什么视频直播,要跟副科长的女儿而不是跟千里之外的那个网恋对象结婚,要在婚后两年内而不是等到他们想要的时候再要孩子……在他和我妈合力把我哥赶上他们铺设好的轨道之后,他们松了半口气,又把剩下的半口气瞄准了我。

不过对于我他们没办法,从小他们就没办法,尤其在我妈多器官衰竭去世——就好像为了把我哥赶上轨道她已经使尽了全部力气——之后,我爸就更是没办法了。现在他或许已经接受了这一点,在说过我那么多遍之后,他已经不再说我了,也什么都不再说了,沉默成了他的语言。但是,他不说却比说更让我难受,即使我们之间隔着厚厚的一堵墙也没用。除了不得不回去的时候,我一刻也不想待在那个家里,待在那个家里我一个标点也写不出来。

跟这个年龄段的绝大多数男人都不一样,我爸不抽烟,不喝酒,不打牌,也不旅行——他这辈子最遥远的旅程是从一个农家子弟变成工人。他的生活非常简单，每天过完早、买完菜，就打开电视——虽然也不怎么看，然后在客厅一角那张比我哥年龄还要大的破沙发上歪坐下来。一天中的大部分时间他都是这么度过的，望着窗外，窗外阳光和微风中的那排树冠，以及偶尔掠现在天空中的鸽群。我很清楚，让他绝望的并不是他每天都在望着的那些东西。

我家在凤凰山脚下的三义村。这里是国棉三厂以前的生活区，红砖楼，连排房，前些年说是要拆迁的，后来却又没拆成。再后来，就有人陆陆续续地入驻进来，到处都挂上了文创产业孵化区的牌子，刷上了这样那样的标语——其实也就多了几家文创商品店、几家工作室而已，平时也没见有什么人光顾。我就在通往我家那栋楼的那条胡同中段的一家咖啡馆写作。

我一般上午去，一直待到晚上九点——我当然可以一直待下去的，如果咖啡馆不打烊的话。回家我也没什么事，最重要的是我也不想回家，一回家我就觉得憋闷——我爸就在客厅里坐着，或者在里间那张只剩下他一个人的大床上躺着。我也不是没想过搬出来，问题是我那些稀稀拉拉的稿费并不能支撑这一点，所以我不得不住在家里，和我爸住在一起。事实上有很多时候我还是不得不朝他张口，毕竟他每个月还有几千块的退休金进账，毕竟他还是我爸。

自从那个叫 Niki 的女服务生来了之后，我去那家咖啡馆的次数就更多了。我不知道她什么时候来的，等我意识到这一点的时候，她就已经在那里了。她，还有一个有着一圈淡黄色络腮胡子的巴西男孩。他在附近的一所大学读研，操着一口非常流利的中文，他喜欢中国并期待能在毕业后留下来，而不是回到又穷又破的巴西老家博阿维斯塔去，这是我从他和客人交谈时听到的；她很少说话，但我知道她叫 Niki，她别在胸口的那块小铭牌告诉我她叫 Niki。

她瘦削，个头不高，算不上漂亮，不过人很耐看，越看越好看的那种。或者说，她身上有一种刚开始时我没有注意到的东西。

客人很少，她的工作很轻松。除了擦擦洗洗、拖拖扫扫，做客人点的饮品、甜点、小吃并送过去之外，她基本上都坐在吧台后面，看书，看手机，或者在电脑前敲敲打打的。有时候，意识到我的咖啡早已喝完却又没再点上一杯时，她会给我端过来一杯柠檬水。谢谢！我总是这么说。不客气！她也总是这么回复。除此之外我们再没有别的交流。一个顾客和一个服务员还能有什么别的交流呢？但是，如果要找个对象的话，我想她就是我想要找的那一种。

对一个年近四十还一事无成的、除了他自己没有谁会认为他是作家的人来说，这样的对象意味着很多东西。最简单地说，那意味着一份自由，一份可以让他做想做的而不会被打扰更不会被强迫的自由。我爸妈永远也不会明白这份自由对他们的小儿子意味着什么，更不会明白在写作和按部就班地完成人生步骤之间，他们的小儿子为什么会义无反顾地选择前一种。

对于写作，我完全认同海明威说的，写，写它五年，如果不行，那就自杀算了。除去漂在北京的那四年，以及回来的这几个月，我还剩下不到一年的时间，我想最后再试一次。如果还写不出什么名堂，那也很简单，要么就像海明威所说的那样，要么就回过头来老老实实地听从我爸的安排，到他老伙计的纺织公司去上班，继而再听从我妈临终前的嘱咐——同时也是她之前一遍遍的唠叨，找个女孩子恋爱、结婚、生孩子，过上他们一直都希望我过上的那种生活。我也可以接受那样的生活，事实上，我的绝大多数的同龄人早就过上了那样的生活。

2

上午，一过完早我就会来到咖啡馆，在靠窗那张铺着蓝印花布、摆着一盆虎皮兰的桌子前坐下来——那儿几乎没坐过其他客人，就像是为我设的一个专座。一坐下，我就打开电脑敲敲打打起来……一个小时后，我会起身活动一下，伸伸懒腰之类的，然后走到吧台前，指着小黑板上那几款当日特惠咖啡中的一款对 Niki 说，你好，我要一杯这个，不加糖！谢谢！

等重新坐下来，手指又落在键盘上的时候，我就会听见她在那边忙活起来的声音，操作着那台橘红色的咖啡机，磨豆子，装咖啡粉，压平，冲煮，拉花……我还可以想象出来她用牛奶拉出来的那朵心形花瓣——几分钟后它就会被她端过来，摆在我面前。谢谢！我总是这么对她说。不客气！她也总是这么回复。接下来是我一天中状态最好的时候，我一边小口小口地啜饮着咖啡一边敲敲打打，屏幕上的那些字一个连着一个、一行连着一行，它们就像是自己冒出来的而不是被我敲出来的，每个字——不，甚至每个标点——都冒着咖啡的香气。

中午我不回家吃饭，更准确地说，是我中午不吃饭。我不想回那个家，不想坐在那张油腻而空旷的餐桌旁边和坐在对面的我爸一起吞咽他做出来的那两道菜，更不想听他说他已经说了千百遍的那些话——是的，虽然现在他不说了，但他的五官和表情却好像还在替他说。

十二点半左右，等差不多敲满四页文档的时候，我会闻到一阵从操作间那边飘过来的菜香，会听到微波炉转动的声音和清脆的叮的一声，然后又会在余光中瞟见 Niki 的身影——她走过去，从微波炉里拎出来那只浅绿色的饭盒。接下来，她会坐在吧台后面，悄无声息地吃着那些头天晚上或者当天早上做好的饭菜，她低着头，耳朵里塞着耳机，一边吃一边盯着面前的电脑屏幕——那里面正在播放着我看不见也听不见的什么节目。那是她的另一道菜。

几乎每天都是这样，到了下午两点半或者三点，一个总是穿一件黄格子衬衫、戴着一顶灰色棒球帽的男的就过来了。跟我不一样的是，一进来他会走向吧台，点上一杯咖啡——也是当日特惠咖啡那几款中的一款，接着又走出咖啡馆，来到对面那顶蓝色雨棚遮出来的阴影中，把画架卸下来支好，绷上画布，又摆出来颜料盒和大大小小的各种画笔。

他也是这家咖啡馆的常客，或者说，一天中的大多数时候我俩是这家咖啡馆仅有的两个顾客，两个靠一杯咖啡就可以赖上老半天的顾客——在某种意义上，他也为我分担了一半这种靠一杯咖啡就赖上老半天的不好意思。我坐在里面，他坐在外面，我在里面敲敲打打的时候，他就在外面涂涂抹抹。他看不见我，但是我可以看见他，也可以看见他正在画的那幅画。画上几笔，他就会瞄一眼夹在画架顶端的素描小样，再画几笔，再瞄一眼。我估摸着前一段时间他应该是到哪里去写生过一阵子，现在是要把旅途中见过的那些内容再画上一遍。

他画得很投入，有一次我走过去在他旁边站了足足一分钟他也没发现。他捏着画笔，往那只九宫格颜料盒里这儿蘸一下，那儿蘸一下，又在那幅画上这儿添一笔，那儿添一笔。他脖领子那里厚黑厚黑的一层，我知道很多独自生活久了的男人都这样，我爸这样，我也是。

朋友，你在画什么呢？我拿出来想认识一个陌生人的勇气，清了清嗓子问。他回过头来看了我一眼，摆出来一副"我在画什么难道你看不出来吗"的表情。没画什么！他说。

哦，树林，河面，你画的是一条穿过树林的河流吧？我挨着他蹲下来。他点点头，但是手里的画笔并没有停下来，继续往那片河面上点着粼粼的波光。这画卖吗？过了一会儿我又问。你要买吗？这时候他停了下来，望着我，好像我真的会买一样。什么价格？我说。两百！他说，两幅就一幅一百五，三幅就一幅一百！哦哦哦，我随便问问！随便问问！我赶紧说，接着就起身走了回来。

我见过不少这样的"艺术家"，在北京时我就住在草场地艺术村。草场地，798，大山子，将台路，那一带像他这样在街头支个画架画画卖画的人多得是。他们的画都很便宜，人更是。

我想起来有一次陪朋友逛798，路过一个画肖像的光头男人时，朋友问他那些画是怎么卖的。两百！光头男说。朋友摇摇头。一百五！光头男又说。朋友又摇摇头……等我们离开的时候，光头男甚至喊出了一个让我们都替他不好意思的价格——三十！而眼前这位估计也差不多。一个屌丝，一个画家，一个屌丝画家，这是我坐回来望着他时戴到他头上的一顶帽子。又或许，他对我——一个整天坐在咖啡馆对着电脑敲敲打打的人——也持有同样的看法。

不过，他即使对我持有同样的看法也没关系，我并不需要他的认同，我的小说也不需要他的认同。对我来说，能在这家咖啡馆里自由自在地写上一天就够了。更何况，在我写的时候旁边还有一个 Niki，她就坐在吧台后面，我不用转身就能看到她——她不会催我、赶我，不会嫌弃我每天只点一杯特惠咖啡，更不会像我爸那样非要把我赶到什么人生轨道上去……

到了傍晚时分，等夕阳把最后一丝光线收走的时候，画家就离开了，过一会儿巴西男孩也会离开，咖啡馆里就只剩下我和 Niki。这也是一天中我们单独相处的唯一一段时光。

我一边敲敲打打一边看着外面的夜色一点点地降下来，降下来，把亮起来灯的咖啡馆包围起来，把我和 Niki 包围在其中。我在这边敲敲打打的时候，她也在那边敲敲打打的，四周非常安静，除了清脆的敲击声和不远处的火车鸣笛声，再也没有别的声音，再也听不到别的声音。有时候，我期待着我们能就这么敲敲打打下去，期待着我们置身的这段时光是上午而不是晚上，我刚刚才过完早坐下来，而不是过一会儿就要离开；有时候，我甚至还期待着这家咖啡馆是鸣笛的那列火车中的一节，它正在拉着我和 Niki 穿过一片灯火辉煌的城市，前往某个遥远而又隐秘的地方。

3

中秋节过后，文创产业孵化区里一天比一天冷清，那几家本来就没什么顾客的文创商店现在更加无人光顾，咖啡馆的生意也同样如此——而那些挂在枝头或者飘落到地面上的枯黄的叶子，更是加剧了这一点。我不知道 Niki 和那个巴西男孩——又或者是他们背后的老板——是怎么想的，为什么会把咖啡馆开在这里，又为什么会在这里开一家咖啡馆；我也不知道他们是靠什么维持下去的，以及还能维持多久，虽然这也并不是我应该操心的事情。

接下来，就像为了解答我那些疑问似的，Niki 和巴西男孩开始做起了活动，他们——又或者是他们背后的老板——想通过这样的方式来为咖啡馆引流。具体来说是这样的，活动每周搞一次，每次搞一个主题，参加者就通过各个自媒体平台去招募，报名费是 50 元每位——这 50 元里面除了包含一张活动入场券，还有一杯饮品和一份甜品，也算很超值了。

一开始还好，每次都会来十几个人，坐都坐不下了。不过不知道什么原因，后来人就越来越少了，五六个，甚至两三个。人太少的时候，他们还会邀请我和那个画家参加——当然是免费的。老实说，我没什么兴趣，他们之前每次搞活动我就在旁边，我知道他们分享的都是些什么——死亡体验、烛光冥想、怀旧音乐之类的，我也知道他们并不是真正想分享什么；更何况我还有小说要写，我不想把时间浪费在这上面。不过有一次我还是参加了，因为 Niki。

那一次他们分享的主题是"户外生存"，参加者除了我们几个外，只有一对情侣模样的小年轻——他们虽然看上去并不像拿出 50 块钱就觉得掉了块肉的那种主儿，但还是不免让我产生了一种像是在帮 Niki 和巴西男孩诱骗他们的负罪感。而为了把这种负罪感降到最低，我几乎没参与什么分享，只是安静地坐在那儿听他们说；当然，我也没什么户外生存经验可以分享的，事实上我连户内生存经验也不具备——连一份能养活自己的正经工作我都没有。

那天是 Niki 主持的分享会，轮到她的时候，她讲的是小时候在福建老家的一次经历。

有一年秋天，那时候我才刚满六岁，还没读小学，她说，当时我妈去广州打工了，我爸在林业站做护林员，我跟他住在林业站附近的一栋老房子里。有一天我爸出去巡山了，我一个人在家，他是中午出去的，但直到天黑了也没回来。天黑之后山里降温非常快，那时候没有空调，也没有暖气，我冷得发抖，又很害怕，就把所有的被子都裹上了，缩在床上等我爸。

直到很晚，快十二点了，他才回来，Niki 继续说，我爸说他回来的时候迷了路，手电筒也没电了，碰巧捡到一根亮亮柴才走出来，说着就掏出一截湿乎乎的、散发着一圈蓝绿色光的木头，说这就是亮亮柴，这种枯死的木头遇到水就可以发光，亮度甚至还可以照明，我爸又拉灭灯，黑暗中，亮亮柴的光像是被放大了，从蓝绿色变成了黄绿色，但是很快那片光就暗了下去……我爸连忙端起一杯水泼上去，不过这没什么用，那截木头并没有再亮起来……

哦？怎么可能嘛？怎么可能会有这样的树根，这根本就不

亮亮柴　　197

符合常识，你爸见到的怕不是鬼火吧？Niki 还没讲完，那个小男生就冷笑了一声说，他旁边的那个小女生也跟着笑起来。

不是！不可能是鬼火！Niki 看了他一眼说，鬼火是气体，亮亮柴是固体，这种木头只有森林里一些阴暗湿冷的地方才可能会有。是吗？那你后来又见到过吗？小男生又问，他似乎不依不饶了。没有！Niki 说，不过这并不代表它就不存在。呵呵，小男生欠了欠身子，又指着我们挨个问了一圈——你见过吗？你见过吗？你见过吗？除了跟他一起来的那个小女生摇了摇头外，我们都没理他。我不知道他是发什么疯，一场活动而已，有必要那么较真儿吗？

真的没骗你！我亲眼见到过，我爸也亲眼见到过！Niki 似乎有些急了，跟他解释道，今天的主题不是"户外生存"嘛，我只是想跟大家分享一下这段经历，以后你们去了森林说不定也会用到……她挥舞着手，好像真有一截亮亮柴握在手心里，凡她所指之处都会被一一照亮。

扯！再接着扯！无论你怎么扯，反正我是不会信的！小男生打断 Niki，他又问那个小女生，你会信吗？小女生摇了摇头。这似乎给了小男生一个及时而有力的后盾，他站起来，把椅子往后一拉冲着 Niki 说，你们这活动也太坑人了，我们花了 50 块——不，100 块——就是来听你编故事的吗？而且还是那么烂的故事，天底下哪有那么好挣的钱啊？不行！退钱！

那天的活动当然是以退钱而告终的，Niki 和巴西男孩忙活

198　火腿

一下午，最后等于请那对小情侣免费喝了两杯咖啡，吃了两份甜品，听了一个故事——而且还是他们根本就不会信的、"那么烂"的故事。当然，我和画家也是他们请的，我们没帮上什么忙，还等于帮了倒忙。

晚上，等画家走了，巴西男孩也走了，又只剩下我和Niki，我在这边敲敲打打的时候，她也在吧台后面敲敲打打的。她看上去并没有受到什么影响，不过我知道，有些影响是看不出来的。整个晚上，我都在不动声色地注意着她那边的动静，有几次甚至还想走过去，安慰她两句，或者说点儿别的什么，不过直到最后我也没有那么做，我也不知道是什么让我没有那么做。我所做的，也就像我每天所做的那样，坐在那里，敲敲打打的，一直等到咖啡馆打烊。

是的，虽然也觉得那个小年轻有些过分了，不过在另一方面，我也不得不承认他所说的不无道理——至少当时我觉得不无道理。我知道，这个世界上的确有很多我们虽然没见过但并不是不存在的东西，然而，亮亮柴，那种违反我们基本常识和生活经验的东西，怎么可能会存在呢？我没有见过，甚至也从来没有听说过，我从来没有去过森林，也不对有朝一日在森林里见到亮亮柴抱有什么期待，对我来说，那和通过写小说来养活自己差不多一样遥远。

4

　　进入十一月之后,天气越来越冷,咖啡馆的生意也越来越差。当然,不单单是咖啡馆,我的"生意"也好不到哪里去,事实上我已经连续四个月没发表过小说了,与之对应的,我也已经连续四个月没收到过稿费了——接连不断的退稿信就像那些群发的垃圾广告一样,把我的邮箱都挤满了。没办法,每个月我都不得不觍着脸跟我爸开一次口,让他从并没有多少的退休金里分出来一些给我,好让我去咖啡馆点上一杯咖啡,继续生产那些发表不了的小说。

　　对我来说,这构成了一个无解的死循环,同时也是一个脆弱的无解的死循环,它所有的支撑就建立在我爸那点儿退休金上,如果他不愿意再从中分出来一些给我,或者家里万一遇到什么要用钱的地方,那我的小说之路也就将不复存在了——是的,我不得不认识到这一点。

　　那一段,因为不得不仰仗我爸——我爸的退休金,我跟他的关系也前所未有地缓和了一些。早上我会晚一点儿出门,晚上也会早一点儿回家,尽量和他在那个被称为"家"的空间里多待上一会儿。有时候,我还会主动坐到那张破沙发的另一头,陪着他看一会儿电视,或者跟着他一起望一望窗外阳光和微风中的那排树冠、天空中的那些鸽群。有一次我在沏茶的时候甚至还破天荒地给他沏了一杯，后来我才意识到，那可能是我人生中给他沏的第一杯茶。

也许是看到了什么希望，我爸又主动找我谈了一次。一天晚上，就在我像大多数时候那样从咖啡馆回到家里，又像大多数时候那样穿过客厅走向自己房间的时候，他叫住了我。来坐会儿！他拍了拍沙发上空出来的部分说。我走过去，在他刚才拍了拍的地方挨着他坐下来。

怎么样啊最近，还在写小说？他开了个头。我点点头，我不知道他怎么今天突然对这个来了兴趣。这东西当不了饭吃，也过不了日子，他摆出一副过来人的态度继续说，你到底是怎么想的，打算就这么混下去了？他用了一个"混"字，也就表明了他对我的所有态度——从一开始他就是这样的态度。怎么了？我写小说怎么就是混了？我强忍着马上就要冒出来的那股火说。怎么了？怎么了？你说怎么了？他拿起杯子在茶几上用力蹾了蹾说，你是打算以后就这么着了？我望着他，等着他把后面的那些话都说出来，我知道接下来他还会说些什么。

你就这么混吧！等我也走了，我看你还能靠谁，靠你哥？靠你嫂子？他终于抛出了在心底藏了很久很久的那个问题。靠他们干吗？我说，我有手有脚的，靠我自己不行吗？我爸斜了斜身子，挤出来一丝似笑非笑的笑说，靠你自己？靠得住吗？你确定能靠写小说养活自己？我听着他说的每个字，看着他有些变形的脸，努力把眼前的这张脸和我熟悉的那张脸联系起来。

我摇了摇头。是的,除了摇头我并不能给他一个让他满意的答案——事实上我也没有什么答案,我只知道我的脚落在地面上的时候就有了路,我的手指落在键盘上的时候就有了字。

我承认,我是有些理想主义了,眼里只有自己,只有自己喜欢做的事,不过这又有什么错呢?这一点,我想我爸这辈子都不可能理解,他好像一直都活在一种与我完全相反的状态里。他没有什么理想,更没有什么理想主义,或者说他的理想和理想主义就是做好一个丈夫和一个父亲该做的、能做的、想做的并努力做到他认为最好的程度,好像他活着的所有目的就是这些,他从来都没有过自己,他是这样的——他们那代人中的几乎所有人也都是这样的。

现在他不吭声了,仰靠在沙发上,定定地望着对面的墙壁,墙壁上我母亲的遗像,像是在向她讨取着什么对策。过了一会儿,我说我先睡了,你也早点睡,接着就回了房间。

我没有开灯,也没有洗漱,连衣服也没脱就在床上躺了下来。窗外越来越黑,房间里也是,我想象着 Niki,想象着她就躺在我旁边,想象着我们在一起之后她会不会理解我,又能在多大程度上理解我。她会的,一定会的,她会在我敲敲打打的时候给我端来一杯咖啡或者柠檬水,我会跟她说一声谢谢,她会回我一句不客气,她会支持我写小说,会读我写的小说,会在读的过程中默默地哭或者开心地笑,会在读完之后向我竖起大拇指……我这么想象着。

……我决定什么都不想了，想什么都不如好好睡上一觉，梦里面会有一切。我闭上眼睛，把 Niki 关在里面，把我爸关在外面。我知道我爸现在还在外面，我很清楚这一点。

但是我并没有睡着，努力了很久也没有睡着。半个小时后，我听到一阵从客厅里传来的脚步声，接着又没有了，是我爸。我猜他并没有从我妈那里讨到什么高招儿——要是有的话她早就会拿出来了，他彻底放弃了——也彻底接受了，现在他已经回到了房间，已经躺在了那张大床上——它温暖、宽大，充满了回忆，比他的小儿子要更容易接纳他一些。不过，紧接着，我又听见了一阵从客厅里传来的声音，先是一个女人的声音，接着是一个男人的声音，她说我们还是离婚吧，他说为什么非要这样，她说我已经不爱你了，他说那两个孩子怎么办，她说……女人的声音越来越小，男人的声音也越来越小，好像有一只手刚刚把它们调小了。

现在我知道了，电视屏幕的对面，客厅一角的那张破沙发上，此时此刻正坐着我爸，他正呆呆地望着屏幕里的那个女人和那个男人，又或者是窗外。不过现在已经过了零点，窗外是又冷又深的夜空，他看不见阳光和微风中的那排树冠，也看不见那些鸽群，只能看见外面楼上那几盏寥落的灯火，它们暂时还没有灭掉，但是再过上一会儿就会灭掉了。

5

有个人在网上找到我,说是在某个杂志上看到了我的一篇小说,想跟我谈谈影视改编权的事。我不知道该怎么接,事实上我从来没有过这样的经历,也从来没想过这样的好事会降临到自己头上。我说,是吗?他说,是的!接着给出了一个并不算低的价格,又说如果我同意,他们马上就可以安排签约。我说,可以,就按你说的办!我知道,他就是再降一些,降到那个价格的一半或者四分之一,我也完全可以接受——如果他不是骗我的话。

他当然不会知道这一段我每天都在纠结着什么时候跟我爸开口要钱,以及怎么开口要钱。有时候,甚至我还在想是不是可以在咖啡馆谋个兼职什么的,那不但可以把我喝咖啡的钱抵掉,还可以让我喝上免费的咖啡,还可以让我成为 Niki 的同事,和她熟悉起来……

当然,我也很清楚,天上不会掉馅饼,掉下来也不会砸到我头上,弄不好这就是个骗局!这样的例子并不在少数,在北京的时候我就听朋友说过,他们,那些买影视改编权的人,会在协议里做这样那样的手脚,或者埋设这样那样的条款,其目的只有一个,那就是白嫖,白嫖写作者的创意和思路。但是,对我——一个只剩下写小说这点儿本事的人——来说,他们又能白嫖到我什么呢？我怕的就是他们不嫖，不嫖我就连任何机会都没有了！

三天之后，我把收到的改编协议书签好字寄了过去。没想到的是，很快，就在我把协议书寄过去的第四天中午，当我正在咖啡馆又像往常那样敲敲打打的时候，我手机上就收到了一条银行提醒信息，显示我的一张银行卡有20万元进账。是的，没错，我数了好几遍，的确是20万元。那个2和它后面的五个0——不，七个0——明明白白地告诉我，馅饼不但从天上掉了下来，而且准确地砸到了我头上。不过，这个时候我仍然不敢相信这个狗屎运会是真的——也许是哪个糊涂蛋儿把货款、欠款或者不知道什么款错汇到了我卡上呢？

接下来，那个2和那七个0就像黏在了我视网膜上一样，我盯着电脑屏幕的时候它们就在蓝色光标上跳动，我看向Niki和巴西男孩的时候它们就在他们身上跳动，我闭上眼睛的时候它们就在那块黑幕上跳动，它们的跳动与我心脏的跳动处于同一频率，甚至产生了某种共振……但是我并不能确定它们是在跳向我还是在跳向那个把钱错汇给我的糊涂蛋儿。

被那种不确定感弄得坐立难安的时候，我去了一趟最近的银行。在柜员机上，我先是输入100，取款槽真的就吐出了一百元，我又输入100，它真的又吐出了一百元……我一共取了一千元，是一张一张取出来的——我想体验一下取钱的感觉，体验一下钱在我手里一张张变厚的感觉。事实上我已经忘记了那种感觉，我口袋里已经很久很久都没有装过那么多钱了——最最重要的是，那是我自己挣来的，而不是我爸从他的退休工资卡上转过来的。

我回到咖啡馆里的时候，Niki 已经吃完饭了，正坐在吧台后面对着电脑敲敲打打的，巴西男孩在操作间里洗涮着，他手底下的那些盘碟在破窗而入的阳光照耀下反射着洁白而耀眼的光芒。我走过去，指着小黑板上标价最贵的那款海盐骑士咖啡对 Niki 说，你好，要这个，四杯！她停下来，一脸不解地望着我。另外那三杯，有两杯是给你俩点的，还有一杯是给画家的，我笑了笑，又朝外面画家每天都画画的那个地方指了指说，我请客！

重新坐下来，一边喝着海盐骑士咖啡一边敲敲打打的时候，我还在想着那个 2 和它后面的那七个 0。它们让我感到踏实、安全、温暖，让我每一下的敲打都结实有力，或者说它们就像吧台后面的 Niki 一样赋予了我某种自由——最简单的，那意味着我再也不用每天只点一杯咖啡了——而且还是当日特惠饮品中的那几款。是的，现在我已经实现了"咖啡自由"，想喝几杯就喝几杯，想喝哪款就喝哪款，完全不用再像之前那样考虑杯数和价格。

晚上，我回到家里的时候，我爸还没有睡，他又像往常那样歪坐在那张破沙发上。我走过去，在他边上坐下来，然而他只是扭过头来看了我一眼，随即又把目光移回了窗外。

坐在那里，我一直都在等待着，等待着我爸开口，等待着他问我最近怎么样啊，是不是还在写小说，打算就这么混下去吗之类的问题。是的，他问起来任何一个问题——说上哪怕任何一句话，我都可以理直气壮地接过来，都可以说到那20万元上去——如果他不信的话，我还可以把手机上的银行提醒信息拿给他看，给他数那七个0。然而，遗憾的是，他自始至终都没有再把头扭过来，他的眼睛一直盯着窗外——好像他在那儿还有个儿子一样。

我回了房间，回到房间后不久，又走了出来。在客厅里，我走过来又走过去，走过去又走过来，想以此引起我爸的注意。不过他还是没能领会我的意图——仍然还像之前那样歪坐在那里，仍然还像之前那样呆呆地望着窗外，甚至还保持着之前那样的姿势和表情。

最终，他的迟钝让我停了下来。算了，我想，这20万元他不知道就不知道吧，反正用不了多久他就可以感受到它的威力——他退休工资卡上的那些钱用不着每个月再分出来一些给我了，而且在今后的很长一段时间内都用不着了。到时候，他肯定会主动问起我的，他比我认识的任何人都更擅长精打细算地过日子，每一分钱在进入他的口袋里之前就被他早早地规划好了去处——在这一点上，无论是他的妻子还是他的两个儿子都远远不如他在行。

再一次回到房间，再一次在床上躺下来，我还是没有睡着，也睡不着。过了一会儿，我又把钱包翻出来，找到那张银行卡，把它放在我的床头。接下来，我再一次闭上眼睛，再一次想象着Niki，想象着她就躺在我的旁边。现在，躺在一侧的Niki和躺在另一侧的银行卡就像是我的两只翅膀，它们可以让我飞起来，可以让我飞到我想飞往的任何地方。

6

但是，我的不再限制杯数也不再限制价格的点单，并没能让咖啡馆的生意好转起来，甚至也并没能延缓一点儿它关门的速度。很快，两周后的一天上午，过完早我又像往常那样走进咖啡馆，又像往常那样在我的专属座位上坐下来……一个小时后，当我又像往常那样走到吧台点单的时候，我发现坐在那儿的是巴西男孩，他正用马克笔在一张白纸上写着什么；Niki不在，她没在操作间，没在里间的消费区，也没在我能看见的任何其他地方。

要一杯海盐骑士，不加糖！我一边想着Niki一边对巴西男孩说。事实上我已经有些饿了，完全可以再点一份三明治或蛋糕的，不过我还是决定等会儿再点，等Niki来了再点。好的！巴西男孩说，他收起马克笔，套上笔帽，把那张刚写完的白纸往旁边推了推。

重新坐回来，重新把手指放在键盘上，我一边听着他在那边忙活起来的声音一边继续敲敲打打。是的,虽然心头掠过一丝不好的预感,但我并没有多想。等会儿 Niki 就会过来的,我想,她早上起晚了,正在赶过来的路上,正在一列飞驰的地铁或者出租车上,或者正在拐进胡同口,也许下一秒就到了,她会走进来,换上工装,把巴西男孩刚刚做好的那杯咖啡端过来,摆在我面前,我会跟她说一声"谢谢",她也会回复我一句"不客气"。

但是接下来,给我端过来咖啡的并不是 Niki,而是那个巴西男孩。谢谢!我看了他一眼,又敲了敲桌面说。已经那么熟啦,怎么还那么客气!他笑了笑说,我也不好意思地笑起来。是的,他哪里会知道我这么说并不是出于客气,而是习惯,和 Niki 之间的习惯。

我继续敲敲打打起来的时候,Niki 还是没有出现。接着,我看见巴西男孩拿着那张白纸走过来,从我旁边经过后,又走到咖啡馆门口,把它贴在了门板上。现在我看清楚了上面的那些字——最上面的四个字是"转让启事",中间是转让信息,最下面是联系电话和联系人……怎么,你们这儿是要转让了?我赶紧停下来问。他点了点头,耸了耸肩,然后又摊了一下手说,生意不好奏(做)啊!他操着一口本地话说,口音比我还地道。

那 Niki 呢?我又问。她辞职了!巴西男孩说,说要去北京。去北京?怎么突然要去北京了?我站起来问。哦哦,她过了传媒大学的博士录取线，那边要她过去面试！他说。

这是我在咖啡馆写作以来状态最差的一天。是的，虽然我仍然像往常一样坐在这里，仍然像往常一样敲敲打打个不停，但我敲打出来的那些文字却连我自己都看不懂，甚至驴唇不对马嘴。傍晚的时候，我决定不再写了，我问巴西男孩，你们这儿有酒吗？有！他愣了下说，洋酒、红酒还是啤酒？啤酒！我说，科罗纳有没有，来一打！他笑笑说，一打？你一个人喝得完吗？我指了指他说，不是还有你吗?！我不喝酒呢，过敏！谢谢！他说。

画家是在半个小时后过来的，他来取之前放在这里的画架。朋友！我喊住他说，喝一杯啊，我请客！他说，我请！我请！上一次你还请我喝了咖啡呢！当我在想他能有什么钱请客的时候，他已经扫了二维码，填上了巴西男孩报给他的那个数字，又摁下了确认键。

哥哥现在也是有钱人啦！他坐下来，端起杯子朝我举过来说，一个画廊最近收藏了我的画，之前在北京画的一批画。他脸上漾出来一圈得意的神色。我愣了一下说，你也在北京待过？那很早了！他点点头，二〇一二年到二〇一四年。我说，当时你在哪一带？798！草场地！宋庄！都待过！他又问我，怎么，你也在北京待过？我说，二〇〇九年到二〇一三年，草场地！

那说不定我们还擦肩而过过，他笑了笑说，有一段我就在798的西门那边画画，你肯定见过我的。你怎么回来了？他又问我。待不下去了呗！我苦笑一声。都一样！他碰了碰我的杯子。接下来他不说话了，我也是，他小口小口地喝着酒，我也是。一群鸽子在我们头顶上空盘旋着，一圈又一圈，一束不知道从哪儿射出来的光打亮了它们的翅膀，让它们看上去并不像是一群鸽子，更像是一群密密麻麻的光点，一群密密麻麻的光点在盘旋着。

现在，我们在这边喝着酒，巴西男孩在吧台那边敲敲打打。我知道他明年就要毕业了，正在写一篇关于贡萨尔维斯·迪亚斯的"美洲诗歌"的论文，他跟我说过这个，还问过我知不知道他。不知道，我当然不知道，我又不是研究这个的。我只知道他坐着的那张高脚凳 Niki 也坐过，他的敲敲打打里重叠着她的敲敲打打，他的身影里重叠着她的身影。

我看你每天都来这里，是不是因为——Niki？几分钟后画家突然问，他好像已经看穿了我的心思。我没回答他，也不知道该怎么回答他，只好笑了笑，又把同样的问题抛给了他。他笑了笑，也没有回答。当然，我也不需要他的回答，他能这么问也就说明了一切。

十点过后，气温越来越低，远处那栋小高层里傍晚时分亮起来的灯光现在已经熄了一大半，但画家还没有走的意思，我也没有，好像我们是两个分别多年后又重新聚首的老朋友，又好像我们坐得足够久了 Niki 就会走进来，在我们旁边坐下来，举起杯子朝我们的杯子碰过来……还记得 Niki 讲的那个故事吗？过了一会儿我问画家。

亮亮柴　211

什么？什么故事？他愣了一下。亮亮柴的那个，我提示他，上次活动的时候……哦哦哦，记得啊！记得！他一副恍然想起来的样子说，我还画过一幅画呢，那天晚上回家之后我还去百度过亮亮柴，不过什么都没有查到，我就根据 Niki 说的画了一张，我找给你看。他掏出手机，摁亮屏幕，上上下下地划拉起来。那些鸽子还在盘旋着，但是逐渐缩小了圈子，它们越飞越快，也越飞越低，我几乎能听见它们的翅膀御着气流的声音。我知道，马上它们就会结束一天中的最后一次巡游，降落到附近的某个楼顶上——我能想象到它们进巢后挤在一起的样子，能听见它们咕咕咕咕的叫声。

他把手机递过来让我看那幅画——那是在山上，山上的树林中，一条小路，一个裸体女孩子站在路的尽头，她手里捧着一截散发着一圈幽幽蓝光的木头，望着我……

我把手机还给他说，其实，我见过真正的亮亮柴……是吗？在哪里见的？什么时候？他一脸认真地望着我问，期待我能跟他详细而深入地讲一讲。我把最后一口酒倒进杯子里，在他杯子上碰了碰说，不单单是我，你也见过！是吗？他一脸茫然地望着我。我把目光从他充满疑问的脸上移开，移到窗外，顺着胡同望向它的尽头，望着我家所在的那栋三层红砖楼，望着我家那扇亮着灯的窗户和窗顶上的那个蓝色雨棚。不单单是我们，我想，此时此刻坐在客厅里的我爸肯定也见过真正的亮亮柴，挂在他对面的我母亲肯定也见过。

放　舟

1

怎么说呢？到那个瘫痪的老头儿家里去上班其实是迫不得已的事。我在艺培空间教小孩子玩泥巴的那个活已经不需要我了，我一时难以找到一份它需要我、我也能接受它的工作，而我又需要钱——更准确地说是我妻子、儿子和两边的父母需要钱，这就是我去那儿上班的最主要原因。他就住在我隔壁的那个小区，很近，主要是相对自由，我可以跟他说一声或者趁他睡觉的时候把儿子从学校接回来、送到家，再简单烧一两个菜，好让上完一天课的妻子一回到家就能吃上饭然后赶去给她辅导的小孩子补课，这也是我选择去那儿的原因之一。

之前我在前面街上那家艺培空间做陶艺师。我是学这个的，陶瓷艺术设计，也就是培养做陶瓷的艺术家或者设计家，我是抱着这个主意进去也是抱着这个主意出来的。不过，这个世界上并不需要那么多"艺术""设计"，也不需要那么多"家"，于是在做了好几年白日梦直至破灭之后，我就很识时务地去了一家陶瓷厂，后来又离开了，到了那家艺培空间教小孩子玩泥巴——也许只有他们还在做着我之前那样的白日梦。我在那里待了一年半，干得还可以，但近来这好像成了一个非常火的行当，这儿那儿一下子冒出来很多家这样的陶艺馆——行业内卷，竞争激烈，我们遇到了这样那样的问题，很快我也成了那家艺培空间的问题。

前一段，就在我到处找工作的那些天里的一天，一个原来的同事在街上碰见了我。她是学版画的，在那个艺培空间教小孩子刻版画，刻在一块块椴木或者桦木板上，刻完了印出来，挂在铁丝绳上晾着，好让把孩子送去的那些家长们觉得他们的孩子富有艺术细胞并心甘情愿地为之掏钱。老实说，这比我教他们玩泥巴更接近艺术——至少看上去如此，而这或许就是我不得不离开而她还能留在那儿的原因。之前，做同事的那些日子里，我们经常一起到外面抽烟。我们之间有那么点儿什么，不过还没到有实质关系的那一步。我有家庭，她也是。

有个工作你干不干？她开门见山地说，五千一个月。做什么？我摸出来烟盒磕了磕，从里面掏出来一根递给她，又把打着的火送到她嘴边，就像之前经常做的那样。

怎么说呢，她说，我也不知道该怎么说，差不多算家政吧，就是陪一个老头儿聊聊天，他瘫痪了，一个朋友介绍我去的，我不是还在我们那儿干着嘛。我不知道这到底算哪门子工作或者算不算工作，不过我知道她这么做纯粹是出于好心和我们那点儿交情，她并不是非得把它介绍给我不可，事实上有大把人都在等着呢，这年头儿吃着吃着饭碗就弄丢了的人太多了。去看看吧！我说。

她和她那个朋友带我去的。顶楼，三室一厅，宽敞，干净，明亮，视野也很开阔，落地窗外就是滚滚的长江和江面上来来往往的船只。完全不像一个瘫痪了的人的家，或者一个老头儿的家，闻不到药病和衰老的气息。这或许要归功于给我们开门的那位中年妇女——把我们迎进来，她又开始烧水、洗杯子、拖地板、擦玻璃……我们坐了会儿，接着就看见老头儿"驾驶"着轮椅出来了，拐弯，再拐弯，穿过客厅，准确地把座驾停在我们面前——好像他并不是瘫痪了而只是坐在了轮椅上。你们好！他捏着轮椅控制器冲我们扬了扬，算是打招呼。

跟之前所有的面试都不一样，他根本就没看我的简历，只是问了几个完全不算问题的问题，多大了，老家哪儿的，结婚没有，有孩子没有，然后就问我愿不愿意来以及什么时候可以来。很轻松！他说，你每天就像这样跟我聊聊就行，聊什么都行，你跟朋友聊什么就跟我聊什么，我睡觉或者不想聊的时候你也可以做自己的事……我说，我回去考虑一下。我知道，如果接受了这份"工作",那么我和正在阳台上晾衣服的那位中年妇女就算是"同事"了。

我是一周后答应的,具体说,是在我投简历的那几家单位都明确表达了拒绝之后。那天我给他打了个电话,他很高兴,说今天就可以过来。我去了,从下午四点跟他聊到六点,他问了一些我这个年龄段的人正在经历的事情——婚姻、孩子、房子、父母等,我都毫无保留地回答了,他有时点点头,有时摇摇头,偶尔也发表几句看法,就是这样。放心!最后他这样说,每个月五千,到了月末就会打到你卡上。他又让我把户名、开户行、卡号都写下来,没签合同,他也完全没提签合同的事。也无所谓了,这样的"工作"又有什么合同好签的呢?

不过确实就像他说的那样,我的工作很轻松,真的就是陪他聊聊天,就连端茶递水、扶他上床、推他进卫生间都不用做——那是我"同事"的事。这样的工作我当然可以胜任——任何一个能开口说话的人也都可以胜任,你只需要在他对面坐下来,跟他随便说些什么就行了,说得好坏都没关系,胡编乱造的也没关系,他不可能听出来,更不可能去查证。

只是,一份这样的"工作"不可能给我带来什么满足和成就,更不会有什么前途。有时候,尤其在那些阳光明媚的日子里,在我们突然停下来的那些间隙,望着江面上那些来来往往的船只,我感到非常悲哀的是,在他们——我的那些同龄人——正在我看不见的地方为事业和梦想奋斗的同时,我却只能陪着这个瘫痪的老头儿唠嗑解闷,陪着他活在他即将落幕的人生时序里,而他所能回馈的仅仅是每个月五千块钱和对我们老年生活的一场预演。但我又有什么办法呢?我只能接受这份或者说这样的工作,以及它们的服务对象,之前是那些小孩子,现在是这个老头儿,在这个世界上只有他们还需要我,中间那些人则与我完全无关。

2

第一个月的工资准时到手后,我心里踏实了不少。因为不用交五险一金,也没有杂七杂八的扣税,比我之前在艺培空间拿到的还多出来几百块。我只留下了多出来的那几百块,其他的都转给了妻子——像几乎所有的妻子一样,她掌握着家里的财政大权,当然她也有这样的能力,她父母那边要给多少,我父母这边要给多少,以及我们自己要留多少,她无论作为一个妻子还是一个小学数学老师都比我更擅长怎么分配。那天晚上要睡觉时,她问我找的是什么新工作。客服!我说。事实上我也没说错,那的确是客服,至少可以算作其中的一种。

不过,跟真正的客服不一样,我并不需要一天上班八小时。老头儿八点多起床,过完早就九点了,午饭、晚饭再加上下午他还要睡会儿,即便算上晚饭之后的那一段,一天我顶多在他家待六七个小时;而且就像前面说的,每天我还要接儿子，把他送回家，简单烧一两个菜，再赶回老头儿那边——等我和妻子都离开了，儿子就只好一个人待在家里了，在我俩都在外面忙活的那段时间里，iPad上的动画片和那堆植物大战僵尸的玩具会替我们陪伴他。

老头儿很大度，没跟我抠过时间上的这些细账，我当然也不会好心到提醒他的地步，更不可能找时间跑过去给他"加钟"。对我来说，我能做的也就是陪他多聊聊，尽可能真诚地多聊聊，让他多了解一些被年龄和轮椅所限定的那个世界之外的世界，通过我而在我们的人生时序里再活一回。是的，他花钱请我过来，不就是——最多也就是——想达到这样的目的吗？我也够意思了，换句话说，我比那些说了一大堆却没能解决任何问题的客服还是强多了。

不过后来我发现，其实我也不需要说那么多，因为他的表达欲比我强多了。你只需要开个头，他就可以唠叨唠叨说半天——中间你只需要应和他几句，哦？是吗？然后呢？这样啊？他的兴致就又上来了。我理解这一点，他们这代人就是这样的，我父母和岳父岳母也是，这或许能让他们找到一种存在感，一种还在掌控着这个世界的幻觉，也好让他们把时间打发过去——他们因为活在我们的时间之外而拥有大把时间；而至于我的"老板"，这个瘫痪的老头儿，他的时间就更多了，事实上他只剩下时间。

他要说那就说吧，说多少都行，说什么都行，这对我也不失为一种解脱，我只需要支起来耳朵，偶尔动一动嘴巴就行了。是的，这正好可以让我当着他的面光明正大地偷懒，也就是"摸鱼"——把我介绍过来的那个同事是这么说的，她总把我们到外面抽烟说成"摸鱼"。

当然我也不需要"摸鱼"，事实上我还是有一些能自由支配的时间，他睡觉或者不想聊天的时候，我也可以做自己的事情——他最开始就表达了这一点。不过我能做什么自己的事情呢？我又有什么自己的事情呢？我总不能把拉坯机、练泥机、转轮、碾辊、泥板机、电窑那堆东西拉过来在这儿捏泥胎吧？也不能帮那位"同事"拖地板、擦玻璃、洗衣服、做饭吧？是的，我只能坐在那儿玩手机，到外面的消防楼梯间抽烟——老头儿不让我在家里抽，或者望着空阔的长江和江面上那些来来往往的船只发呆。

相比于聊天时突然停下来的那些间隙，这些可以支配而又无从支配的时间更让我感到悲哀，因为这是一些什么都做不了的时间，是一些被白白浪费的时间，是一些看上去属于我事实上却完全不属于我的时间。置身于这样的时间中，我经常想起大学里的陶瓷课，想起自己之前捏的那些"作品"，它们一次次浮现到我眼前——而它们一次次浮现到我眼前的最大作用，也就是提醒我它们跟我没什么关系了。不过接下来，等意识到这些玩手机、抽烟、发呆的时间也算上班时间，也有工资拿的时候，我也就好受了一些。别跟钱过不去！我对自己说。

而有时候为了把浮现到眼前的那些东西驱散掉，我也会跟那位"同事"闲聊几句。她是那种典型的农村妇女，老实、本分，总也闲不住。她老家是下面县里的，老公在浙江打工，女儿在广东上学，她留守在家，不过现在入冬了，地里也没有什么活儿，于是就出来做做家政，她说自己一个月可以拿到手四千五，包吃包住……听她说起这些的时候，有个画面在我脑海里一闪而过，我想象着她和老头儿是不是会有那么一腿，在我不在这里的时候，他会不会让她爬到他床上去——那也可以是家政服务项目中的一种——每个月再给她多开上一份工资，新闻里说有不少老年人就是这么干的。

　　但是接下来，在与电视墙上那幅黑白照片里的老太太——老头儿过世的妻子——双目对视的时候，我不禁又会为自己刚才那个龌龊邪恶的念头感到一阵羞愧。

　　这边，沙发靠着的这面墙壁上，挂着的是另外一些照片。黑白的、彩色的、单人的、合影的、全家福的，都卡在那面玻璃相框中。老头儿穿着白衬衫、梳着偏分头的学生照，老太太坐在长条椅上的单人照，他们一九八一年七月在宏发照相馆的合影，他们一家人在二〇一二年的全家福，还有那个戴眼镜的和站在他两侧的该是他们在美国做工程师的儿子一家，而那个烫波浪头的和她抱在怀里的该是他们在新西兰当医生的女儿一家……我根据从老头那儿得知的对应起来他们每个人，以及他们之间的关系。老头儿不止一次地跟我说过，他这辈子最大的成就之一就是把儿女都送到了国外,都变成了外国人——而他自己,却孤孤单单地留在了国内。我不知道该替他骄傲还是悲哀。

3

老头儿的条件很不错,这从他的吃穿用度能看出来,从他花钱请我和我的"同事"这一点更能看出来。或许也正因为这样,他才能一直活在自己的世界里,并对那个世界充满了这样那样的自信——这也就像他花钱请我,说是陪他聊天,其实主要是听他聊天,听他聊他想聊的那些。作为"老板",他当然拥有这样的权力,我的意思是说他好像不需要我,而只是需要有个人跟他说话——听他说话——就行了,至于那个人是什么样的人并不重要,他也不在乎。

直到接下来的一天上午,在聊到年轻人就业时,他才终于意识到了我,才终于意识到我正陪着他坐在那儿聊天,而不是像我的同龄人那样在什么单位或公司里上班。

老弟!你之前是做什么的?他把对我的称呼从一直以来的"你"换成了"老弟"。我心想,老哥,我简历里可是都写着呢,第一次见面就给你了,只是你没看,甚至连打开瞄一眼的兴趣都没有。教小孩子玩泥巴的!我说,我没说那个冠冕堂皇的称呼——陶艺师,没必要,而且那也跟我没关系了。哦?那也可以当工作？他一脸不信地问。当然了，我点点头说，有人需要就可以，你看，我坐在这儿陪你聊天不也是工作嘛？！

他笑了笑说，那你以前是学什么的？我说了，我知道我说了他也听不懂。这么说的话，你到我这儿来岂不是屈才啦？他说。我说，有什么好屈才的？这年头，连硕士都去卖猪肉了，连博士都去当社区办事员了，我虽然比上不足，但比下也算有余了。是的，我还能怎么说呢？我只能这么说，而且我也不想说别的，什么艺术，什么设计，什么家，什么事业，什么梦想，他听不懂那些，他们那代人也从来没有过那些。

我说老弟，你挺能想得开啊，这在你们年轻人中可不多见！他竖起大拇指朝我这边扬了扬。我心想，想不开又能怎么办呢？难道去跳楼？去投江？还是去卧轨？

你呢，你退休前做什么的？我反过来问他，我想把我不想聊的那些翻个篇儿。你看我像做什么的？他把球又踢给了我。大学老师？不是！虽然我也去大学讲过课，但不是老师！做生意的？看着也不像啊。他笑笑，驾驶着轮椅"走"到落地窗前，指着外面的长江。哦，搞水利的吧？他摇摇头。那是修桥的？他又摇摇头。江里跑的那些！他忍不住提示道。我说，造船的？他点点头说，退休后又返聘了，前两年才退下来。

那几栋小高层过去一点儿，那排红砖房是个造船厂，就是我原来的单位，他从这边划拉到那边说，我在那儿干了小五十年，我是学船舶设计的，一毕业就过去了，从工人干到技术员、副组长、组长，又从组长干到副总设计师，参与建造过上百艘船，江里、湖里、海里跑的都有，还拿过科技进步二等奖，当过劳模，出版过专著……他掰着指头细数着那些让他引以为傲的过去。我知道，对刚退下来又瘫痪了的他来说，还没办法适应这一切，他需要靠回忆和倾诉来活着，来填充一切都落幕了的现在。

不过那又能怎么样呢？他话锋一转说，现在还不是瘫在这儿了，人啊，最绝望的地方就在这里，你厉害，你再厉害有什么用呢，你总会老吧，总会病吧，总会死吧，对不对？你看我，现在什么都搞不成了，一天到晚只能干坐在这儿，干坐在这儿等死，等死的滋味儿你知道吧？哦，你不知道，你不可能知道！他扭过头去，望着江面和江面上那些来来往往的船只。

也不能这样想，我安慰他，起码你已经实现了人生价值，用马斯洛的话说，你已经完成了"自我实现"，至于生老病死，那是自然规律，没有谁能够例外，就是再牛逼的人也不能，你看康熙，《康熙王朝》你看过吧，陈道明演的那部，康熙不是也想"向天再借五百年"嘛，但人生自古谁无死？……我为自己能说出这么一套说辞而得意起来。

对！你说得对！我也不是不明白，不过明白是一回事，能做到又是一回事，他叹了口气说。是的，像很多刚退下来的人一样，他还不能适应现在的日子，尤其是瘫在轮椅上的日子，他搞了一辈子造船，现在搞不了，而且以后都搞不了，这让他难以接受，让他需要请个人聊聊，我能理解他。不过，谁又能理解我呢？我这辈子才刚开了个头儿，但现在却什么都做不了，甚至连一份正经工作都没有，只能做个"陪聊"，只能为了五千块钱做个"陪聊"。他是困于时间，困于那双腿，而我呢？我想不出来是什么，我是困于完全不知道的什么东西。

现在，他不吭声了，把轮椅停在落地窗前，一动不动地望着那个造船厂的方向。我也不吭声了，我坐在他背后两米远的位置，怔怔地望着他的背影。下午三点钟的阳光明亮、温暖，透过一整面落地窗斜洒进来，把他和他的轮椅勾勒出一团剪影，又从他地中海式的头顶掠下来，洒在我身上，把我笼罩起来。眼前的这一幕让我意识到，我和他从没离得那么近过，我们同时都沉默下来的那一小会儿，也许就是我到他那儿上班以来我们离得最近的一小会儿。

4

虽然每个月都能到手五千块，不过我也很清楚，老头儿这里只能当个过渡，说不定他哪天就把我辞了——我们又没签合同，又或者像他说的那样，说不定他哪天就去见阎王了；而且即便这些不会发生，我也不可能一直在这里干下去，还是得找个跟专业相关的工作，起码找个正儿八经的工作——有单位、有五险一金、有真正同事的那种……我托了朋友帮忙留意着，同时也给一些可能有希望的单位发了简历，我期待着有什么地方尽快把我接收过去。

过完冬至，我终于等来了一通要我过去面试的电话。第二天，我跟老头儿请假说要去给儿子开家长会。那是一家做陶瓷工艺品的公司，招聘营销专员，他们对我很满意。不过一听说要经常出差，我就打鼓了，我说要跟妻子商量一下。我知道她不可能答应这一点，她一个人根本应付不了家里的那一大摊子。回来的路上，我给她打电话说了一下情况，没想到她竟然同意了，她说可以试试，毕竟现在找工作不容易。挂完电话，我马上如奉圣旨般给那家公司打电话，但是仅仅过了不到半小时，对方就说已经招到人了，就是排在我后面面试的那位……

那天下午我老是心不在焉的，一直在想着失之交臂的那个岗位。老头儿说了些什么我一句都没听进去，一直嗯嗯啊啊哦哦地敷衍着。后来他或许看出了这一点，问我家长会开得怎么样，是不是儿子在学校遇到什么事情了，有没有什么要帮忙的……他还真以为我是去开家长会了。再后来，他很知趣地没再聊下去，驾驶着轮椅"走"到客厅另一头，他打开电视，又把音量调低了，一个频道一个频道切换着，国际新闻、国内新闻、综艺节目、相亲节目……我很感谢那台电视机和屏幕里面的那些人，他们把老头儿接收了过去。我又想起上午面试的那家公司，想着他们是不是还有什么岗位。

老弟！老弟！你过来看看这个！过了一会儿他指着屏幕冲

我喊道，于是我不得不暂时从那家公司的什么岗位里拔出脚来向他走过去。一群孩子，一个女的，他们围拢在她四周，正在听她讲解手里那只由泥胎捏成的杯子，她旁边摆放着拉坯机、练泥机、转轮、碾辊、泥板机……这就是我在屏幕上看到的，这非常熟悉但是又已经陌生起来的一幕让我愣在了那儿。

　　老弟，你原来是不是做这个的？他问。我点点头。做这个有意思！你看，一只杯子，三捏两捏就捏出来了，上釉，再送到窑里烧，拿出来就变成这个样子了！他指着自己的那只茶杯说。我"嗯"了一声，我当然知道这个，我用不着他跟我解释这个。老弟！干这个不是挺好的吗，你怎么就不干啦？他又问开了。不是我不干了，我没好气地说，是人家不让我干了！我心想，要是能干下去我还至于跑到你这儿来吗。他"哦"了一声，又把目光转向屏幕，现在那个女的演示起了用泥胎捏花瓶……我转身走开了，现在我需要一根烟，只有一根烟才能让我平静下来。

　　我再进来的时候，他已经关掉电视。老弟！他兴奋地望着我，又指了指对面那把椅子。我不知道他要说什么，我坐过去等他把后面的话说出来。你可以教我那个，他看了看电视机的方向说。我不知道那档节目让他想到了什么，我一动不动地望着他。真的！我想学那个！他一脸认真地说。我不动声色地笑了笑，我想他肯定看不出来我藏在笑容背后的那些东西——他，一个瘫痪在轮椅上的老头儿，竟然要学什么陶艺。

你看！他嘟啵嘟啵地说开了，我这两条腿虽然动不了了，不过两只手还可以——他在面前那片空气中来来回回地抓了几把，别的我都学不了，而且你也教不了，对吧，你是学陶瓷设计的对吧……我没接他的话，我也不知道该怎么接他的话。是的，没错，我是可以教，不过不是教他，也并不是在这儿教，而是在另一种地方以我想要的那种方式教我应该教的那些人，有场地，有氛围，有同事，有合同，有奔头儿，有成就感……就像我之前在那个艺培空间的时候那样。我想他是不会明白这两者之间的区别的，我也不知道该怎么跟他解释这一点。

但他已经顺着那个路子想下去了，被自己想出来的那点儿什么弄得很兴奋。他驾驶着轮椅一圈圈地"走"起来，来回指点着，说什么可以移到什么地方，什么地方可以摆什么……我大概明白了，说白了，他也不是想学什么陶艺，而之所以要学这个，完全是因为碰巧看见了这个，而我正好又可以教这个，他无非是想用这个把什么都干不了的那种空虚和失落填补起来，他想找点儿什么东西牵着自己，让自己感觉到还能做点儿什么，还能抓住点儿什么。

哦哦哦，我知道了！他好像突然想起来什么似的说，你是不是因为担心教了我这个聊天那份工资就不发给你啦？放心，该怎么发还是怎么发，一是一，二是二！——原来他以为我没吭声是因为这个，我笑了笑。教我学陶艺，他想了想说，你觉得多少工资合适，两千怎么样？或者两千五？要不你报个数？

放舟　227

不不不！这不是钱的事儿！我说，我还是不知道该怎么跟他说。不是钱的事儿是什么事儿呢？他一脸不解地望着我说，老弟，你会教，我想学，这不是瞌睡遇见了枕头正合适吗，对不对，你到底怎么想的吗？我想想！我把目光从他脸上移开说。

5

我之所以愿意教他学陶艺，并不是出于他给我多加的那两千块钱，也不是出于对他可怜，而是因为暂时我还没找到合适的下家——而且现在已经临近年底，很多单位都不招人了。好吧，他既然想学那我就教吧，骑驴找马，何况每月还能多挣点儿，钱比那些虚幻的满足感和成就感对我来说更为实用。反正买设备什么的钱也不用我出，也花不了多少钱，去二手市场淘一淘，再买些陶泥就行了，不需要上釉，也不需要什么复杂装饰，更不用进窑烧制，他一个瘫痪了的老头儿还能学多少、学多久呢？

把需要的东西置办完，只花了不到两千，我把剩下的钱都退给了老头儿——我完全有理由把因中间这份差价多出来的钱据为己有，但我并没那么做，没意义。接下来，我就把之前的工作内容——陪他聊天，不，听他聊天——变成了上陶艺课。不过跟教那些小孩子不一样的是，我并没有教他釉色、彩绘、刻花、贴花、压花、喷花、纹泥，也没教他进窑烧制，只是把泥条、泥板、拉坯、掏空、模具等成型技法跟他说了说，然后就让他练习捏造型。教他这些已经足够了，足够他玩的了——这本来也就是哄他玩的东西，我很清楚同时也希望他能清楚这一点。

他学得很认真，上手也很快，至少比那些小孩子快多了，也比我想象的快多了。才两周，他就能捏出来很像那么回事儿的造型了，碗、盘子、碟子、杯子、花瓶，还有那些猪、牛、马、羊、狗、鸡、兔等动物，他都捏得有模有样的。他指挥着我的"同事"，小心翼翼地把他的那些"作品"都摆在一台专门腾空出来的架子上，像办展览一样整整齐齐地码开，说是等晾干了之后再上釉，再让我拿到窑里烧制出来，然后好寄给在美国的儿子一家和在新西兰的女儿一家……他都不知道光是邮费就可以买回来多少比他那些"作品"好上多少倍的瓷器。

他对自己的手艺充满了不知道从哪儿冒出来的自信，经常捏了一个什么就拿过来向我炫耀一番，老弟，你看我是不是捏得还挺好的？我还能怎么说呢，是的！不错！很棒！完美！我只能这么说，他比那些小孩子还小孩子。他显然没听出来我那些带有水分的表扬，显然把它们都当真了。他还把他的那些"作品"都拍了照，发在微信朋友圈里，发给儿子一家和女儿一家，给他们留言说他最近正在学陶艺，还问他的小孙子美国有没有陶艺课、问他的小外孙女新西兰有没有陶艺课，说他们不能总是打游戏，等回来了也可以跟我学学陶艺……我不知道他们是怎么回复他的，或者有没有回复。

你怎么没跟儿女一起出去啊？有一次我这么问他，事实上我一直都想这么问他，他的老伴已经挂到墙上去了，他完全可以这么做。出去？他一边摔打着手里的那块陶泥一边问，为什么要出去？去给他们当累赘，还是自讨没趣？老弟，别说是他们了，就连我自己都嫌弃我现在的这副样子……老弟，不是我诅咒你，要是以后你也像我这样瘫在这儿了，我保证你也不会想跟子女生活在一起的，就是他们要你去你也不会想去，你就想自己待着，真的，我不骗你，到了这个地步你就会明白了！

他是这么说的，不过，他接下来所做的却并非像他所说的那样——就想自己待着。几周之后，可能觉得学得差不多了，又或者是觉得一个人上课不划算，他又给自己找了两个"同学"，一个是和他住在同一个小区的前同事的小孙女，一个是邻居家的小孙子，每天晚上他都要把他们喊过来跟他一起上陶艺课。

老弟！他一副觉得我肯定不会拒绝的样子说，你一个是教，两个也是教，对吧？你没什么意见吧？你儿子也可以过来一起上课嘛，你不是说他都是一个人在家吗？我怎么会没意见，我当然有意见，但是什么话都被他说完了，我还能说什么呢？是的，我只能按照他说的教下去——何况我儿子也是其中一员。不过，自始至终他都没提那两个孩子的学费，我也没提，我也没好意思提，就当是给儿子找个玩的地方、找几个玩伴吧，我不得不这样安慰自己。

每天晚上，在我给三个孩子上陶艺课的时候，老头儿也会跟着他们一起学，他似乎也成了他们中间的一员。我有时候想，也许这才是他想学陶艺的真正目的吧，他需要他们，需要他们的年龄和他们的年龄对应的内容，他们的到来正好可以弥补他远在美国的孙子和远在新西兰的小外孙女不能给他带来的，承欢膝下，天伦之乐之类的。人上了年纪就离不开这个，我父母是这样的，我岳父岳母是这样的，和他们年龄相近的老头儿肯定也是这样的。不过我也可以想象出来，用不了多久，准确说，等到他家里那些洁白的墙壁都被涂满黑乎乎的手印、架子上摆满乱七八糟的泥胎造型、地板上积起厚厚一层灰尘的时候，他一准儿就会后悔了。

6

"屋漏偏逢连夜雨"是一句诗，然而又并非只是一句诗。接下来，在元旦之前的这半个月里，它以从天而降的方式落在了我和妻子的眼前——我父亲做手术住了院，还没等到他出院，我岳母也住了院。作为两个独生子女，我和妻子每天不得不奔忙于家和医院之间。忙还不算什么，主要是我俩那点儿收入明显不够用了，妻子拆东墙补西墙、拆西墙补东墙的功夫也不顶用了，东墙和西墙眼看着就要塌下来了——这还没有算我们每个月两千五的房贷，还没有算妻子那辆欧拉好猫每个月一千五的车贷。

为了不让四面的墙塌下来，把我们一家三口砸在下面，我和妻子不得不坚持去上班——这是我们眼下唯一能看得见并能握得住的稻草了。当然，我的心思已经不在上班上了，去了也就是敷衍一下，主要让他们自己玩，让老头儿带着他们玩，我在外面抽烟，或者一声不吭地坐在那儿，透过那扇落地窗望着外面滚滚而去的长江和江面上来来往往的船只。老实说，我不知道接下来会怎么样，马上就该要过年了，过年需要钱，过完年更需要钱，我担心妻子说不定哪天就会崩溃掉，而我对自己也有同样的担心……真的，在对生活最匪夷所思的想象里，我也从来没想到过我们会走到这一步。

有时候，盯着江面上那些拉沙子的、拉石子的、拉油料的、拉不知道什么东西的正在逆流而上或者顺江而下的船只，我幻想着自己可以冲破面前的那扇落地窗，跳到它们中间的任何一艘上去，真的，任何一艘，我并不指望它能把我拉到哪里去，只是希望它能把我拉走；而有时候，望着那些船只，我感觉到困极了，甚至眼皮已经要合上了，但是我知道不能睡，于是在刹那间又一下子惊醒了，外面的长江和江面上来来往往的船只又一次闪现在我眼前，我醒了，一动不动地坐在那儿，望着外面慢慢清晰起来的一切，听着背后老头儿和三个孩子逐渐清晰起来的一下一下摔打泥巴的声音。

在这些日子中间的一天晚上，抽完烟进来之后，我又一次在落地窗前坐下来。不经意间，我听见老头儿和他们商量说要造一艘船。孩子们！他说，我这辈子造过很多船，不过还从来没有造过帆船，我们就造一艘帆船吧！怎么造？我听见其中一个孩子问。也容易，一块一块捏啊，他笑笑说，我捏船壳子，你们捏零部件，最后组装起来就行了，孩子们，你们不知道，这就叫作"模块化造船"，是最先进的造船技术……接下来，他给他们分了工，谁捏这个，谁捏那个。也许，现在他觉得又回到了自己的副总设计师岁月——算了，他想做那样的白日梦就去做吧，反正那也只是一场白日梦。

等我回过头来的时候，他们已经捏好了那些零部件，已经开始组装了。我看见老头儿趴在桌子上，把三个孩子捏出来的那些歪歪扭扭的零部件一件件地粘到那个船壳子上去。那是一艘尺把长的船，有船头，有船舱，有船帮，有船尾，有桅杆，还有几个小人儿站在里面。我不动声色地看着老头儿，看着他正在鼓捣的这一切，我知道他在干什么，他是在用一种东西填补着另外一种东西。我不知道该为他悲哀还是难过。

组装好后，老头儿又前前后后检查了一遍，最后对他们说，孩子们，我们的船现在已经造好了，要不要下水试一试？三个孩子都拍着手说"要"。我走过去说，这怎么下水，连烧都没烧呢，一下水就泥菩萨过江了。老头儿看了我一眼，笑笑说，老弟，对我们的船就那么没信心？我说，我不是那个意思。放心吧！他说，保证不会散架，不但不会散架，而且还能开走！我心想，反正是你出的钱，你想怎么着就怎么着吧！

接下来，老头儿并没像我想象的那样——让我的"同事"去打一盆水，把那艘船放进去——而是指挥着我儿子和另外两个孩子，让他们小心翼翼地把那艘船从桌子上抬下来，放在落地窗前，又指挥着他们来来回回调整着，往左一点儿，往右一点儿，往前一点儿，往后一点儿。我不知道他这是干什么，又要搞哪一出，不过我很清楚他跟他这个年龄的很多人一样，老了，老了老了却又小了，想一出是一出，他享受的不是别的，正是那种虚幻的成就感，正是那种虚幻的成就感给他营造出来的存在感……

哦哦哦，差点儿搞忘了，老头儿又想起什么似的说。我看见他驾驶着轮椅"走"过去，俯下来身子，对着船头用力吹了一口气——就像是我们小时候在放飞纸飞机之前对着机头哈上一口气那样。他这么做了还不算完，又要我儿子和那两个孩子也都那么吹一口，仿佛经过他们的这么一吹，那艘船就被赋予了某种魔力，就真能开走似的。

我看着他们，我知道这是一场游戏，一个老孩子和三个小孩子做的一场游戏，只有他们这些"孩子"才有资格做这样的游戏。老弟！看见没，我们的船已经在走啦！老头儿冲我说，好像他真的看见了他说的那一幕……但是，那怎么可能呢？那艘船自始至终都停在那儿，一寸都没有移动过，任何一个有眼睛的人都能看出来这一点。哦哦哦，是的，我看见它在走了！我说，我想这个回答就是我能表达出来的最大支持了。

老弟，你可别哄我啊！他朝我招招手，又指了指自己旁边。我不知道他要我干什么，只得走过去，在他旁边站定了。低点儿！再低点儿！他拉了拉我的衣角说。我只得又蹲下来，蹲成和他差不多的高度。现在，顺着他的手指，我看见了外面的长江，看见了被灯火照亮的江面，我盯着那艘由一堆泥胎捏成的船——从这个高度和角度看过去，它的确就像开进了江面上，就像在开动着——滚滚江水衬得它像在开动着……

老弟！现在怎么样，我们的船是不是在走了？他把手按在我背上问。在走了！我点点头说，我能感觉到它在走了。哦？是不是还不够快？他说，它还缺着一口气呢！他按在我背上的手轻轻地推了一下。我站起来，走过去，俯下身子，也像他们之前所做的那样对着船头吹了一口气——我意识到我所做的就是我所能赋予它的一切，而我所能赋予它的就是我所拥有的一切。接下来，我一动不动地盯着那艘船，把所有的心思都集中在它上面来，我感受着它冲破落地窗，感受着它出了港，感受着它一点点儿地开出去，感受着它驶进开阔的江面上，加入了江面上那些来来往往的船只的队伍。

应如是住

1

我住在江湾公园斜对面的那个小区,房子在最里面那栋小高层的顶楼。那是一套小户型的复式,上下两层,一共一百平方米。我已经在那里住了七年了,那是我和高娟的婚房,也是我们唯一的一套房子。结婚两年之后,我们的女儿尘尘也出生在那里。随着她的一天天长大,那套房子也像是跟着一天天长大了似的,东西越来越多,越来越挤,越来越乱,也越来越像一个家。时至今日,它完全就是一副家的样子了,并且还在朝我们想象中的家的某种方向继续生长着。是的,你去任何一对有孩子的年轻夫妻家里,在他们那儿看到的沙发上的图画书、地板上散落一地的玩具、歪斜在墙壁一角的拖把、阳台上挂满晾衣绳的衣物、墙壁上歪歪扭扭涂画出来的小鸡小鸭小鹅,以及上述组合在一起的只有带着小孩的年轻夫妻家里面才会形成的那种日常一幕,在我们家这儿也统统都能看到。

唯一不同的地方,可能是我那个书房。我知道,很多人家里不一定有这个,尤其是那些跟我们一样年轻的夫妻家里,即使有,也仅仅是名字叫书房而已,摆不了几本书。我的书房在上面一层,在主卧伸出去的那个露天阳台的一角。两年之前,也就是尘尘刚读幼儿园的时候,我找人在那儿搭了这个小间。确实很小,还不到五平方米,不过对我来说已经足够了。是用断桥铝框架搭出来的结构,普通中空玻璃做的墙体和吊顶,在顶上又铺了一层随时可以抽掉的灰蓝色油毛毡。到了冬天,把油毛毡抽掉之后就变成了阳光房,阳光可以直射到我的桌面上,而夏天时也并没有想象中那么热——我还在里面装了一台吊顶空调。

狭窄,逼仄,到处都堆满了书,几乎没有什么可以下脚的地方。不过,除了我之外也没有人会踏足于此,所以倒也清静自在,与世隔绝。这里位置好,视野开阔,风景也不错,一抬头,就能看见江湾公园里那些郁郁葱葱的树冠,大片大片的草坪,把阳光反射成无数散碎亮点的水面,以及公园旁边那几条车水马龙、人来人往的街道。一年四季埋首于此,就是它们时时刻刻在陪伴着我,并为我提供着某种日常而又永恒的东西。虽然从外面——从天台的某个角度——看上去,这间书房更像是一个违建杂物间,不过只有我知道待在里面的乐趣。事实上,一天中的绝大部分时间我也都是在这里度过的。

上午,把尘尘送到幼儿园之后,我回来的第一件事就是钻进书房写那个短篇,写得很顺。这是我从海明威那儿学来的,他说,写得不顺的时候你一定要写下去,就像在岩石上钻孔那样先打几个眼,再用炸药把它炸开;但是写得很顺的时候你一定要停下来,这样下一次才容易接上。是的,我写得很顺,以至于丈母娘按了三遍门铃我都没听见。然后她就打来了电话。我本来是不想接的,最后还是接了。在家呢,正在写东西没有听见,我说。

她住在开发区,她,我老丈人,还有高娟的弟弟高伟一家子,住在他们家新建的那栋小楼里。不过高伟他们一家很少在那里住,主要是住在他丈母娘家,偶尔回来几天,就像是回娘家一样。之前,从开发区到我们这儿要坐一上午车,中间还得倒好几趟。不过七号线开通之后就好多了,直达,只要五十多分钟。地铁公司肯定不知道最满意这条线的是我丈母娘,她已经背地里赞美过他们好多次了,说他们终于为老百姓干了一件大好事。同时地铁公司肯定也不知道最不满意这条线的是我,因为自从修好之后它隔三岔五就会把我丈母娘送过来一趟,好让她占用我大把时间,听她这个那个地唠叨个没完没了,没完没了。

都唠叨些什么呢?这么说吧,她的唠叨对象很广,按递增顺序大概可以列出来这么一个名单：小孙子，小孙子的外公外婆，高伟，高伟媳妇，我老丈人。至于我、高娟和我们的女儿在不在她的名单中我不知道，也没有知道的渠道。嫌小孙子被教育坏了，跟自己不亲了，她唠叨；嫌小孙子的外公外婆不通情达理了，她唠叨；嫌高伟不孝顺了，娶了媳妇忘了娘了，她唠叨；嫌高伟媳妇偏心娘家了，忘了自己是高家的媳妇了，她唠叨；嫌我老丈人邋遢了，天天打麻将了，什么都跟自己对着干了，跟哪个老太婆跳舞了，不洗衣服不做饭了，她也唠叨。是的，这些年来她跟我唠叨得最多的就是我老丈人。

2

你都不知道，我丈母娘和老丈人已经六十多岁的人了，还跟两个小年轻似的，经常吵得天翻地覆，两天一小吵，三天一大吵，有时候甚至还会动手。当然是她打他了，这一点你单从他们两个人的相貌特征和表情上就可以一望便知。被逼急了他也会还几下，但这又会换来她更凶猛的新一轮反扑。这样的场面我见过好几次，印象最深的是下面一场。

刚结婚的时候，有一次我和高娟拎着大包小包去看他们。刚走到院门口，我就看见了我丈母娘手里攥着一根鸡毛掸子，我老丈人捏着一把伞。她打一下，他就挡一下，他挡一下，她就再换个地方打一下，然后他又挡，就像是两个武林高手在比剑法那样。说时迟那时快，趁我老丈人一不留神，我丈母娘的鸡毛掸子就抢了过去。这下抢中了，疼得我老丈人嗷嗷直叫，但是他并没有还手。刘桂芬！刘桂芬！刘桂芬！我老丈人捏着那把伞一边转圈一边喊，声音又尖又厉。看见我们，他慌忙把伞丢掉，堆出笑脸来接我手里的东西。

不过，我丈母娘也不是真动手。挠两下，拍一巴掌，或者捅一捅，主要是装装样子，为了体现出来一种气势。谁掌握了气势谁也就掌握了制高点，谁掌握了制高点谁也就掌握了话语权，这一点在家庭生活中尤其是在夫妻关系中至关重要。是的，如果已经结了婚，我想你也应该会明白这一点，而且结婚时间的长短和你明白的深刻程度成正比关系——也不是仅仅限于夫妻之间了。事实上，这几乎就是一条普遍性的真理，是的，普遍性的。

已经在社会上混了这么久，难道你还没明白过来我说的是什么吗？

但是就我来说，我完全不理解他俩之间有什么好吵的，而且我和高娟也从来没吵过——也许还没到那一步？我不知道。不过我丈母娘和老丈人确实吵得凶，他俩现在已经到了谁也看不惯谁谁也不待见谁的地步。用我丈母娘的话说，那就是——他就是死了我也不会流一滴眼泪！而用我老丈人的话说，那就是——我真是受够她了，一天都过不下去了！话已经说到了这个地步，我也不知道他们一天天是怎么过下去的，又是怎么一步步走到现在的。不过我知道，这样的夫妻在我们同龄人的父母中间其实不乏其例。

我父母也是这样的。如果不是我老头儿死得早，我想他俩现在也肯定好不到哪里去，至少不会比我丈母娘和老丈人好到哪里去。一部分是耳闻，一部分是亲历：这两个因为成分不好而各自单身了很多年的大龄青年，自从结婚有了我哥之后就开始了他们的干仗生涯，在家里吵，也在厂里吵——他们都是镇上毛毯厂的职工，一个在生产科，一个在销售科，经常是把两个科室之间的产销矛盾发展成夫妻矛盾。吵还是小事了，更多的是打。我老头儿十分好酒，脾气又很暴躁，下手也重，自从我记事起，我妈、我哥和我都没少惨遭他的毒打。那时候，我还一度以为我们中间至少有一个会被他活活打死。不过幸运的是，在我们中间的一个被他打死之前，我老头儿竟然率先死掉了。

那是那年冬天的一天。那天晚上轮到我老头儿值夜班，不过他喝多了，结果睡觉时忘了把那扇通风散气的窗户打开，煤气要了他的命。是的，当然，我们都很悲伤，毕竟他是我们的老头儿，毕竟他是我妈二十多年的丈夫。但是在吹吹打打地把他送走之后，我又十分清晰地感觉到一阵难以抑制的轻松——我想我妈和我哥应该也会有同样的感受。

原来我一直很不理解，他们——也包括他们那个年代的很多夫妻——怎么会天天吵、月月吵、年年吵。不过现在我知道了，首先，这当然跟个人有关系，跟支撑着每个人成为自己的那些东西有关系。其次，如果再联想到他们都出生于那个火热的年代，又成长于此后那个更加火热的年代，接着又在父母之命、组织热心安排下或在总要成个家的那种心思的驱使下稀里糊涂地结了婚，有了家庭，有了孩子，又经历了从二十世纪九十年代至今那么一个自我释放的时代，这一切就都可以解释了。是的，他们都想重新再活一回，都想按照自己的方式重新再活一回，但是无奈于他们的枕边人也是这么想的。

3

扯远了，还是回来说我丈母娘和老丈人。我知道，早在我女儿出生那一年，他俩其实就已经闹得水火不容了，互相成了对方的眼中钉和肉中刺，谁也看不惯谁。再后来，因为实在受不了我丈母娘一天到晚地说他邋遢，说他这个说他那个，我老丈人就从二楼搬下来了，搬到一楼储藏室旁边的那个小间里去了。不过这也并不能解决什么本质问题，顶多消停个一晚上，等到天一亮，一见面，两个人就又继续吵开了。

有一次高娟单位里发了一些米和油，她让我给她父母送过去。那天我老丈人打麻将去了，我看见丈母娘拿着一把扫帚在他房间里舞来舞去的。我还挺纳闷，以为太阳从西边出来了，她还帮他搞起了清洁。后来她忙别的去了，我就到老丈人房门口看了看，嗯，确实干净很多，只不过在最显眼的位置多出来一大堆垃圾。我才明白过来，原来我丈母娘的良苦用心，她只不过是把垃圾扫拢成一堆，好让我老丈人回来了自己看一看，那意思就像是说，看看，看看你个老东西有多邋遢吧，房间里跟猪窝一样。

是的，你说，等我老丈人回来看到那堆垃圾，等他想明白我丈母娘那么险恶的用心和那么放肆的羞辱，他怎么能不吵呢？是的，他绝不会善罢甘休。别说他，就是换了我，肯定也得干一仗。不过，那天因为还有事，放下米和油我就回来了，没有专门等我老丈人回来，所以也就没有看见那肯定非常精彩的一幕，但是我能想象出来，肯定不亚于鸡毛掸子大战雨伞那一场。而接下来没几天，现实就验证了我的想象。

几天后我们又去了一趟。那天是冬至，我丈母娘要我们过去吃饭。我们到的时候菜已经快齐了，她还在厨房做鱼，我们就在客厅里聊天。看到老丈人额头上贴了一条创可贴，我也就不难想象那天后来发生了什么。好像看出了我的心思一样，老丈人指了指额头，又指了指厨房，压低声音对我说，狠啊，摊上个这样的老婆，谁受得了？你说该不该离？我只好点点头，顺着他的意思说，那是！那是！高娟瞪我一眼说，什么跟什么啊你就那是那是的。于是我就不作声了。高娟说，爸，你就不能体谅体谅我妈？她也不容易！我体谅她谁体谅我啊？我老丈人说，说完又警惕地看了一眼厨房。

在成为我老丈人之后,我记得这是他唯一一次在我面前唠叨我丈母娘,因为次数少,所以我记得很清楚。而相比之下我丈母娘唠叨我老丈人就太多了,而且每一次都是堵上门来一唠叨就是大半天,没完没了,没完没了。是的,高娟上班去了,尘尘上学去了,我不得不陪着她,她唠叨什么我就得听什么,同时也不得不假模假式地附和几句。她是高娟的妈,是我丈母娘,我也不能不吭声不是?也不能不让她吭声不是?

现在,你知道我为什么不满意七号线,为什么不想接丈母娘的电话了吧?就是这样,她一来我就废了,而等她拍拍屁股走了我还半天写不出来一个字。如果你仍然不明白,那么我还可以再多说两句,我没有积蓄,没有工作,也没有工资,但我偏偏又有点儿野心和自以为是的才华,而高娟也偏偏以为我拥有这些并努力工作(她还做了一份兼职)支持我这一点。实话说,这让我对她的感动甚至要超过对我妈,觉得她就是我的琼·曼斯菲尔德小姐。是的,所以我只能写下去,以牺牲掉一部分丈夫和父亲身份的方式写下去,也一天天等下去,和她一起默默等待着那双命运之手的垂青。

我跟高娟说过不止一次,让她去劝劝她妈,别动不动就跑过来。我不知道她跟她妈怎么说的,又说了些什么,反正从结果来看并没什么用,我丈母娘该来还是照样来。

今年年初,实在受不了了,我自己也跟丈母娘旁敲侧击过一次。我说,您如果闲得无聊,可以去跳跳舞、打打牌或者读个老年大学什么的嘛！她一听就火了，说，你以为我天天闲着？这一大家子，谁的事我不得操心？她又反过来说我，你以为我像你天天猫在家里没事干？让你帮我分析分析，怎么，你不乐意啊？！我只好说，不是不是，乐意乐意。我只能这么说，不然呢？跟她这个那个地解释一通，阐述一下文学对她的女婿的重要意义，说她的女婿是一个有抱负的作家，正在创作一部伟大的作品，要她别动不动就拿那些破事来烦她的女婿？还是说她这更年期延后的老妇女天天吃饱了没事干？

4

是的，现在我丈母娘不知道因为什么破事又跑过来了。此刻她就与我一板之隔，提着一个黑塑料袋子，不停地扇着手绢，我已经从猫眼里看见她了。你说，我能怎么办呢？虽然我很不想开门——同时也很后悔告诉了她我在家里，但是又不能不开。所以在悄悄比画了一个国际通用手势后，我就开了门，就看见了我满头大汗的丈母娘。

她也不吭声，进了门就径直往里走，一直走到沙发边一屁股坐下去，然后不停地用手绢扇风。但是你知道，手绢扇出来的那点儿风并不管什么用，现在是夏天，是整个夏天里最热的那几天，她又是从地铁站一路走到这儿来的，她的额头上、脸颊上、下巴上、脖子里，到处都是汗，一条条地流下来，把她早上出门时所搽的那层粉都弄花了。我把空调打开,又把风扇搬过来,也打开,并摁下摇头阀,又去给她接了一杯水,然后才在她对面坐下来,同时堆上连我自己见了都想抽自己一巴掌的那种笑容。

妈,您怎么来了,爸呢?我说。爸,当然是指她男人,我老丈人,我老婆的爹。他死了!我丈母娘把手绢一甩,恶狠狠地说。这让我产生的一种感觉是,进门之后她一直不吭声,就好像是在专门等着我问这么一句似的。他死了!死了!在我准备开口之前,她又重复了两遍,还是用刚才那种恶狠狠的语气,但是脸上却不见一丝悲伤之色。现在我已经大概明白了是怎么回事,我笑笑说,哦,怎么啦,跟我爸又吵架啦?

这个老不死的!之前他不是跑到山西去了嘛,她喝了口水,把杯子在桌面上用力蹾了一下说,报了个什么夕阳红团,跟一帮老头儿老太太旅游去了。我说,那您怎么不一起去呢,正好去旅旅游散散心。她又用力在桌上蹾了一下杯子——水溅了出来,说,跟他一起去?得了吧,用八抬大轿抬我我都不去。他去就去吧,爱上哪上哪,爱跟谁去跟谁去,我也懒得管,但你猜怎么着?她又犟着脖子说。怎么着?我说。这个老不死的,自己的钱放着不动,硬是偷了我的钱出去耍,我的钱,那可是都有数的!

尽管我觉得老丈人这一手干得很漂亮,身手敏捷,一偷即中,十分解气,不过我还是表现得非常愤慨。在丈母娘面前,我以十分严厉的口气把我老丈人数落了一顿，说他这是品行问题，偷别人家的钱算偷，偷自己家的就不算偷了？算，肯定也算，百分之百算，等下一次我去了，我和高娟一定得集合全家人开会批评他。是的，我只能这么说，因为我比你们任何人都更了解我丈母娘，如果不这么说，她就会一直不停地唠叨下去，唠叨下去，直到我说出来一番令她满意的话了，完全站到她那一边去了，她才会善罢甘休。

过了会儿，等汗消下去了，情绪也平静下来了，丈母娘把那个黑塑料袋子递给我。

我愣了一下说，什么？她打开塑料袋子说，这里一共是五万，哦不，四万五，老东西拿走了五千，你点点。我笑了笑说，妈，您这是干什么呢，我们又不缺钱！她笑了笑说，不是给你们的，是先放在你们这里，我怕哪天又让老不死的摸走了。我说，这样啊，那您存起来不就行了嘛，或者放在高伟那儿，要用了随时就能拿，放在我们这儿多麻烦——免得到时候又要跑过来烦我，当然，后半句我没敢说出来。高伟？她撇了撇嘴说，他连自己的钱都管不住，还能管得住我的？再说了，要是被他媳妇知道了，那可是一毛都保不住！

等我把钱收好，坐回来，丈母娘又开始骂起了老丈人。说他哪里是旅游去了，一准是被那个经常跟他一起跳舞的老太婆迷住了，说他就是狗见不得腥，说一早就看出来他俩有问题了，说那个老太婆都是快七十岁的人了还穿得那么露，说她还不只是跟我老丈人一个人跳舞……我实在听不下去了,就说我下楼去买点菜回来做饭,让她吃了就回去。

算了算了,我丈母娘摆了摆手说,先不吃了,我还得回去给高伟两口子做饭呢,他们说中午要回来,我得赶紧回去了,两个月都没见着小孙子啦。是的,我当然没有留她,我巴不得她快点走呢!我把她送出门,送到电梯口,目送着她走进轿厢,我又冲她笑着说了声拜拜、您慢走,然后就看着那两扇电梯门慢慢合拢,把她那副可恶的尊容关在了里面。

晚上吃完饭,把尘尘哄上床后,我跟高娟说了白天的情况,又把她妈拿过来的钱拿给她。她说,搞什么?我说,什么搞什么,说明你妈信得过咱们呗,她信不过你爸,更信不过高伟两口子!她说,不是,我这儿还有我爸两万块呢,上个月他拿给我的,也说先存在我们这儿,要我别跟我妈说,我还没跟你说呢。我笑了笑说,这老两口心思还挺深啊,都把对方当贼了,老了你不会也这样对我吧?她说,那可不好说,就看你会不会这样对我了。我走过去从后面环住她。

完事之后,我又跟高娟商量,说总这么下去也不是事儿,钱放过来了,那你妈以后就更有理由过来了,挡都不好挡,我一天到晚就听她唠叨了,什么都别想写了。我让高娟想想办法,看看能不能给她妈找点儿什么事情做,忙起来了就好了。高娟想了想说,我有个同学,前几天听她说她有个朋友刚刚生产完,两头的父母都过不来,太远了,她说是想请个月嫂帮忙打扫打扫卫生、做做饭什么的，我看看能不能让咱妈过去试一试，你觉得怎么样？我说，那当然好啊，只要人家愿意要，只要你妈愿意去，我们来出这份工钱都行！

5

第二天我就催高娟赶紧联系她同学的朋友，让我丈母娘过去试一试。怕对方嫌弃她不专业，我还特意跟高娟说不要提什么工钱，只要愿意让她去就行了，工资多少无所谓。没想到对方还挺高兴，听说我丈母娘带过孙子，还主动出了一个挺高的数，管吃管住，一周一休，说得高娟都差点动心了。接下来，为了说服我丈母娘去当这个月嫂，周末我还特地跟高娟一起去了趟开发区。是的，这次我一定得倾尽全力说服她。

出乎意料的是，当高娟把情况说完之后，我丈母娘还没有表态，我老丈人登时就说不行。不行！不行！你妈不能去！他冲我和高娟连连摆手。我丈母娘狠狠地瞪了他一眼说，嘿，怎么就不行了？我老丈人头一昂说，你去了我怎么办？吃什么喝什么？高伟两口子和小孙子回来了，吃什么喝什么？我丈母娘又狠狠地瞪了他一眼说，要你干吗呢？你又不是没有手，想做什么做什么，想吃什么吃什么，你不是还偷了我五千块钱吗？听她提起来这茬儿，我老丈人马上就不吭声了，躲到一边儿去了。我去，什么时候去？我丈母娘问高娟。高娟说，越快越好。我丈母娘说，那你就后天来接我！

回来时，我乐了一路，把方向盘都差点打飘了。实话说，这样的结果我真没想到，没想到有二。其一，没想到我老丈人会不同意，给他创造自由他还不同意，真是傻蛋一个；其二，没想到我丈母娘会同意，怕她嫌工钱少不同意，我本来还想再给她添个五百一千的，没想到她那么爽快就同意了，我连准备好的口舌都没有费一点儿。高娟说，这你就不懂了吧，我妈之所以同意，那就是因为我爸不同意，我爸要是同意她一准不同意！哦，没想到老丈人还暗中帮了我一把。那好吧，他不是傻蛋，我是！

接下来，我终于可以安安心心写几篇东西了。是的，我写得很顺利，进展神速，不到一周就写了两个短篇，每一篇都很满意，至少是海明威的一半水平吧——丈母娘的离开给了我这样的自信。

但是，就在我要写第三篇时，丈母娘又跑回来了，又吊着脸子跑到我家来了。她不愿意去了，无论我和高娟怎么劝就是不愿意去了，说干不下去了，让他们再找人吧。问她原因，她说在别人家不自在，吃也吃不好，睡也睡不好，也没有人说话，看电视吧人家又说太吵了，比蹲监狱还难受！她就像一个刚从迷途中抽身出来的人，再也不愿意踏进去了。

没办法，高娟只好跟对方说了这个情况，对方也没有再勉强，就打了一千元工钱过来，差两天满一周，但是是按一周算的工钱。我跟高娟说,挺对不住你同学朋友的,也挺对不起你同学的,要不然你把工钱退回去。她退了几次,但对方一直没收,也只好算了。

在家待了几天之后,我丈母娘又跑了过来。那天我一个字都没写出来,正窝着一肚子火,跟她说话也没好气儿。她可能也听出来了,说,上次那个活也不是我不想干,是真没法干,要不你再看看有没有钟点工的活?我说,我还想干钟点工呢,哪儿找去?!我拿给她一千块钱,说是上次的工钱。她死活也不肯接,说留给尘尘买零食,然后就走了。送她下楼时,我想了想说,我再看看有没有招钟点工的,兴许有。她说,好,找到了我就去!

没办法,我只得在朋友圈和几个群里都发了消息,介绍了丈母娘的情况,拜托大家帮忙介绍一下。几天后,一个不怎么来往的朋友,物流学院的老葛,打电话问我找到活没。我说,还没呢,有两个朋友问过,不过都太远,我丈母娘不愿意去。他说,你丈母娘住哪?我说,开发区,渡村。他说,那跟我老娘不远,地铁半小时就能到,她正想找个钟点工呢,你丈母娘可以试试,我妈自己住,你丈母娘可以住过去,两个老人家还能聊聊天。

真是及时雨,缺什么来什么!我跟丈母娘说了,她一口就答应了。我不是很放心,又让高娟叮嘱了她一番。高娟说,这一次她保证了,肯定不会像上次那样了,要是你还不放心,到

应如是住　251

时候我送咱妈过去,也顺便看看老葛他妈,让她多担待一些。我说,这样最好!但说实话我还是不怎么放心,就在我丈母娘去上班那天,我又给老葛打了个电话,叫他多多包涵,让他提醒他老娘也多多包涵,如果我丈母娘有什么做得不对的地方,千万别往心里去。老葛笑了笑说,我妈脾气好得很,她肯定不会为难你丈母娘的,放心吧!

把她妈送过去之后,高娟给我打了个电话,说这次保证没问题了!她说,老葛他老娘除了腿脚不太好之外别的都挺好的,很慈眉善目的一个老太太,说话也轻声细语的,跟咱妈非常聊得来!听她这么一说,我心里那块石头才总算落了地。是的,这算是最好的结局了,丈母娘有事情做了——也就不会来烦我了,我也可以好好写东西了,老丈人也不用被天天唠叨了,老葛他老娘也有人照顾了,每个人都得到了满意的结果,这一切堪称完美!

这种完美我还一度以为能就此保持下去,不过让我也让所有人都没有想到的是,一个月后我丈母娘又掉了链子,跟上次一样,她又不干了,无论我们说什么她都不愿意干了。她的说法是不想干了,有自己的事情要做!自己的事情,呵呵,我笑了,她能有什么自己的事情?她自己的事情还不就是天天跟我老丈人吵架干仗,吵完干完跑过来跟我唠叨?

没有办法,我只得给老葛打电话解释,说实在对不住,我丈母娘就是这样,脾气太臭了,不瞒你说,她在前一家才只干了五天，能在你老娘那里干上一个月已经算很难得了。老葛倒是挺理解的，说，那行吧，也不必勉强她，等她什么时候想来了还可以再来嘛！

高娟仍然不死心，又想起了别的门路。几天后，她又跟我说，我们单位正在开发区那边建一个仓储点，需要人值班，让咱妈去守仓库吧，到时候我找找领导。我说，你就别折腾啦，别说守仓库了，就是让你妈守金库她也守不了几天，到时候你还得欠领导的人情，何必呢？高娟说，那怎么办？我说，还能怎么办？该怎么办怎么办，我是彻底死心了，她要来就让她来，大不了什么我都不写了，就听她唠叨个够，正好我也憋了一肚子牢骚呢！

6

是的，我已经做好了准备，如果我丈母娘再跑过来唠叨，那我也就不客气了，也不管什么丈母娘不丈母娘的了，我将彻底地集中爆发一次，让她明白明白我这个女婿再也没办法像以前那样憋下去了。没有办法，我现在只有这个办法了，这就叫以其人之道还治其人之身。但是，一个月，两个月，三个月，一连三个月过去了，我丈母娘再也没有来过。

再后来我也忘了这个事，等再想起来已经是三个月之后的一天了。当时我在写一个短篇，正写到一个丈母娘，我突然想起我丈母娘很久没来了。是的,在某个瞬间我甚至还对她产生了一种怀念,希望她此刻就在敲门,而我马上就可以下楼,开门,把她迎进来,在她对面坐下,听她唠叨一番——我也不知道为什么会冒出这样的想法。不过很快我就觉察到了自己的贱性,这不对,这是斯德哥尔摩综合征!我对自己说。

接着,我就放下那个有丈母娘的情节,想去先写后面的部分。但是,怎么写都写不下去了,丈母娘怎么那么久都没来的那个疑问,在我脑子里始终挥之不去。我又按照海明威那个办法——耐心打几个眼,再用炸药把它炸开——试了,也不行。我停下来,给高娟打电话问她妈怎么那么久没来,是不是出了什么事。她说,不会吧,昨天我还给她打了个电话呢,要不你有空了去看看。我说,好,我现在就过去看看!

我到的时候,天已经快黑了。我老丈人家的大门半开着,院子里没有人,一楼的客厅里也没有人。我又上到二楼,二楼也没有人,我喊了两声也没人应。我又来到三楼,三楼一直没有住人,那儿有个大客厅,旁边是个杂物间,外面是个晒衣服的小平台。这时候,我才注意到杂物间的门半开着,里面亮着灯,它照亮了一个人,是的,我丈母娘就坐在那儿,正趴在桌子上一脸认真地写着什么。我敲敲门,喊了一声妈。

见是我,我丈母娘说,你等会儿,我功课还没做完呢,说完又埋头抄起来,看一眼书,写几个字,又看一眼书,又写几个字,字迹歪歪扭扭的。我注意到她手边摊开的那本书,左边一页的标题是"第十六品能净业障分",下面是标了拼音的正文:复次。须菩提。若善男子。善女人。受持读诵此经。若为人轻贱。是人先世罪业。应堕恶道。以今世人轻贱故。先世罪业即为消灭。当得阿耨多罗三藐三菩提……我说,您抄经呢,《金刚经》?她抬起头来说,是啊,怎么,你也知道?我笑了笑说,翻过!

然后她就来劲了,说,光翻翻不行,还得抄,一遍遍地抄,抄经就是拜佛,能消业障!我说,听说是这样的,不过我也不知道。她说,确实管用,能消业障,不但能消你一个人的,一家人的也都能消,抄得多了,亲戚朋友的也能消,能让家庭和睦,能带来好运气,能带来大福报!我说,您怎么信上这个了?她说,你那个朋友,他妈跟我说的,她就是天天抄经才过上了好日子,你不知道,她家里金碧辉煌的,要什么有什么,儿子是大学老师,女儿还去了加拿大,孙子也到外国留学了……所以我就不在她家干了,干什么啊,还不如回来自己抄经呢!我忍住笑说,那看来挺管用的,确实得抄!她说,你也抄抄,让高娟也抄抄,抄得越多越好。接着又说,你先下去吧,我把剩下的这点儿抄完。

我下到二楼时,我老丈人正从卧室里出来——不知道他什么时候又搬上来了。他说,来了?我说,来了!他说,晚上在这儿吃饭吧,喝两盅!我说,喝不了,开车呢。他说,那你陪我,我喝两盅。我指了指楼上说,我妈变化挺大啊?他点点头说，从你那个朋友他妈那儿回来就抄上了，一天一遍，不抄完不吃饭，天天如此。我说，挺好！他说，什么好不好的，她觉得好就行，反正我也不懂，我也不信，老太婆信就行，信了就不跟我吵了。

我老丈人要去做饭。我说，算了算了，还得回去呢，您跟妈说一声，我先走了。

出来之后我跟老葛打了个电话。我说，老葛，真是要感谢你呢，改天请你喝酒！他连忙问，怎么啦，有事儿？我说，你还记得我丈母娘吧。他说，怎么了，她又想去我妈那儿啦？我说，不是，从你妈那儿回来她就信上佛啦，天天在家里抄经！老葛笑笑说，那肯定是受了我妈影响，她以前也天天抄，虔诚得很，家里还弄了个佛堂。我说，感谢你妈，帮了我一个大忙，改天我登门拜访！他说，这也是因缘，说明你丈母娘本来就与佛有缘。

我说，老葛，有没有佛我不知道，但我知道改变我丈母娘的不是佛，而是你妈，是她让她抄上了佛经，我丈母娘字都没认全，抄了也白抄，说白了，她就是跟佛做交易，是功利改变了她！老葛说，你看得倒挺清楚！我说，本来就是这样嘛。老葛说，那也没什么，人活着能有个寄托就行了，你还指望所有人都跟你一样呢，把什么都看得那么清楚？！

挂完电话，我缓缓驶出村前的广场，拐上和平大道。是的，老葛说得对，能有个寄托就行了，何必要看得那么清楚呢，又何必强迫每个人都看得那么清楚呢？事情虽然没有按照我们设想的那样发展，不过结果总归是好的，事实上我们那些处心积虑的设想也未必就能如愿，反倒是无心插柳产生了意想不到的效果。路两侧的银杏树叶已经黄了，在路灯下呈现出一种金质的光泽，而正前方现在又升起了一轮巨大的满月。路上非常空旷，没有一辆车，也看不见一个人，穿行在这种童话般的金黄色里，让我产生了一种好像自己正在朝那轮满月开过去的幻觉，脱离地球，不断攀升，最后进入某种遥远的轻盈和透明之中。

7

接下来就到了中秋。以往的这一天，我们都要赶到老丈人家里去吃团圆饭，我们一家子，高伟一家子，都得去，这是我丈母娘下的一道死命令。这个死命令主要是用来要求高伟一家子的，五六年前我丈母娘就给他们下达了。她对高伟说，平时你们住在那边也就算了，但是中秋节不能不回来吧？一家人吃顿团圆饭总是可以的吧？是的，这个要求并不过分，所以即使高伟——尤其是他老婆——再不愿意回来，也不能不回来了。

中秋节那天，一大早我丈母娘就打来电话，提醒我们别忘了过去吃饭。我说，我们肯定不会忘，高伟他们别忘就行啦！她说，我打过电话了，都回来！过了一会儿她又打来电话，说我差点忘了，你爸说下午进城去买鱼缸，这老东西现在讲究起来了，到时候你带他去转转，买完了就一起回来吧。我说，那是好事啊，我送他一只鱼缸。

中午吃完饭，我跟老丈人约好了，说为了节省时间让他先直接来我们家，我们再一起去花鸟市场，高娟和尘尘也一起去，这样最方便，直接从那儿上二环去开发区。

我给老丈人挑了一只60方缸，再大后备箱就放不下了。他抢着要付钱。我说，我来我来，鱼缸我送给您，只要您和我妈不吵了，您的缸和鱼我都包了。他摆摆手说，鱼就算了，我自己买！我自己买！但尘尘已经蹲在鱼盆前看老半天了，她指着那些花花绿绿的鱼奶声奶气地冲我说，爸爸买鱼！爸爸买鱼！我挑了几条龙睛、鎏金、狮子头、红虎头什么的，付了账。我丈人还挺不好意思的，一脸憨笑着说，让你破费了！

从家里出来时，我老丈人坐在前排，高娟和尘尘坐在后排。但去开发区时尘尘非要和我老丈人一起坐在后排，说要看鱼。她被那几条金鱼迷住了，一直盯着看，于是我老丈人只好一直举着那个盛满鱼和水的塑料袋给她看。她说，蓝色的那条是爸爸，红色的那条是妈妈，黑色的那条是外公，黄色的那条是外婆。高娟问她，尘尘，为什么黑色的那条是外公，黄色的那条是外婆呢？女儿说，就是啊，你看，黄色的那条老是跟黑色的那条打架！她一句话把我们都逗乐了，没想到她年纪那么小却什么事情都明白。

拐上和平大道后，尘尘被一辆闪着灯、鸣着笛的救护车吸引了，它都走远了她还在扭着头看，还在奶声奶气地模仿它的鸣笛声。她说，妈妈，那是什么车呀？高娟说，救护车，有人生病了，救护车就会把他们送到医院。女儿说，我们大家都不生病就不用坐救护车啦！是的，当时我们根本就不会知道被那辆救护车拉走的就是我丈母娘，更不会知道，就在十几分钟前的那一小会儿，她提着一兜螃蟹从菜市场出来，心急火燎地要从路那边走到路这边，而一个小贩开着他那辆装满砂糖橘的皮卡正好也从另一条街上拐过来，他们准确相遇在那个十字路口的正中间，摄像头看到了这一切。

　　是的，当时我们完全不知道，所以我们仍然赶着去吃那顿团圆饭。高伟一家子早就到了，他们在看电视，厨房里热气腾腾的，但我丈母娘不在。高娟说，妈呢？高伟说，去菜市场买螃蟹了，她上午忘了买，你不知道妈抄经都抄神经了，丢三落四的。然后高娟和高伟老婆到厨房里忙活去了，我女儿和高伟儿子也去了院子里，我和高伟陪着我老丈人喝茶聊天。我们都在等着我丈母娘回来，但是最后等来的却是四医院的电话——是用我丈母娘的手机打来的，说她出车祸了，正在抢救，要我们赶紧过去。

　　我们赶到时我丈母娘已经被抬到抢救室了。我们一起围过去，我老丈人挤在最前面，不停地扒着抢救室的门往里喊，桂芬！桂芬！桂芬！一个护士从里面出来，劝他在外面等，但他

应如是住　259

还是一直够着头朝里面喊,好像他再多喊两声我丈母娘就能活过来似的。

料理完丈母娘的后事是一周之后了,虽然我只是个女婿,不过也跟着跑前跑后地忙活了一周。接下来,我就想着把之前的那个短篇写完。那是一个阳光灿烂的上午,不知道为什么,坐了大半天我也没有写出来一个字,海明威那一套理论也不管用了。后来我关了电脑,怔怔地望着窗外,远处依旧是江湾公园里的那些树冠,依旧是大片大片的草坪,依旧是把阳光反射成无数散碎亮点的水面,以及那几条车水马龙、人来人往的街道,它们是永恒的。现在,望着它们,从我的这个位置望着它们,我感到一种不知道从哪儿来的安心。是的,也许每个人都需要一个这样的位置,我书房这样的,我丈母娘的杂物间那样的。

接下来,我一本本地翻开那几摞布满了积尘的书,找了大半天,才找到那本纸张已经泛黄松脆的《金刚经》。那还是结婚之前我从一个什么庙里拿回来的,拿回来之后也只是翻过一两次。我又去找来纸和笔,摊开那本《金刚经》,一个字一个字地抄起来。

没想到的是,五千多字的经文要抄那么久,抄了一张又一张,一张又一张,我一连抄了十几张也没抄完,中间有好几次我差点就要放弃了。不过一想到丈母娘,一想到她抄经时的样子,我还是耐着性子抄了下去。抄完已经是夕阳西下了,高娟和尘尘还没有回来。我又下楼,去厨房里拿了一只盘子上来,把抄写的那些经文在盘子里一张张地都烧了,最后烧出来一盘纸灰。我来到阳台上,把那盘纸灰摆在护栏一角,看着它一点点儿地被裹进风里,在半空中四散着飘开,纷纷扬扬地落下去。现在,我想我丈母娘应该可以收到它们了,可以安息了。而从今天开始,每天在这间书房里埋首伏案的,也就不止我一个人了。

后　记

　　几年前的那个夏天，我前往厦门待过一段，有个朋友在沙坡尾艺术区做民宿。一天下午，朋友的朋友诗人落地带我们去爬梧村山。山并不高，不足三百米，不过站在山顶可以一览大半个厦门城区。山上有很多巨石，那些巨石和巨石错落地搭在一起，就形成了一些山洞。那些山洞中的其中一个属于落地，他把它命名为"方寸洞"，把刻有洞名的一块小木牌挂在洞口，经常一个人去那里喝茶、写诗，或者什么都不干，就那么枯坐上一个下午。

　　落地与我同龄，福建南平人，在一家IT公司工作，有娇妻，有幼子，有平凡而温馨的生活，有正常而稳定的轨道——不容易被理解的是，他在这样的轨道中还有着那样的越轨之举，经常跑到"方寸洞"里一个人待着。我知道，和那些一有时间就去钓鱼的人一样，他也是想找个没人的地方待会儿，在没人的地方一个人待会儿。那一会儿，才是真正属于他的一会儿，他才能成为他自己，而不是一个丈夫、一个父亲、一个儿子、一个员工。

精神分析学里有个说法，每个成年人的爱好中都隐藏着很多东西。爬山，钓鱼，这些当然可以称为爱好，不过我更愿意把它们称为"越狱"——作为对日常生活边界的逸出，它们当然具备了越狱的属性。如果仔细观察的话，我们会发现这种"越狱"其实很常见，甚至无处不在。一次旅行，一场电影，一次散步，吃顿饭，喝杯茶，在某种意义上也都是越狱——至少带有越狱的属性。甚至，从妻子儿女身边来到阳台上站站，从工位上溜到消防楼梯间抽根烟，在下班路上听几声鸟鸣，也都是越狱。简言之，那些行为是我们对庸常生活的逃离，对自己置身的状态的逃离，或者说是对那个生活和状态之中的自己的逃离。

越狱并不总是意味着一种可见的显性行为——事实上在绝大部分人的绝大部分时候都不意味着那种显性行为，它并不一定可以被肉眼所见，而是一种内隐于胸的动机，或者某个瞬间的一闪念。正好经过头顶的一架飞机会把在下面仰望着它的那个种了大半辈子菜的菜农送往法兰克福，而远处一列呼啸着远去的火车则会把在阳台上凝望着它的那个和老婆刚吵完架的数据分析师载往长沙。是的，很多时候我们很想但是并不能，所以不得不借助于一些对象去实现，一只鸽子，一条流浪狗，一群大象，它们都可以替我们踏上越狱之旅。

时至今日，我想不单单是我——或者《亚洲象》那篇小说里的那个"我"，我们应该都还记得去年对那群逃离西双版纳自然保护区之后一路北上的亚洲象的关注，在它们穿州过府、走镇入村的同时，我们也都在手机上日日夜夜地关注着。对它们关注的热度和广度，除了说明大众对环境变化和对这个物种生存境遇恶化的关注之外，也说明了我们在内心深处有着一种同样的冲动：我们坐在办公室里，宅在家里，睡在床上，却通过手机屏幕随时随地和它们一起，和它们一起实现着同样的行为，因为这样那样的阻隔，我们没有办法实现这一点，但是没有办法实现并不代表就没有那样的渴望。

几年前，网上做过一个"你最喜欢的十部电影"的统计，《肖申克的救赎》在很多人的片单中都排在第一位。这足以说明一个问题，我们喜欢这样的片子在很大程度上是因为喜欢那种代入感，想通过安迪实现自己不能实现的，找到一把小锤子，敲出来一条通往"梦中一样蔚蓝的太平洋"的密道。或者说，安迪举起小锤子的形象就是我们的那把小锤子，让我们在幻想中过一把越狱的瘾，然后回归于现实，复位到原来的轨道，继续沿辙而行。

内卷，躺平，这是近年来讨论得最多也是每个人感受最深的两个话题，或者说它们本来就是同一个话题——躺平是内卷的一种结果。我们被各种各样的现实推挤着，被各种各样的处境推挤着，被自己的欲望和能力之间的巨大落差推挤着，我相信每个人都能深切地感受到这一点，因为每个人都置身于这一点。事实上，我们已经很难再看到不被此地折磨着、不被远方吸引着的人，以及不想从自己陷身的某个处境和状态里逃离出来的人。

进入，逃离，再进入，再逃离，付出巨大的代价进入，又付出巨大的代价逃离，我们一直都处于这样的循环往复之中。并非只有婚姻是一座围城，事实上无处无时没有围城，它不在这个时候就在那个时候，不在这里就在那里，与之对应的，逃离也无往不在。作为一个写小说的，我无力改变这一点——或者写小说也是一种越狱，我所能做的无非是把看到的接触到的也是自己身陷其中的放在这样那样的人身上，以这样那样的故事呈现出来。

可以说，这些人，这些故事，看见我，走向我，通过我，构成了现在的这本小说集。

我的小说没有特定书写对象，我也不觉得应该有。老实说，我更愿意把视线投向每个普通人，每个我们认识或不认识的普通人，或者就是我们自己：那些停好车之后在车上坐会儿再回家的人，那些想站到阳台上发会儿呆的人，那些看着云朵中的飞机会想象着自己正坐在上面的人，我知道他们也都举着一把安迪那样的小锤子，想在哪儿敲出来一条密道，逃出去。写小说是一个合并同类项的过程，在不同的人身上找到同类项，写出来，给那些也有这种同类项的人看。某种意义上，现在你捧读的这本小说也是我敲出来的一条密道，它让我抵达了你，你也可以通过它抵达小说中的那些人——那些你的另外一些自己。